U0540084

通識教材‧國文叢書 211

中國散文卷 2111
中國詩詞卷 2112
中國小說卷 2113
中國戲曲卷 2114
中國哲學卷 2115
中國文學批評卷 2116
應用中文卷 2117
中國古典文學卷 2118
中國現代文學卷 2119
臺灣文學卷 21110
大陸文學卷 21111
港澳文學卷 21112
中國文學綜合卷 21113

# 中國詩詞卷

蔡輝振 編撰

天空數位圖書出版

# 目 錄

**007** 編者序：

**009** 壹、勉勵篇：

　　一、國文對吾人一生的影響．．．．．．．．．．．．．．．．．．．．．．**010**
　　二、文學與人生．．．．．．．．．．．．．．．．．．．．．．．．．．．．．．．．**012**

**021** 貳、史跡篇：

### 第一章、中國詩詞曲之概念與類別 **022**

　　　第一節、詩詞曲之概念．．．．．．．．．．．．．．．．．．．．．．**023**
　　　第二節、詩詞曲之類別．．．．．．．．．．．．．．．．．．．．．．**024**

### 第二章、中國詩詞曲之起源與發展 **027**

　　　第一節、詩之起源與發展．．．．．．．．．．．．．．．．．．．．**027**
　　　第二節、詞之起源與發展．．．．．．．．．．．．．．．．．．．．**070**
　　　第三節、曲之起源與發展．．．．．．．．．．．．．．．．．．．．**073**

**075** 參、賞析篇：

### 第一章、先秦時期之詩辭選 **076**

#### 第一節、《詩經》選 **076**

　　　　佚名：〈桃夭〉．．．．．．．．．．．．．．．．．．．．．．．．．．．**076**
　　　　佚名：〈蒹葭〉．．．．．．．．．．．．．．．．．．．．．．．．．．．**079**
　　　　佚名：〈碩鼠〉．．．．．．．．．．．．．．．．．．．．．．．．．．．**082**
　　　　佚名：〈蓼莪〉．．．．．．．．．．．．．．．．．．．．．．．．．．．**085**
　　　　佚名：〈鹿鳴〉．．．．．．．．．．．．．．．．．．．．．．．．．．．**089**

## 目錄

### 第二節、《楚辭》選 092

屈原：〈山鬼〉.................092
屈原：〈少司命〉.................097
屈原：〈國殤〉.................101

## 第二章、漢魏六朝時期之詩選 104

### 第一節、漢魏樂府詩選 104

佚名：〈東門行〉.................104
佚名：〈上邪〉.................107
佚名：〈陌上桑〉.................109
曹操：〈短歌行〉.................114

### 第二節、六朝古詩選 117

佚名：〈行行重行行〉.................117
陶淵明：〈飲酒詩〉之五.................120
謝靈運：〈石壁精舍還湖中作〉.................122
謝朓：〈晚登三山還望京邑〉.................125

## 第三章、隋唐時期之詩詞選 128

### 第一節、隋朝詩選 128

楊廣：〈江都宮樂歌〉.................128

### 第二節、初唐詩選 132

王勃：〈送杜少府之任蜀州〉.................132
張若虛：〈春江花月夜〉.................135
李白：〈怨情〉.................139
李白：〈宣州謝朓樓餞別校書叔雲〉.................141
杜甫：〈夢李白〉.................144
杜甫：〈旅夜書懷〉.................147
王維：〈終南別業〉.................149
孟浩然：〈臨洞庭上張丞相〉.................151
王昌齡：〈出塞〉.................154

中國詩詞卷

## 第三節、中唐詩選 156

韋應物：〈滁洲西澗〉.................................. *156*
柳宗元：〈漁翁〉...................................... *158*

## 第四節、晚唐詩選 160

杜牧：〈贈別〉之二.................................... *160*
李商隱：〈夜雨寄北〉.................................. *162*

## 第五節、晚唐五代詞選 164

李白：〈菩薩蠻〉...................................... *164*
溫庭筠：〈夢江南〉.................................... *166*
韋莊：〈菩薩蠻〉...................................... *168*
馮延巳：〈謁金門〉.................................... *171*
李煜：〈虞美人〉...................................... *173*

# 第四章、宋元時期之詩詞曲選 175

## 第一節、宋詩選 175

王安石：〈泊船瓜洲〉.................................. *175*
蘇軾：〈題西林壁〉.................................... *178*
蘇軾：〈和子由澠池懷舊〉.............................. *180*
歐陽脩：〈戲答元珍〉.................................. *182*
陸游：〈遊山西村〉.................................... *184*
文天祥：〈過零丁洋〉.................................. *186*

## 第二節、宋詞選 188

歐陽脩：〈玉樓春〉.................................... *188*
晏幾道：〈臨江仙〉.................................... *190*
柳永：〈雨霖鈴〉...................................... *192*
蘇軾：〈定風波〉...................................... *194*
周邦彥：〈解連環〉.................................... *196*
李清照：〈醉花陰〉.................................... *199*

## 目錄

　　李清照：〈聲聲慢〉..................201
　　辛棄疾：〈水龍吟〉..................203
　　蔣捷：〈虞美人〉....................206
　　姜夔：〈揚州慢〉....................208

### 第三節、元詩選 211
　　趙孟頫：〈岳鄂王墓〉................211
　　虞集：〈院中獨坐〉..................214

### 第四節、元詞選 216
　　元好問：〈摸魚兒〉..................216
　　元好問：〈鷓鴣天〉..................219

### 第五節、元曲選 221
　　馬致遠：〈雙調・夜行船・秋思〉......221
　　關漢卿：〈四塊玉〉..................227
　　張養浩：〈山坡羊・潼關懷古〉........229
　　白樸：〈沉醉東風・漁父〉............232

## 第五章、明清時期之詩詞曲選 235

### 第一節、明詩選 235
　　唐寅：〈題畫〉二首..................235
　　何景明：〈竹枝詞〉..................237
　　楊慎：〈三岔驛〉....................239

### 第二節、明詞選 241
　　楊慎：〈臨江仙〉....................241
　　劉基：〈菩薩蠻〉....................243

### 第三節、明曲選 245
　　王磐：〈朝天子・詠喇叭〉............245
　　王九思：〈駐雲飛・偶書〉............247

中國詩詞卷

馮惟敏：〈朝天子・相〉.................249

### 第四節、清詩選 251
鄭燮：〈竹石〉.....................251
龔自珍：〈己亥雜詩〉.................253
丘逢甲：〈春愁〉...................256

### 第五節、清詞選 258
納蘭性德：〈蝶戀花〉.................258
王國維：〈浣溪沙〉..................260

### 第六節、清曲選 262
朱彝尊：〈山坡羊・飲池上〉.............262

## 第六章、民國時期之詩選 264

### 第一節、五四詩選 264
徐志摩：〈偶然〉...................264
徐志摩：〈半夜深巷琵琶〉..............266
林徽因：〈人間四月天〉...............268
聞一多：〈死水〉...................271

### 第二節、三〇年代詩選 274
戴望舒：〈雨巷〉...................274
戴望舒：〈寂寞〉...................278

### 第三節、抗日詩選 280
徐訏：〈奠歌〉....................280
艾青：〈雪落在中國的土地上〉...........283
陳紀瀅：〈烏魯木齊的原野〉............289

## 298 肆、練習篇：

# 編者序

　　大學通識國文課程，已從綜合教材教學改為依老師專長開課，依學生興趣選課的**「大學國文興趣分組選課」**方式。但市場並無專門為依興趣分組選課的國文教材流通，殊為可惜。

　　本叢書之問世，即基於上述之理念，特與國立雲林科技大學漢學研究所、數位典藏中心產學合作，由本人忝為主持人，並由李奕璇、李文心、李珊瑾、陳鈺如、陳慧娟、陳若葳、張怡婷、葉宛筠等研究生協助蒐集資料，歷經六年所編撰的成果。當然，人生的第一次難免有所不足，本團隊如有缺失，還望先進指正，研究生蒐集資料如有不慎侵權時請告知，本團隊將立即改正，特此聲明！

　　本叢書依老師的專長，學生的興趣來編撰教材。計有：中國散文卷、中國詩詞卷、中國小說卷、中國戲曲卷、中國哲學卷、中國文學批評卷、應用中文卷、中國古典文學卷、中國現代文學卷、臺灣文學卷、大陸文學卷、港澳文學卷，以及中國文學綜合卷等十三卷叢書，讓授課教師或學生，依其專長、興趣的需要，選擇最適合本身的教材，不假外求。其體例大致以勉勵篇、史蹟篇、賞析篇，以及練習篇來編撰。其中，勉勵篇旨在讓學生知道國文對其一生的重要性，勉勵其用心，進而引發興趣，學習成效自然可成；史蹟篇在於讓學生知道中國各類學術的起源，與其發展的歷史軌跡，並依各類學術發展的主題，以朝代來分期，自先秦以降，一路論述至今，讓學生一窺中國學術之浩瀚，而後自詡於生在大哉的文化中國；賞析篇在於呼應史蹟篇之分期，讓學生一睹每一時期的作品，使其對於中國先賢的智慧能真確體認與掌握，並確實反省自身的生命意義與人生價值，以涵養學生的品格與興趣，進而創造美麗幸福的人生；練習篇則在檢視學生習修本課程的成果。唯應用中文卷體例係依教育部新規定所編著而成之新教材，側重於實務應用，盡可能網羅完整的相關資料，是目前應用中文

**中國詩詞卷**

教材中內容最新也最完整之一,可讓授課教師自由選擇。

為配合教育部之政策,讓學生快樂的學習,本公司不惜花費巨資,建置「**天空**數位學習平臺」。該平臺將本叢書全部數位化,並建置教師與學生雙向互動式數位教學模式,以及練習系統、考試系統、題庫資料庫等。對教師而言:將可免除備課與出題考試、閱卷批改的煩惱,課程內容又可標準化,以及廣深化,資料也可隨時統一更新,非常方便省時。對學生而言:趣味性的數位教學,將可引發學習的動機;教材內容的豐富性,將可增進知識的廣博,尤其是課後的輔導,教師與學生之間,隨時可在互動式數位教學平臺上雙向溝通,也可以不受時空限制反覆的學習,尤其是紙版與數位版的教材可相互為用,非常方便。自此而後,我們將可置身在一個人性化、智慧化、便捷化,以及講究視聽覺享受的操作環境,唾手可得所要的資訊。

特別交代,本書原編撰至今日臺灣、大陸、香港、澳門等海峽四地的作品。奈何!因該時期的作品皆有著作權問題,基於取得受權不易,或找不到作者,或授權費過高等因素,只能割愛捨去這單元,僅能在中國文學「發展」這個單元,說明海峽四地的概況,其資料來源多參考《維基百科》等。不能完整呈現中國文學的教材,實是筆者的遺憾,本想在一個文化中國的框架上,讓海峽四地的學生,皆能欣賞到現代作品,以擴展文學視野。只能期待有那麼的一天……。

國立雲林科技大學漢學所教授兼數位典藏中心主任
大學國文分組興趣選課教材叢書編著委員會總編著

**蔡輝振** 謹識於臺中望日臺
2025.06.19

# 壹 勉勵篇

一、國文對吾人一生的影響
二、文學與人生

## 中國詩詞卷

本單元之用意,在於讓學生知道國文對其一生的重要性,勉勵用心學習,進而引發興趣,國文的教育目的則可成矣!故以下將分國文對吾人一生的影響,以及文學與人生來勉勵諸君。

## 一、國文對吾人一生的影響

國文對大學生而言,除中文系同學外,一般皆認為不是那麼的重要,在他們心目中,專業科目是"**生命之必須**",將來就業的飯碗;而國文僅是一門"**營養學分**",營養多一點、少一點,並不影響他們的生存,加上其本身較枯燥無味,學生自然意興闌珊,興趣缺缺,這是目前各大專院校同學大致上的普遍現象。

學生會主動努力去唸書的科目,主要是建立在兩個基礎上:其一是他認為對其一生有重大的影響,如專業科目,縱是枯燥無味,他們也會強迫自己去讀;其二是本身的興趣(如漫畫、小說類書籍)或他們所喜歡的老師,你就是想禁止他們去讀,恐怕也難。至於他們認為不重要或沒興趣的科目,難免心存應付的態度為之。

試問,什麼科目是我們日常生活中,甚至一生當中,最息息相關的呢?專業科目僅在職業上發生作用,平常用的機會並不多。唯有國文如影隨形的相伴,講話也好,寫文章也罷,舉手投足之間無不展現出一個人的氣質水準。我相信,每一位男士或女士,誰都希望能找個談吐文雅,氣質翩翩的伴侶,誰也都不願意跟低俗粗暴的人做朋友。正如俗語所說:「**龍交龍,鳳交鳳,隱龜配洞慧。**」什麼樣的人會跟什麼樣的人在一起,物以類聚是很自然的事。所以,一個國文程度好的人,在他的人際關係中,自然會受到較多的青睞,結交異性朋友的機會也會較多,如此便使他的人生旅途更為平順。

再者,一個大學畢業生走出校門,能否順利就業,其關鍵往往建立在國文的基礎上。因任何公司行號、金融機構、學校或政府機關的

## 壹、勉勵篇～～一、國文對吾人一生的影響

用人，很普遍是透過筆試與口試來篩選人才，尤其是高普考及各種特考等，而國文（論文及公文）即共同的必考科目，有的甚至規定國文不及格者不能晉級參加口試，或直接不予錄取，如司法特考。所以，任你專業知識再豐富，第一關的國文筆試沒能通過也是枉然；進入第二關的口試，也必須藉由國文做為橋樑，適當的遣辭用字，引經據典，方能淋漓盡致地將滿腹專業知識精準地展現出來，國文不好，自難以表達專業知識。

中國清代以前的科舉考試，僅考國文一科而已，因從考生的文章中，便可知學生是否學識淵博，見解是否深入，思想是否正確，智慧是否高超，性格是否正常……等，便可判斷可不可以錄取當官。一個人在就業的筆試或口試中，必須將你的思想、經驗、感情及專業表達出來，而不論是手寫或口說，一定要透過文字來傳遞。如果你的國文造詣深，文字運用能力強，便能占盡優勢，優先錄取，進而改變你的一生。

由此得知，一個人走出校門踏入社會，能否順利就業進而開創美麗幸福的人生，其關鍵是在國文的基礎上，雖非必然性，卻有較多數的機會，可見國文對吾人一生影響的重大與深遠。李白是舉世公認才華橫溢的人，然他卻一生潦倒，雖曾受唐玄宗的賞識，卻曇花一現後被流放，終究不得志，只因沒有舞臺的緣故。一個人的才華，需靠舞臺才能展現，而舞臺的獲得，對現今而言，往往是建立在國文的基礎上，願藉此勉勵各位。

## 二、文學與人生[1]

**主辦單位、以及在座的諸君們：大家好！**

今天我能回到久違的故鄉～彰化，與各位鄉親碰面，本人感到非常的高興。彰化！這個令我又恨又愛的地方，多少童年往事，多少辛酸血淚，曾經因妳而發生。也有多少憧憬、多少夢想，曾經為妳而編織。如今呢？雖事隔多年，不管是好是壞，也僅留下一片片，片斷的殘夢，然而我卻始終不能忘懷。於是我將這些殘夢，寄託於筆端，寫下我的感觸，我的哀愁，我的處女作品《雛鴿逃命落溝渠》，便因而得以完成。這時，我凸然發覺，長久以來一直積壓在我內心的憤懣、傷感，由此一掃而光，在那一剎之間，我的精神變得非常舒暢、快樂。於是我在書本的自序上寫下這麼一段話：

**我感謝上帝，賜給我一個不同的環境，也給我一個奮鬥的機會，我將要堅決與命運搏鬥一場。人生猶如一道激流，沒有暗礁是掀不起美麗的浪花，我始終相信有朝一日，我會踏著滿地的落葉歸回。**

現在，我對於我生長的故鄉，只有感恩沒有怨恨，我甚至慶幸自己能有這樣的一段童年。各位想知道，是什麼原因讓我從怨恨而轉向

---

1. 蔡輝振：〈文學之樂樂無窮〉，《彰化縣文化講座專輯》第十三輯（彰化：彰化縣立文化中心），1998，頁274～285；今更名為〈文學與人生〉。

## 二、文學與人生

感恩、熱愛我的故鄉嗎？這便是今天我以 "**文學與人生**" 為演講題目的由來。所以今天我不打算用那較為深澀的學術性來演講這個題目，我只想以我個人的親身體驗，來說明從事文學欣賞或創作，可帶給我們快樂無窮的人生，如果我講得好，那是應該；如果我講得不好，那只好請各位見諒囉！以上是我的開場白。

接著，在我們要進入主題之前，我們有必要先了解一下什麼是 "**文學**"；什麼是 "**人生**"。基本上，文學這個名詞，曾有很多專家學者為它下過定義，然不管是劉勰在《文心雕龍》上所說的「**聖賢書辭，總稱文章。**」或是章太炎在《國故論衡》上所說的「**文學者，以其有文字著於竹帛，故謂之文；論其法式謂之文學。**」抑是美國文學家亨德（T. W. Hunt）所說的：「**通過想像、感情以及趣味、具有思想性的文字表現即是文學。**」等等，到現在也似乎都沒有定論。但不管怎麼說，人類將其對人生的感觸，運用各種形式如：小說、散文、詩歌等方式表達出來的作品，總在文學的範疇之內這應無疑義。了解這個概念後，對於今天我所要講的題目也就夠了，其他讓專家學者去解決，我們無需傷這個腦筋；而什麼是 "**人生**" 呢？記得有一個故事說：

> 有幾個學生問他們的老師蘇格拉底（Socrates, 470～399B.C.）說："什麼是人生？"蘇格拉底帶他們去蘋果園，要大家從果園的這端走到另一端，每人挑選一個自己認為最大的蘋果，並規定不許走回頭路，不許選擇兩次。學生便穿過果園認真挑選自己認為最大的蘋果。等大家到了果園的另一端，蘇格拉底已在那裡等候他們。他笑著問學生說：「你們挑到自己最滿意的蘋果嗎？」大家你看我我看你，都沒有回答。蘇格拉底見狀又問：「怎麼啦！你們對自己的選擇不滿意嗎？」有一個學生請求說：「老師！讓我們再挑選一次吧！因我剛走進果園時，就發現一個很大的蘋果，但我還想找一個更大更好的，當我走到果園盡頭時，才發現第一次看到的就是最大最好的蘋果。」另一個接著說：「我和他恰好相反，我走進果園不久，就摘下一

個我認為最大的蘋果，可是後來我又發現了更大的，所以我有點後悔。」「老師，讓我們再選擇一次吧！」其他學生也不約而同地請求。蘇格拉底笑了笑，語重心長的說：「同學們！這就是人生，人生就是一次無法重複的選擇。」

所以，當我們面對無法回頭的人生，我們只能做四件事：第一，鄭重的選擇並努力爭取，不要留下遺憾；第二，有了遺憾就理智面對，並盡力爭取改變；第三，不能改變就勇敢接受，不要後悔繼續往前走；第四，調整心態，因塞翁失馬焉知非福。陳前總統水扁先生，因臺北市長的選舉失利而有機會選上總統，因選上總統而有海角七億的貪瀆，因貪瀆而有牢獄之災，這就是人生。

好！我們現在就正式進入主題，談談為什麼從事文學欣賞或創作，會帶給我們無窮的快樂呢？各位應常聽人家說："人生不如意事十有八九"，佛家也說："人生是苦海"。可見我們的生命並不怎麼樣的完美，自然界有月圓月缺，春夏秋冬，而人類有生老病死，悲歡離合，也正因為人生的不完美，才讓我們活著有意義、有價值。各位試想，如果沒有月缺，我們怎麼會知道月圓的美麗，如果沒有冬天寒風的刺骨，我們也無從去體會春天陽光的可愛。我們的人生又何嘗不是如此，沒有離別的悲傷，那來相聚的歡樂？這世界如果真的是那麼完美無缺，我還真不知道我們活著要幹嘛！每天吃、喝、拉，然後等死，這樣的人生有什麼意思！所以名作家魯迅就說：

蓋凡有人類，能具二性：一曰受，二曰作。受者譬如曙日出海，瑤草作華，若非白痴，莫不領會感動；既有領會感動，則一二才士，能使再現，以成新品，是謂之作。

這意思是說，我們人類的創作，來自於對天地萬物的感受，沒有感受也就不會產生創作，所以各位要記住，自然科學甚至是哲學，是用領悟的，文學呢？是用感受的，而人生若是太完美，反而讓人感到空虛，失掉人類存在的價值。我們常聽到歐美先進國家有人自殺，卻

## 二、文學與人生

少有聽過非洲落後國家的人自殺，只有餓死而已，就是這個道理。了解這一層意義後，我們就可更上一層樓的來談文學欣賞與創作，嘗試從苦澀的咀嚼中，咀出甘味來。各位要知道月圓固然是美，月缺依舊也是美，只不過這是兩種不同的美而已，前者讓人的感覺是一種圓滿的美，而後者讓人的感覺是一種帶有淒淒殘缺的美，卻也最能觸動我們人類的心靈。現在讓我們來欣賞一下南唐後主李煜的《相見歡》：

**無言獨上西樓，月如鈎。寂寞梧桐深院鎖清秋。**

**剪不斷，理還亂，是離愁。別是一般滋味在心頭。**

請各位閉一下眼睛，發揮你們的想像力，去試想一下這首詞的情境："**在一座很大的庭院裏，裏面有幾棟樓房，還有幾棵梧桐樹，然後在一個秋風瑟瑟夜深人靜的晚上，有一個孤獨的人帶著落寞神情，登上西樓的陽臺上，若有所思的望著高掛在天空的殘月。**"這種情境讓人的感覺自然是一種淒涼的美，但卻也是最能觸動我們人類心靈的跳躍，引發出情感的一種情境。懂得如何去欣賞殘缺的美後，我們自然就可化悲憤為力量，化哀愁為快樂。各位都知道，在我們一生當中，必須常要去面對一些挫折、痛苦，如果你是以哭泣流淚的方式去面對，對事情的解決並沒有任何幫助，畢竟淚填不滿人生的遺恨。如果你是以憤怒、暴力的方式去面對，那也只是徒傷自己的身體而已，甚至因暴力而發生令人終生遺憾的事，對事情的解決也沒有任何幫助。這時，如果你能化悲憤為力量，將挫折、委屈寄託於筆端寫下你的憤懣、你的哀愁，將你的感觸化為美麗的詩篇，當你傾訴於紙張後，你將會發覺心中是多麼的舒暢，多麼的快樂，說不定還能讓你成名，甚至抽不少版稅而致富呢？縱然不是美麗的詩篇，也足以讓我們終生回味，各位試想當我們白髮蒼蒼時，成群兒孫聚集一起，傾聽你話說當年南征北討的英雄事蹟，那是多麼快樂的一件事啊！

再者，各位要知道我們人類的情緒有如一座水庫內的水，經常發脾氣的人，就像水庫經常的放開閘門，讓水庫的水適時放出，如此就

## 中國詩詞卷

不會造成水庫的崩潰，所以喜歡發脾氣的人，通常是發一發脾氣一下子就好了。而不發脾氣的人，就像水庫的水不放出一樣，一直是一點一滴的累積，等到水庫容納不了而使閘門崩潰時，就會一發不可收拾，那種破壞力自然比愛發脾氣的人大得太多了。然而就像俗話所說的：〝一種米養百樣的人〞，我們實在很難去控制它，其實也不必去控制，只要將下游的引導溝渠建立好，哪怕再多的水也能引導它流入大海。而引導人類情緒的溝渠是什麼呢？那便是從事文學的創作，我們盡可將我們的喜怒哀樂，毫不憚懼的發洩在紙張上，越是波濤洶湧，越是壯觀，發洩完後所帶給我們的，將是一種成就，一種快樂，不信你們可試試看，我是過來人，深知個中的奧妙。

記得我十八歲時，便因家庭因素而趁著月黑風高，從我家後門偷跑出來，各位想想看，一個十八歲的鄉下土包子，身上僅帶著伍佰元及幾件衣服，跑到一個舉目無親的繁華都市臺北去奮鬥，這其中之挫折與辛酸可想而知，真是寒天飲冰水，點滴在心頭。我曾經撿過同事丟棄在垃圾筒的罐頭起來吃，也曾在三更半夜偷吃房東的飯菜而被逮個正著，但為了活下去，那是無可奈何的事。各位知道嗎？我讀書時的學費是怎麼來的，那是在同學們正興高采烈的歡度假日時，我戴著斗笠在烈日陽光下，將磚塊一塊塊的挑上四樓賺來的。雖然，我面臨的是如此困境，但我內心卻充滿著鬥志，因每當我顧影自憐於坎坷的遭遇時，我便會讀一讀鄭豐喜《汪洋中的一條船》我就會覺得我比鄭先生幸福得太多了，畢竟我有健全的四肢，足以與環境搏鬥。每當我受盡別人的欺凌恥辱時，我會去唸一唸宋代蘇東坡所說的：

**古之所謂豪傑之士，必有過人之節，人情有所不能忍者，匹夫見辱，拔劍而起，挺身而鬥，此不足為勇也。天下有大勇者，卒然臨之而不驚，無故加之而不怒，此其所挾持者甚大，而其志甚遠也。**

這時我心中的悲憤也會頓然消失而能一笑置之。每當我遭遇挫敗

## 二、文學與人生

時，我便想起蔣故總統經國先生在《風雨中的寧靜》書中所說的：「**為了高尚的目標，甘願歷苦捨生，忍受一切憂傷創痛，來建設永恆的快樂。**」如此我便能坦然接受我坎坷的命運。最後我把這段奮鬥的經過，寄託於筆端，寫下我的哀愁，我的辛酸，去參加香港中國文化學會所主辦的全球華人徵文比賽，得了第三名，黃鶯初啼竟然能榜上有名，這心中之喜悅可想而知。從此以後我便喜歡將心裏的感受，不管是喜是悲，讓它跳躍於紙上，慢慢譜成屬於自己的生命之歌。各位知道嗎？那種感覺真是好，沒想到不堪回首的往事，如今竟變成我創作的泉源，我真慶幸上帝給我一個這樣的環境，如果下輩子上帝給我選擇的權利，我想我還是會喜歡今世的我，雖然我過得很辛苦，但我已懂得如何從苦澀的咀嚼中，咀出甘味來，這也就是我在前面會說，故鄉是一個令我又恨又愛的地方的緣故。

以上，各位如果能做到的話，那將是打開快樂泉源的閘門，不管是喜是悲，是好是壞，都能讓你的一生，快樂無窮。善用文學它所提供給我們的幻想空間，讓我們的思想可毫無禁忌奔馳於遼闊無際的天空上，任何不可得的事物，在文學中皆可獲得慰藉、滿足。不管你要的是白馬王子、白雪公主，或是王永慶般的財富，皆不成問題，這也就是古人所說的："**書中自有顏如玉，書中自有黃金屋**"的樂趣。你甚至可嚐一嚐扮演上帝的滋味，操縱你筆下人物的生死，交代月下老人，亂點他們的鴛鴦譜。也可將你最痛恨的人物，成為你筆下的犧牲品，出出你的悶氣而無傷大雅，這又何其樂哉！

至於從事文學的欣賞與創作，可產生哪些功用呢？它的功用很多，不過主要的有下列三點：

**第一點、文學可改造社會、淨化人心：**

國父孫中山先生曾說：「**政治之隆污，繫乎人心之振靡。**」而我們的人心要如何去提振而去靡，這是非常重要的課題。自古以來，我們的教育方法，無非要我們如何知禮義、懂廉恥，如何克制我們的慾

望。問題是這種教育在中國已具有三、五千年的歷史，今天我們的社會變好了沒有？沒有，歹徒公然在縣長公館槍殺桃園縣長劉邦友，彭婉如的命案至今還未破獲，以及藝人白冰冰女兒白曉燕被擄人勒贖案等等，層出不窮的暴力事件，我們彷彿活在野蠻的社會中。以前總是有人把這些罪過推給所謂的"饑寒起盜心"，人們為了活下去那是可理解的。而今呢？臺灣這麼富裕，外匯存底位居世界前茅，但我們的社會為什麼還是這麼亂？可見我們的教育方法並不正確。各位回憶一下先秦時代大禹父子治水的故事，大禹父親"鯀"，他治水方法是用"堵"的方式，雖歷經九年的漫長歲月，洪水依舊沒有消退。而禹治水方法是用"導"的方式，將洪水引入大海，終於平息了洪水氾濫。各位想想看，我們的教育要我們克制慾望，這個也禁止，那個也不行，什麼非禮勿聽，非禮勿視，但一個高挑的美女，穿著迷你裙從我們眼前輕盈的飄過，教我們如何不多看她幾眼呢？這種教育與鯀的治水方法有何不同。所以人類的情感慾望是不能用堵的，要引導它得到正常的發洩，要讓他們懂得如何以藝術眼光來欣賞這位女孩的美，進而讚嘆上帝的傑作。誠如名詩人朱湘所說的：

**人類的情感好像一股山泉，要有一條正當的出路給它，那時候它便會流為一道灌溉田畝的江河，有益於生命，或是匯為一座氣象萬千的湖澤，點綴著風景；否則奔放潰決，它便成了洪水為災，或是積滯腐朽，它便成了蚊蚋、瘴癘、汙穢、醜惡的貯藏所。**

而這條出路便是從事文學的欣賞與創作。我舉一個例子來說明，每個人雖然都有情緒，但發洩的方法卻各自不相同，農人發洩情緒，大概就是三字經滿天飛，嚴重者充其量也只是打打架而已。地痞流氓發洩情緒，不是白刀進去紅刀出來，就是到警察局開它幾槍示威。而文藝家發洩情緒，大都表現在作品上，即使在罵人也是冷嘲熱諷，罵得非常斯文。簡單的說，我們的社會若從事文學欣賞與創作的人愈

## 二、文學與人生

多，社會就愈祥和，就愈能造就一股風氣，進而帶動社會向前邁進，建立一個良性互動的社會環境，從而達到改造社會淨化人心的目的，這也就是俗語所說的："**喜歡文學的小孩，不會變壞**"的原因。

**第二點、文學可擴大我們的體驗，增長我們的見聞，提昇我們的生存能力：**

前中央研究院院長吳大猷曾說：「**識越深，觸角就愈廣。**」各位要知道，一個人對於外界的體驗是非常有限的，不要說那種像驢子轉磨般的農民，他們終生只是黏附在那幾畝有限的土地上，日出而作，日入而息。就是拿那些閱歷最廣的人來說，他們所經歷的社會各相，比起社會的全相而言，也僅是九牛一毛而已，這說明我們人類要以有限的生命去經歷那無限事物的不可能性。當然，也沒有這個必要凡事皆需親身經歷，我們可從文學上吸取前人的各種經驗，以作為我們的知識，進而引為處事的借鏡，使我們成為先知先覺的第一種人，能拿別人的經驗來做為自己的經驗而不須付出代價。千萬不要去做那後知後覺的第二種人，凡事皆要付出代價才能獲得教訓，各位要記住這種代價有時是非常慘痛的，會造成你終生遺憾。當然，更不能去當不知不覺的第三種人，經驗後仍不知引為借鏡，一直在做錯誤的嘗試，那種代價之高就可想而知。所以我們如果能當第一種人，培養出對文學的愛好，便能從文學中吸取前人那對人生豐富體驗的總和，擴大了我們的觸角，增長了我們的知識，相對的也提昇了我們生存的能力，足以去應付各種環境的挑戰。

**第三點、文學可變化我們的氣質，充實我們的人生：**

在大體上而言，每個人都有每個人的氣質，每一類的人也都有每一類的氣質。基本上，軍人有軍人的氣質，文人有文人的氣質，地皮流氓或殺豬的也都有他們的樣子，這個樣子就是我所說的氣質，我們一看即大致可分辨出來。各位不妨看一看你四周的朋友，大概也知道哪些是學生，哪些是教師，或從事其他工作的人。當然，如果我們還

## 中國詩詞卷

要細分的話，還可從每一類中再加以區分，如教師這一類，體育老師就有體育老師的樣子，文科老師就有文科老師的樣子。如果你的觀察能力很強的話，你甚至連哪位老師較有文學修養，哪位老師的脾氣不好等，也都可大致上分辨出來。各位若不相信，我們現在請主辦人瞿毅老師站起來，面向大家，各位總不會把他看成是殺豬的吧！所以說，一個人氣質的表現，來自於其所經歷環境的總和，也就是說一個人的氣質深受其置身環境的影響。因此，如果我們能培養出對文學的愛好，自然可變化我們的氣質。

再者，文學還可提供一個消愁遣悶的好去處，進而規劃我們的生涯，充實我們的人生。德國哲學家叔本華曾說：「苦是人類的本份。」意思即說明了在我們的一生當中，會有許許多多的愁苦，而這種愁苦煩悶如都蘊結在我們的心中，它最是傷害身體。這時，如果你能讀一讀法國作家雨果的《悲慘世界》(LsMiserables)，或是鄭豐喜《汪洋中的一條船》，你將會從埋怨上帝轉而變成慶幸自己。當然，如果你悶得發慌時，你也不妨看一看魯迅的小說《阿Q正傳》或《離婚》等，你將會從你的嘴角邊露出會心的微笑，在百般無聊中得到慰藉，尤其是在退休後那種空虛的日子裏。各位只要留心一下你四周的親朋好友，你就會發現很多人一旦退休下來，便會頓時失去依憑，整日無所事事，煩悶得很，不是生病就是性情大變。如果他們能夠培養出對文學的愛好，就像瞿老師一樣，雖已退休了，但仍熱衷於文學，辦雜誌及各種文藝活動，使他忙得不亦樂乎，生命也更為充實精彩。

據上，我們都知道從事文學的欣賞與創作，不僅能帶給我們個人無窮的快樂，充實我們的人生外，更能建立一個良性互動的祥和社會，真可謂有百利而無一害的事情。如果各位現在就開始培養對文學的興趣，就有如打開了快樂泉源的閘門，你的一生將會過得快樂無限，這就是文學的人生。

好！今天就講到此結束，請各位賢達多多賜教，謝謝！再見！

# 貳 史跡篇

第一章、中國詩詞之概念與類別
第二章、中國詩詞之起源與發展

**中國詩詞卷**

　　本單元之用意，在於讓學生知道中國詩詞曲的起源，及其發展的歷史軌跡，並依各朝代學術發展的主題來分期，由先秦以降，一路論述至今，讓學生一窺中國詩詞曲之浩瀚，而後自詡於生在大哉的文化中國。以下將分中國詩詞曲之概念與類別、中國詩詞曲之起源與發展來作說明：

## 第一章、中國詩詞曲之概念與類別

　　在文學的基本體裁中，詩、詞、曲是一種具有韻腳的文學樣式，也就是句末押韻字的韻文。一首或一篇韻文裏，會有一部分，甚至是全部句子的末字，採用韻腹和韻尾[1]相同或相近的字，這就叫做押韻。古代韻文特別重視押韻，不管什麼體制，如：五言古詩、七言古詩、五言絕句、七言絕句、五言律詩、七言律詩、排律、詞曲、雜言詩、賦等，所以除了險韻[2]外，大部分字都能當作韻腳。但現代詩，或稱白話詩則可不守格律的要求，顯得自由而瀟灑。

　　詩詞曲能夠真實地反映社會生活，表達人生的感觸，並得到心靈的寄託。其結構嚴謹，有一定的格律限制。在文學：散文、詩詞、小說，以及戲曲等四大類型中，或二分法的散文與韻文二大類型中，詩詞曲是最耐人尋味，且意猶未盡的作品。想當詩人，有一定的困難度，它對於主題思想的呈現，也是多樣，可以具體、迂迴，或是隱晦等。

---

[1] 當一個韻母只含有一個響音，該響音就是韻腹；當一個韻母含有兩個以上的響音，其中最低的母音是韻腹；此韻母裏比該韻腹高的母音，如果處於韻腹的前面，就是韻頭；此韻母裏的輔音或者比韻腹高的母音，如果處於韻腹的後面，就是韻尾；如果幾個音節有共同的韻腹和韻尾，那麼這幾個音節就是嚴格的押韻。

[2] 制作舊詩，以生僻艱澀的字為韻腳。

壹、史蹟篇～～第一章、中國詩詞曲之概念與類別

# 第一節、詩詞曲之概念

　　所謂詩詞曲,即詩歌與詞的合稱。詩歌是一種以情為主的文學體裁,不管抒情或敘事,抑是說理的模式,皆以高度凝練,反映社會的生活,以豐富的想像力,富有節奏感及韻律美的語言藝術和分行排列的形式,來抒發人類思想情感。而詞又稱曲子詞、長短句、詩餘,是配合宴會樂曲而填寫的歌詞。詞牌是詞的調子名稱,不同的詞牌在總句數、句數,每句的字數、平仄上都有規定。

　　詩詞曲是一種藝術創作,也是一種文學體裁。它除了詮釋各式情感外,更巧妙傳遞了創作者所欲傾訴的深沉意涵。以跨越時空的姿態,連結古今之興衰、起落。其根源於理性或經驗,透過主客的共鳴,引發一連串的想像。或許華美、或許諷諭、或許單單僅是抒發已鬱,林林種種。單就中國詩詞曲觀其演進,便可透過文字落下龐大的歷史軌跡。

　　詩詞曲,是指以近體詩和格律詞為代表的中國古早詩歌。通常認為,詩更適合「言志」,詞更適合「抒情」。詩詞曲是闡述心靈的文學藝術,而詩人、詞人則需要掌握成熟的藝術技巧,并按照嚴格韻律要求,用凝練的語言、綿密的章法、充沛的情感以及豐富的意象來高度集中地表現社會生活和人類精神世界。中國詩起源于先秦,鼎盛于唐代。中國詞起源于隋唐,流行于宋代。中華詩詞曲源自民間,其實是一種草根文學。在 21 世紀的中國,詩詞曲仍然深受普通大眾青睞,并出現了新國風等重要詩詞曲流派。

# 中國詩詞卷

## 第二節、詩詞曲之類別

詩詞曲的類別，係為詩、詞、曲等三大類。其中之詩類有：古詩、樂府、漢賦、近體詩、現代詩等；而詞類有：豪放詞與婉約詞等；曲類則有：從形式上分為北曲與南曲；就內容上分為戲曲和散曲等。茲說明如下：

### 一、詩的類別：

#### 1. 古詩：

古詩或稱古體詩，是中國古代的一種文學體裁，與「近體詩」相對。古體詩和樂府詩並稱為「漢代文學雙璧」或「雙葩」。唐朝以前的詩歌，不分古體、近體。初唐開始，律詩和絕句的格式固定下來，以前那些形式格律不嚴格不講究的詩體，就一律稱作古體，並把律詩絕句合稱為近體。即使在唐代以後，仍有許多詩人依古體寫作詩篇，故古體詩是格律的差異，並不含有時代分期的意思。

#### 2. 樂府：

所謂樂府民歌，本來是指古代的民間集體創作。到了漢武帝時，才在專管雅樂的太樂官署之外，成立了樂府官署，專掌俗樂，蒐集許多民間歌辭入樂，從此，樂府詩在文學上占有一席之地。然而，實際上，漢代樂府又分為樂府詩、擬樂府二種，各自分屬不同的創作系統。前者可歌，具有強烈音樂韻律藝術氣質，後者則為文人作品，無法歌唱亦不合樂，純屬抒發情志之作。唐朝許多著名詩人，儘管寫近體詩，但依然出現不少以樂府形式寫成的詩篇。由於樂府是可歌合樂此一特性，廣義說來凡是能夠歌唱的詩篇，都可以被歸類為樂府詩。諸如蘇軾《東坡樂府》、張可久《小山樂府》等。

## 壹、史蹟篇～～第一章、中國詩詞曲之概念與類別

### 3. 漢賦：

　　賦是漢朝流行的主要文學體裁，源自《詩經》「賦、比、興」當中的一體，著重鋪陳的筆法，也吸收《楚辭》和荀子《賦篇》的體製，外加縱橫家的誇張手法，形成一種兼有詩歌與文詞特徵的文學形式[3]。有大賦與小賦之分，大賦多寫宮廷生活，小賦富於抒情描寫。漢賦辭藻華麗，筆勢誇張，好堆砌冷僻之字，表面富麗而艱深難讀，是漢賦的特色。左思《三都賦序》中就說漢賦「於辭則易為藻飾，於義則虛而無徵」。

### 4. 近體詩：

　　近體詩可分為律詩和絕句，每首詩分別是八句和四句，可分為五言體和七言體；其平仄、格律正式定型是在唐朝初年沈佺期和宋之問；但在內容方面能掃除六朝以來的詩風，開啟唐詩的康莊大道，則從陳子昂開始。絕句最早出現自南朝齊、梁，初為四句一首之體例，至唐代時期廣泛流行，又稱斷句或截句。諸如杜甫的《戲為六絕句》、元好問〈論詩絕句三十首〉等，皆為絕句好詩。另，陳代徐陵之《玉臺新詠》更收有多篇古絕、律體等。

### 5. 現代詩：

　　現代詩，又稱新詩或白話詩、語體詩，是詩歌的一種。相對於「舊詩」、「古典詩」、「文言詩」而言，不拘泥格式和韻律。胡適在〈談新詩〉一文說：「中國近年的新詩運動，可算是詩體的大解放，因為有了這一層詩體的解放，所以，豐富的精神，高深的理想，複雜的感情，方才能跑到詩裏去。」

---

3. 賦：有時押韻，有時不押韻，是亦詩亦文，也是非詩非文之體。

## 中國詩詞卷

### 二、詞的類別：

**1. 豪放詞：**

　　豪放派，顧名思義其詞風多壯闊不羈，氣勢宏偉。常言家國興衰之憤慨，用詞坦率卻不顯俗氣。代表人物為蘇軾、辛棄疾等詞人，徐師曾《文體明辨・序說》評：「豪放者欲其氣象恢弘。」《樂府指迷》則評：「近世作詞者不曉音律，乃故為豪放不羈之語，遂借東坡、稼軒諸賢自諉。」蘇軾、辛棄疾雖然風格多為豪放，卻也不乏清麗婉約之作。

**2. 婉約詞：**

　　婉約詞派以清麗柔美詩風見長，多描繪閨怨情思，文字委婉秀麗，結構縝密自然，靈氣迴盪有餘。如以李清照〈醉花陰〉為例，全詞充分顯現思夫、新婚離別之慨。上片抒寫白晝、夜間的孤獨難熬，下片追憶從前夫妻共賞秋菊，結句而以西風拂面、黃花照眼，到後來的斯人憔悴，道盡了暮秋深閨無限的相思情，成為千古佳句。

### 三、曲的類別：

　　詞進一步發展便是「曲」，「曲」是元代的文學主流，就時代分二種：北曲～自公元一二三四年至一三〇〇年的曲，風格是直率質樸；南曲～自一三〇〇年至一三六七年的曲，風格則騷雅典麗。就內容而言也分二類：戲曲和散曲（清唱），前者是雜劇中所唱的曲，是有劇情（故事）的；後者沒有劇情，純為清唱，又分「小令」及「散套」，小令又名「葉兒」，其體制短小，宮調、曲牌及押韻均只一個；散套又名「套數」是同一宮調，多個曲牌，同一押韻，也有尾聲的曲。就風格而言，也分二派：豪壯派～馬致遠、張養浩等曲作家；清麗派～關漢卿、白樸等曲作家。

## 第二章、中國詩詞曲之起源與發展

　　中國詩歌被認為是文學最初的起源，於未有文字的人類社會，便以口語的形式流傳，並與音樂、舞蹈結合，而成為祭典歌舞。文字發明後，於殷商時期便有採詩官，採集各地民風之作而成為《詩經》；而後隨著時間的巨輪，往前推動發展，而有詞、曲的產生，以至今日之現代詩。基於「繁華當知來時路」，故以下將分中國詩詞曲之起源與發展來做說明。

### 第一節、詩之起源與發展

　　雖說中國詩歌，起源於未有文字的人類社會，便以口語的形式流傳，但這未有科學依據，僅止於傳說而己。故本單元以文字發明後，有史為證的《詩經》開始說起，並分期為：

### 一、先秦時期：

　　《詩經》大概成書於東周的春秋（公元前770年～前476年/前403年）中期，作品內容則產生於殷商時期以迄春秋中葉之北方詩壇，本名《詩》，為中國最早的詩歌總集。收詩三百十一篇，其中〈小雅〉之〈南陔〉、〈白華〉、〈華黍〉、〈由庚〉、〈崇丘〉、〈由儀〉六篇有目無辭，是為笙詩，故實存三百零五篇，又稱「詩三百」。

　　據《周禮‧春官宗伯第三》記大師之職掌曰：「教六詩：曰風、曰賦、曰比、曰興、曰雅、曰頌。」就內容及體裁而言，分有〈風〉、〈雅〉、〈頌〉三類。〈風〉有一百六十篇，十五國風，是十五個諸侯國或地區的知識份子自表心聲之作；〈雅〉分為大雅、小雅；大雅三十一篇，小雅七十四篇，主要用於朝會、宴饗的詩歌，也包括不少史詩和記載征戰的詩歌；〈頌〉有四十篇，包括周頌三十一篇、魯頌四篇、商頌五篇；〈頌〉的內容有歌頌先王的豐功偉業、祈求福祐、追述先人的創業歷史，特別具有祈神祭祀的意味。另就其作法而言，則分為賦、比、興

三種，賦是直接陳述事物，鋪敘情節，抒發情志；比是借用兩種事物的相似性來打比方，或利用淺顯常見的事物來說明抽象的道理；興是先敘述林種事物的情況，用以引起所要描述的內容，使二者產生聯想啟發的效果。胡適以為：「《詩經》確實是一部古代歌謠的總集，可以做社會史的材料，可以做政治史的材料，可以做文化史的材料。萬不可說它是一部神聖經典……如戴震、胡承珙、陳奐、馬瑞辰等等，凡他們關於《詩經》的訓詁著作，我們都應該看的。」

## 二、漢代時期：

《漢書・朱買臣傳》：「會邑子嚴助貴幸，薦買臣。召見，說《春秋》，言楚詞，帝甚說之。」又《漢書・王褒傳》：「宣帝時修武帝故事……徵能為楚辭九江被公，召見誦讀。」得知楚辭在中國詩史上實質占有重要地位。它孕育於戰國時代長江流域之南方文壇，與《詩經》並稱，成為中國古典詩歌的兩大源頭，為一部收錄戰國時代楚地詩歌的之詩集，地位僅次於《詩經》。並且楚辭更打破《詩經》傳統四字一句的固有形式，以參差交互的五、六言為主，每句之中都有語助詞「兮」字，許多作品結尾加上「亂」辭，體現楚地歌曲之風格，奠定唯美浪漫的基礎，後世文學源其所自，莫不同祖「風」、「騷」，是一種充滿楚地色彩的歌謠。另外在內容風格上，楚辭也深刻地影響了諸多文學作品，另其洋溢著濃烈的情感意識，諸如〈離騷〉、〈哀郢〉等。以浪漫主義的創作風格為其精神主軸，大量運用迴旋反覆的詩句，將愛國精神發揮到極致。另有宋代黃伯思於《校定楚辭序》評點楚辭：「蓋屈宋諸騷，皆書楚語，作楚聲，記楚地，名楚物，故可謂之『楚辭』。」

漢魏兩晉南北朝之詩壇，不斷地拓展詩歌內容，漢代詩歌以樂府詩和五言古詩為大宗，另外還包括謠諺和少數有名詩人的作品。樂府詩是漢代詩歌的主流，樂府詩的由來，與漢武帝設立樂府官署有關，武帝任命精通音樂的李延年為協律都尉（樂府官署的主官）。樂府官署的職責有二，一是廣泛收集、整理民間歌謠，二是創作郊廟朝會使用的歌曲。漢代樂府詩的內容非常多樣，有民歌小詩，如〈江南可採蓮〉

是一首採蓮曲，描繪江南女子集體採蓮的快樂生活，反映農村美麗的自然風光。也有戀愛詩，如〈有所思〉、〈上邪〉，描寫熱烈的戀情和誓言。樂府詩中的社會詩，揭露現實生活，如〈東門行〉寫貧士被迫鋌而走險。〈十五從軍征〉寫八十歲的老兵，解甲歸田後的孤苦。〈陌上桑〉歌頌機智的採桑美女秦羅敷，當面勇敢痛斥太守的調戲。漢代樂府詩情感強烈，語言質樸，反映時代環境，風格委婉含蓄，實為五言詩成熟之作。

## 三、建安時期：

建安風骨慷慨多氣，矯健深沉；三曹、七子皆具獨特風貌。曹丕〈燕歌行〉，是現存最早最完整之七言詩體。曹植詩兼具風力、詞藻之美，後人譽為「建安之傑」。正始詩人竹林七賢，詩風多尚玄虛，嵇康詩俊逸超邁，阮籍詩常用比興，其〈詠懷詩〉八十二首五言詩，傷時感事，形成隱約曲折之藝術風格，一則由於政治黑暗，士人逃避現實；一則玄學形成，士人慕道求仙；然五言詩地位至此更趨穩固。

## 四、兩晉時期：

西晉五十年間，太康詩人如陸機、潘岳等，詩崇尚辭藻之美，風格華麗，玄風為其主流。東晉約一百年間，此時詩風乃運用《老》、《莊》、《周易》之事義典故，藉此發揮玄理，並結合山林之嚮往，寄情自然。東晉初，永嘉詩人郭璞、劉琨，詩風崇尚玄虛；到了東晉末的陶淵明，所作質樸自然田園詩作，為古典詩歌開闢了新天地。南北朝詩風，宋初，謝靈運的詩富豔精工，開啟山水詩派。齊永明年間，以四聲八病之「規律」，講究多變而和諧之聲音美學，聲律說興起，謝朓運用新起聲律，又承繼謝靈運之山水文學，詩風清新秀逸，情景交融。梁陳詩壇盛行宮體詩，內容多著重女性體態及詠物之作，輕豔浮薄，格調卑弱，然其形式較永明體更趨格律化，題材與表現手法，在詩歌史上亦見開拓之功。

## 五、唐代時期：

唐代是我國古典詩歌的全盛時期，名家輩出，各擅勝場，內容之深博，詩體之齊備，流派之眾多，可謂集中國古典詩歌之大成。初唐四傑～王勃、楊炯、盧照鄰、駱賓王，保有六朝藻繪之跡。武后時，沈佺期、宋之問，及「文章四友」（李嶠、崔融、杜審言、蘇味道），相繼完成五、七言律詩之定型。同時期則有陳子昂標舉「漢魏風骨」之主張，反對齊梁以來采麗浮靡之詩風。

盛唐詩壇以邊塞詩與山水田園詩為大宗。前者如高適、岑參，其詩風格遒勁悲壯，後者如王維、孟浩然，詩風秀麗高雅，意境深幽。天寶年間，以詩仙李白、詩聖杜甫兩位為最著名的詩人。李白詩豪放雄奇，飄逸奔放；杜甫詩沈鬱頓挫，眾體兼備，是中國詩史上的兩支巨擘。中唐詩分二派：韓愈、孟郊詩派，開拓杜甫之「奇險深曲」，以詩詞曲為詩，其風格流於僻澀險怪。元稹、白居易之「長慶體」與「白體」詩，平淺易懂而包蘊深沈，兩派詩不僅中興詩壇，亦開啟宋詩之路。

晚唐詩以李賀、杜牧、李商隱為代表。李賀在韓派詩中另闢蹊徑，奇詭幽峭，穠麗淒清。杜牧詩豪爽俊逸，以七絕詠史抒懷，唐末仿作的人很多，於是形成唐宋七絕之大宗。李商隱的詩以七律成就為高，其詩用典精巧，工於比興，所以有「深婉」之評，對北宋詩壇影響極大。其後五代仍襲晚唐詩風，以新警奇巧見長，然蕭瑟悲評，低徊憤激的情韻，已呈現衰亡時代之音。

## 六、宋代時期：

宋詩是由唐變化而來，再求新變。宋初西崑體沿襲晚唐五代餘風，宗法李商隱，雍容典雅，富麗精工，而失之浮艷。仁宗時，歐陽脩、梅堯臣及蘇舜欽等人並稱，轉以氣格相尚，發展詩歌散文化、議論化的傾向。其後王安石一空依傍，自成一家，精絕雅麗，其詩頗重時代功能。

蘇軾鎔鑄諸家，詩如行雲流水，豪放雄奇，蘇門「四學士」～黃

庭堅、秦觀、張耒、晁補之，以黃庭堅最為傑出，他提出「奪胎換骨」、「點鐵成金」、「去陳反俗」、「好奇尚硬」主張，講究師法，注重鍊字，以用典押韻為工，造成清勁瘦硬之詩風，創立「江西詩派」。蘇、黃以後，宋代詩壇，如南宋「四大家」～尤袤、楊萬里、范成大、陸游，無不受江西詩派之影響。其後「永嘉四靈」、「江湖派」，以學習唐音為號召，仍未脫江西詩派格局，直至宋末之「遺民詩」，如文天祥、謝翱等人，多抒孤臣孽子之情，哀思婉轉，為詩壇增色幾分光彩。

## 七、元代時期：

唐詩與宋詩既分庭抗禮，各具特色，唐詩以豐神情韻擅長，宋詩多以筋骨思理見勝，元明以至清末民初以來，宗唐祧宋之紛爭不休，也形成兩大詩歌美學之傾向。元初，前朝遺民多故國之思，趙孟頫詩多抒發悲愁之作。元中葉「元詩四大家」～虞集、楊載、范梈、揭傒斯以及薩都拉，皆講究整飭錘煉，大抵以唐大曆、元和為模式。元末楊維楨詩學自李賀、李商隱，以險怪、藻麗聞名，號稱「鐵崖體」。大抵元人詩皆宗唐，注重詞句，在異族統治下，多反映民生疾苦、傷時感事之作。

## 八、明代時期：

明代仍襲模擬之路，吳中四傑～高啟、楊基、張羽、徐賁，高啟為之，擅長模仿古調，振元末穠麗之習，而返之於古，自見精神意象。其後以三楊～楊榮、楊溥、楊士奇提倡之「臺閣體」，雍容典雅、歌功應酬。李東陽為首之「茶陵詩派」，推崇李、杜，詩風雄渾，直接影響其後之「前後七子」，而形成文學復古運動。所謂「文必秦漢，詩必盛唐」，此論所及，一時詩人輩出，而造成明詩之極盛。其後公安三袁～袁宗道、袁宏道、袁中道，創「性靈」說以矯其弊，鍾惺、譚元春之「竟陵派」又以「幽深孤峭」之風格以正性靈說輕率之失。明末朝綱不振，時局動盪，愛國詩人蒿目時艱，詩風雄勁豪邁，可泣鬼神。

## 九、清代時期：

**中國詩詞卷**

　　清代詩人喜以尊唐宗宋相標榜。清初詩歌大抵皆主尊唐，以錢謙益、吳偉業、施閏章及遺民詩人等。康、雍年間，王士禎提出「神韻」說，朱彝尊務求典雅，喜用僻典險韻，二人皆尊唐，朱氏尤鄙薄南宋。康熙中期，詩壇厭薄擬唐人窠臼，轉而提倡宋詩，最傑出者為查慎行，其後雍、乾年間，學宋詩而能自樹詩壇者為厲鶚，其詩喜用典故，語言潔煉，形成所謂「浙派」詩。乾、嘉年間，沈德潛倡「格調」說，與稍後之王鳴盛、錢大昕以唐音為依據，翁方綱之「肌理」說，意在矯正「神韻」說之空靈虛無，和「格調」說之摹擬因襲，提倡宋詩以矯囿于唐人之空泛膚廓。另一派則標榜性靈，破唐宋門戶之見，如袁枚之「性靈」說，鄭燮、趙翼，強調性情與創新。鴉片戰爭前後之詩歌，如龔自珍、林則徐等，譏刺時代黑暗，表現愛國熱忱。嘉、道以還，曾國藩崇宋，詩風質直瘦硬。晚清最大的詩歌流派「同光體」，仍取法宋詩傳統，同治、光緒時期，黃遵憲、梁啟超等人倡導「詩界革命」，棄前人之糟粕，注時代之精神，為詩歌開一新境界。清末之秋瑾、蘇曼殊，詩歌即事為詩，富於各自性情，蔚然成家。

## 十、民國時期：

　　民國時期的詩歌，由於清末民初時，適逢中國海禁開放後，資訊發達，留學劇增，加上翻譯文學大量引進，我國文學遂受西方影響，新體白話詩由此出現。《嘗試集》是胡適運用自由詩體和音韻節奏的改革等方面作嘗試的結果，是現代文學史上第一部白話詩集。作品以詛咒封建軍閥的黑暗統治和舊禮教的虛偽，以及表現個性解放和積極進取精神，並歌頌勞工的神聖。該詩集是胡適集結在《新青年》雜誌上所發表的詩作，共三編，於一九二〇年出版。第一編內容充滿矛盾，顯示出從傳統詩詞中脫胎、蛻變，逐漸尋找試驗新詩形態的艱難過程。

　　「五四運動」時期，是中國現代文學的興起，它源於胡適民國六年(1917)一月一日，在《新青年》第二卷五號上所發表的〈文學改良

芻議〉[1]，提出「八不主義」[2]，並主張以白話文學為正統文學。陳獨秀繼於二月一日，《新青年》第二卷六號上也發表〈文學革命論〉，提出「三大主義」[3]，並以歐洲文明為例，聲援胡適之白話文學，尤其是民國八年（一九一九）五月四日的五四運動，便成為中國追求現代化的一個標誌，故稱為五四時期。其影響層面非常深遠，猶如：「日本如果沒有明治維新，就沒有今日的日本；中國如果沒有五四運動，就沒有今日的中國」。五四運動的精神在文學表現上，是以白話為書寫基礎的改革運動，中國新文學由此而展開。

從民初到現在，新詩的成長已近一百年的歷史。新詩是詩詞曲的分行，新詩的形式較為自由，斷句、長短沒有一定格式，但新詩相當注重意象的表達。從某些新詩來看，雖然未必有分行，但是意境上卻像詩詞曲，有些則是表達手法跟詩一樣，所以看起來又像詩。它具有：

1. 從文法的角度來看，新詩的表達邏輯是具有跳躍的性質，往往依倒裝、跳脫等修辭技巧以呈現文法的跳躍性，舉例來說，如余光中〈白玉苦瓜〉的三行：

小時候不知道將它疊起。

一任攤開那無窮無盡。

---

1 新文學的提倡並不始於五四運動，裘廷梁 1901 年，即以《論白話為維新之本》一文疾呼「文言興而後實學廢」、「白話行而實學興」。後陳榮袞也發表《論報章宜改用淺話》一文，主張「變法以開民智為先，開民智莫如改革文言。」然中國第一篇現代小說＜一日＞是陳衡哲為響應胡適的白話文運動而寫，繼之為魯迅所發表的＜狂人日記＞，開創現代小說之先河，故謂現代文學之興起，源於胡適的〈文學改良芻議〉。
2 該八不主義為：1. 不做「言之無物」的文字；2. 不做「無病呻吟」的文字；3. 不用典；4. 不用套語爛調；5. 不重對偶→文須廢駢，詩須廢律；6. 不做不合文法的文字；7. 不摹仿古人；8. 不避俗話俗字。
3 推倒雕琢的阿諛的貴族文學，建設平易的抒情的國民文學；2. 推倒陳腐的鋪張的古典文學，建設新鮮的立誠的寫實文學；3. 推倒迂晦的艱澀的山林文學，建設明瞭的通俗的社會文學。

## 中國詩詞卷

碩大似記憶母親，她的胸脯。

第三行的「碩大似記憶母親，她的胸脯」即具跳躍性文法，如果以因果性來表達應是：「碩大似記憶中母親的胸脯」。新詩與詩詞曲的不同即在於新詩的表達手法較跳躍性，而詩詞曲是因果性與邏輯性。

2. 新詩的字數較短，重壓縮、濃縮，就像是透過精煉又去蕪存菁的結晶，常用象徵、比喻等技巧來呈現，不直接說明，所以較有含蓄之美，也因而較有想像空間，每個讀者對詩的解讀有更多想像，也較有多義性。雖新詩的字數較短，但跟詩詞曲相較起來，新詩在閱讀時比詩詞曲更費心力。

3. 從新詩的斷句與分行來看，很多人認為有些新詩忽長忽短且任意斷句、分行而成為敗筆，但成功的新詩中的斷句、分行，都是有根據的，每一個斷句、分行都是有節奏性與意義性，且詩人在句子裡的切斷、分行是有理由及目的，並非隨意為之。例如，詩人為了押韻、製造句子的視覺效果、製造時間與節奏感、為了予人似斷非斷、似連非連的感受等效果而做斷句、分行的手法技巧。

二○年代，「新詩派（嘗試派）」：胡適、陳獨秀、錢玄同、劉半農等人分別從不同的角度對新詩進行理論上的探討，胡適並嘗試在《新青年》上發表新詩八首。後劉半農〈教我如何不想她〉、沈尹默〈月夜〉、周作人〈小河〉、康白情〈草兒在前〉、俞平伯〈冬夜〉、劉大白〈賣布謠〉等人也競相嘗試，形成體現文學革命最初的實績。

一九二一年一月，由周作人、朱自清、劉延陵、俞平伯等人成立「文學研究會」，提倡寫實主義的文學，主張為人生而藝術的「文學為人生」，文學應反映社會的現象,並討論有關人生的問題之「人生詩派」，是五四文學革命後出現的第一個新文學社團，為現代詩、現代小說開創闢多樣的潮頭。代表者有：朱自清《毀滅》、《蹤跡》；周作人《老虎橋雜詩》；劉延陵本名劉延福之《水手》、《竹》；俞平伯本名俞銘衡之《冬夜》、《雪朝》、《西還》；徐玉諾本名徐言信《歌者》、《永在的真實》；

冰心本名謝婉瑩《春水》《繁星》等新詩集。

　　一九二一年六月，由如郭沫若、郁達夫與成仿吾等人成立「創造社」，並創辦《創造季刊》、《創造周報》、《創造日》、《洪水》、《創造月刊》等刊物。初期傾向於浪漫主義，主張為藝術而藝術，崇自我、重個性、抒發內心，追求文藝創作上的「藝術至上」之「浪漫詩派」；後期轉向馬克思主義，提倡無產階級革命文學，接受社會主義的寫實主義，主張個性解放，並接受共產黨的革命理論，宣揚革命和階級鬥爭，號召工人和農民聯合起來，推翻中華民國政府，建立新政權之。他們用磅礴的氣勢、創造的精神、心靈的激情和羅曼諦克的宣洩開一代詩風，代表者為：郭沫若本名開貞之《星空》、《瓶》；成仿吾本名昌愁之《流浪》；宗白華本名宗之櫆的《流雲小詩》；穆木天本名穆敬熙之《旅心》、《流亡者之歌》；馮乃超的《紅紗燈》等新詩集，作品以郭沫若的〈女神〉最為出名。

　　一九二三年，由胡適、徐志摩、聞一多、梁實秋、陳源等人發起成立「新月社」，並於一九二六年創辦《詩刊》，團結一批新詩人，如：劉夢葦、朱湘、饒孟侃、林徽音、于庚虞、蹇先艾等人，形成了「新月詩派」。該派提出「理性節制情感」的美學原則，提倡新詩的格律化，主張詩的音樂美、繪畫美、建築美。代表作有：聞一多的〈死水〉、劉夢葦〈示嫻〉、朱湘〈採蓮曲〉，以及徐志摩〈再別康橋〉等新詩。

　　一九二五年，李金髮本名李淑良出版中國最早的象徵主義詩集《微雨》，而成為「象徵詩派」的開創者，企圖從意象的聯結，來完成詩的使命，代表作為李金髮的《棄婦》等新詩集。

　　三〇年代，《現代》雜誌於一九三二年創刊，為施蟄存、戴望舒、杜衡、劉吶鷗、穆時英等人所發起，提倡現代主義詩歌在風格上，不受韻律和格律限制，手法上多用象徵、暗喻等方式表達，內容則以自我心靈的感受為主。一九三五年，孫作雲發表《論「現代派」詩》一文，引起很大的迴響，於是誕生了「現代詩派」。該派的興起是前新月詩派與象徵詩派發展的合流，是出於對新詩歷史及當時詩壇現狀的清

醒認識和自覺反思，立場鮮明地提出不少較為接近詩歌本質，並符合詩歌藝術發展規律的現代詩學思想。代表作為：戴望舒的〈雨巷〉、〈我用我殘損的手掌〉；何其芳的〈預言〉；卞之琳〈斷章〉；李廣田〈鄉愁〉，卞之琳、何其芳、李廣田被稱作「漢園三詩人」。

一九三二年，「中國詩歌會」由穆木天、任均、楊騷、蒲風等人所發起，是左翼作家聯盟領導的革命詩歌團體，而形成「詩歌會詩派」。一九三三年創辦機關刊物《新詩歌》，以「捉住現實」為宗旨。代表作有：任均本名盧嘉文之〈冷熱集〉、〈戰歌〉、〈後方小唱〉；楊騷本名楊維銓之〈受難者的短曲〉、〈春的感傷〉；蒲風的〈動盪的故鄉〉、〈六月流火〉等新詩。

四〇年代，《七月》雜誌由胡風、魯藜等人於一九三七年所發起，進而形成「七月詩派」，他們以政治抒情詩和描寫社會現實的作品占有較大比重，大部分著重對重壓之下的生命、死亡與背叛等主題的思考。代表作有：胡風本名張光人之〈為祖國而歌〉；艾青本名蔣正涵之〈我愛這土地〉；田間本名童天鑒之〈趕車傳〉、〈給戰鬥者〉；阿壠本名陳守梅之〈纖夫〉等新詩。

一九四八年，由陳敬容、曹辛之等人所創辦的《中國新詩》月刊，進而形成「新詩派」，其作品注重詩歌的現實意義和藝術價值，追求靈感和對理性的領悟。代表作有：陳敬容本名陳懿範之〈十月〉；曹辛之《复活的土地》、《启示》；穆旦本名查良錚之《讚美》、《詩八首》；辛笛本名王馨迪之《珠貝集》、《手掌集》；唐湜本名唐揚和之《騷動的城》、《飛揚的歌》；杜運燮《詩四十首》、《南音集》、《晚稻集》等新詩。後由曹辛之、辛笛、陳敬容、鄭敏、唐祈、唐湜、杜運燮、穆旦，以及袁可嘉等九位詩人共同組成「九葉詩派」，並於一九八一年出版《九葉集》新詩集。

## 十一、海峽四地：

一九四九年國民黨政府戰敗，而退守臺灣，共產黨則在大陸取得

政權，並建立中華人民共和國，以致形成海峽四地詩詞各自發展的情況。茲說明如下：

## 1. 臺灣詩歌：

臺灣[4]位居中國大陸東南方，地理上與中國大陸十分接近。根據文獻記載[5]推測，三國時代的孫權以及隋煬帝都曾經派兵至臺灣。不過，在清朝以前的中國歷朝都未曾在臺灣本島設官治理，只有元代及明代曾斷斷續續在澎湖設巡檢司。然臺灣文學的啟始是到一六五二年，明儒沈光文因颱風漂泊而來到臺灣後才產生。

明清時期的詩歌，自沈光文來臺後，便與季麒光等十三人發起「東吟社（詩社）」，致力於傳統文學的播種，培養許多詩人。葉石濤稱：「沈光文是臺灣文學史上頭一個有成就的詩人。」從沈光文來臺，到一八四四年澎湖子弟蔡廷蘭中進士為止的兩百年間，傳統文學遲遲未能在臺灣生根，主因是臺灣的社會結構使然。臺灣本為一個漢人、原住民雜處的社會，移民而來的漢人多屬目不識丁的庶民階層，尤以農民居多，缺乏熟悉傳統文學的士大夫階層，至於來臺當官的「宦遊人士」，只把臺灣當作是暫時居留地，他們的詩文，大多屬於文獻性質的史書，

---

4. 臺灣位於亞洲東部、太平洋西北側，另有寶島、鯤島、大員、東寧、福爾摩沙等別稱。地處琉球群島與菲律賓群島之間，西側隔臺灣海峽與歐亞大陸相望。面積約 3.6 萬平方公里，人口 1,400 萬人左右。主要由最早定居於此的原住民族、與 17 世紀後遷入漢族所構成；若以族群概念劃分，則分為：原住民、閩南人、客家人、外省人、新住民等五大族群。

5. 陳壽之《三國志・吳書・孫權傳》中提到夷洲這個地名，有學者認為是今天的臺灣，也有學者提出質疑。另，唐・魏徵之《隋書・流求國》與唐・令狐德棻之《隋書・陳稜傳》中提到一個在東方海上的島國，法國學者聖丹尼斯（Marie～Jean～Léon, MarquisI'HerveydeSaintDenys）認為這個流求國就是今天的臺灣。元・汪大淵的《島夷志略》則稱琉求，謂「自彭湖望之甚近」而被認為指今日高雄的壽山，並略述其地物產與原住民獵頭習俗。但梁嘉彬於 1958 年發表的〈吳志孫權傳夷洲亶洲考證〉，以東洋針路、季風、洋流等佐證質疑是臺灣說法，並提出流求應是指今日的琉球群島，是最早提出的反對觀點。另施朝暉等人認為，當時的流求應泛指琉球群島、臺灣等地，是中國東方海中的一連串島嶼。

## 中國詩詞卷

至於個人述懷的詩文，多是傷懷詠吟、富於「異國情趣」的作品，缺乏對臺灣本土的認同。此時期的代表作家和作品有：郁永河之《裨海記遊》、黃叔璥之《臺灣使槎錄》、朱士玠之《小琉球漫誌》、藍鼎元之《平臺紀略》《東徵集》、陳夢林之《諸羅縣志》、江日昇之《臺灣外紀》等詩文作品。

在「宦遊文學」主宰臺灣文壇的年代，本土的傳統文學也開始發聲，大陸的傳統文學便逐漸移植至臺灣本土上，這些本土作家群，以澎湖進士蔡廷蘭為首，著有《海南雜著》，彰化的陳肇興和黃詮，淡水的黃敬和曹敬，新竹的鄭用錫和林占梅等，皆是這時期的代表作家。到清末年間，臺灣如同大陸般的內憂外患接踵而來，激起知識份子保鄉衛國的情操與覺醒，認為文學並非遊戲應酬的工具，它應反映本土人民的疾苦生活，以及發揚民族精神。在同治與光緒年間，臺灣本土作家的作品水準已與大陸不分軒輊，其風格卻有強烈的鄉土色彩，文名遠播大陸。當時之宦遊人士如：王凱泰、楊浚、林豪、吳子光、唐景崧都很有名；本土詩人則以：陳維英、李夢洋、丘逢甲，以及施士浩等人為代表。

二〇年代前，由於臺灣在一八九五年割讓給日本[6]，以至到一九一九年間，在東京的臺灣留學生改組原先的「啟發會」為「新民會」，展開該階段各項政治運動、社會運動的序幕。這些擺脫古詩的近代文學，為臺灣新文學運動的肇始者，也被認為與日本的「言文一致運動（げんぶんいっちうんどう）」[7]或與大陸的「五四運動（白話文運動）」息息

---

6 中日甲午戰爭，日本稱日清戰爭（にっしんせんそう），國際通稱第一次中日戰爭（FirstSino～JapaneseWar），係大清帝國與日本帝國在朝鮮半島和遼東半島進行的戰爭。光緒二十年年（1894年）按中國干支紀年為甲午年，故謂甲午戰爭，最終大清戰敗與日本在1895年4月17日簽訂《馬關條約》將臺灣割讓給日本，直至1945回歸祖國。

7 該運動係日本明治維新所推動，主張語言和文章應一致，使能自由並正確的表現思想及情感的文體改革運動。該運動發端於明治初期，經由二山田美妙、葉亭四迷、尾崎紅葉等作家嘗試後而逐漸普及，最後演變成為現在的日本口語文，並為日本現代文學的起源。

相關。所以在日據時期，以日文創作自一九二三年，由追風本名謝春木的〈詩の真似する（詩的模仿）〉四首短製開啟新紀元。該四首為：〈讚美蕃王〉、〈煤炭頌〉、〈戀愛將茁壯〉，以及〈花開之前〉。其後王白淵也發表日文詩作〈詩人〉，形成臺灣新詩的日文書寫路線。一九三〇年陳奇雲出版《熱流》、水蔭萍本名楊熾昌出版《熱帶魚》等詩集。一九三五年水蔭萍等人成立風車詩社，發行《風車》詩刊，並引進法國超現實主義風格。此等作品為受日本的言文一致運動的影響。而受五四新文學運動的影響，則以一九二四年由在北平讀書的張我軍本名張清榮所點燃。一九二五年，他出版新詩集《亂都之戀》，為臺灣現代詩的肇始者。

　　三〇年代，影響臺灣文學、語言、族群意識的臺灣鄉土話文論戰正式展開。臺籍的日本居民黃石輝於東京力倡臺灣文學應是描寫臺灣事物的文學、可以感動激發廣大群眾的文學、以及用臺灣話描寫事物的文學。一九三四年之後的兩年，集結臺灣進步作家的臺灣文藝聯盟、臺灣新文學等民間組織相繼成立，表面標榜為文藝運動，實則具有政治性的文學結社。一九三〇年，《臺灣民報》增闢「曙光」欄，刊載中文新詩，是時的賴和本名賴河、楊守愚本名楊松茂、楊雲萍本名楊友濂、楊華本名楊顯達等優秀詩人輩出。他們也以臺灣話文書寫新詩，生動的寫出許多佳作。

　　四〇年代，蘆溝橋事變於一九三七年爆發後，臺灣總督府隨即設立國民精神總動員本部，皇民化運動於是正式展開。臺灣作家大部分只能依附在日本作家為主的團體，如一九三九年成立的臺灣詩人協會，或一九四〇年擴大改組的臺灣文藝家協會等。這個時期最重要的本土作家主要有三人：賴和的〈流離曲〉、〈南國哀歌〉、〈低氣壓的山頂〉等白話新詩；楊逵本名楊貴的〈三個臭皮匠〉詩作，以及〈四季紅〉、〈牛犁分家〉、〈少年彼當時〉、〈看國旗風飄〉、〈豐年舞〉、〈駛犁歌〉等歌曲；吳濁流本名吳建田的《濁流千草集》、《藍園集》、《濁流詩草》等傳統詩集。就整體而言，以日文寫作的文學成就較高，其原因有二：一為日本政府並不真心鼓勵漢文創作，尤其進入皇民化後，漢文即被

## 中國詩詞卷

禁止使用，使臺灣本土作家，尤其受新式教育的年輕作家大多習於使用日文寫作。二為本土作家用以吸收世界思潮，與現代文學知識、典範的媒介語言幾乎都是日語，創作上自然以日文較能駕輕就熟，此乃時代環境限制與影響之必然，無關乎個人的國家與身份認同。

五〇年代，國民政府於一九四九年遷臺後，臺灣依舊繼承中國詩歌的發展，而有了臺灣本土自主性的特色。大陸有大量文人隨國民政府來臺，投入文學創作的行列，使臺灣文學得以蓬勃發展。但在國共戰爭的陰影下，臺灣文壇形成標榜反共、鼓吹戰鬥的文學主流。其中以一九五〇年五月成立的「中國文藝協會」（簡稱「文協」）最具影響力，是這一時期最活躍的官方文藝團體，尤其是軍中作家活躍於文壇，如：朱西寧本名朱青海、司馬中原本名吳延玫、姜穆等都有一些作品表達「反共」的主題，也有甚多作家從大陸追隨來臺，如：蘇雪林本名蘇小梅、謝冰瑩本名謝鳴崗、琦君本名潘希珍、張秀亞、羅蘭本名靳佩芬、林海音本名林含英等人。他們因遠離故鄉親友，故以懷鄉及親情為主題，創作出許多受歡迎的作品。

臺灣詩壇，也相繼成立了具有現代主義傾向的「現代詩社」、「藍星詩社」、「創世紀詩社」等三大詩社，並創辦詩刊，舉行各種詩歌活動，在臺灣現代詩界中有舉足輕重的地位。其中最具代表性的詩人為：鄭愁予與余光中。鄭愁予本名鄭文韜，十六歲便自費出版第一本詩集《草鞋與筏子》，隨後陸續出版《窗外的女奴》、《衣缽》、《雪的可能》、《燕人行》、《寂寞的人坐著看花》等十幾部詩集；余光中的創作，以詩及散文為主，一九五二年出版第一部詩集為《舟子的悲歌》，後陸續有《藍色的羽毛》、《太陽點名》等三十幾部詩集出版。他的作品，兼有中國古典文學與外國現代文學之精神，創作手法新穎靈活，比喻奇特，描寫精雕細刻，抒情細膩纏綿。

這個時期的臺灣文壇，幾乎都由大陸作家掌控，因本省籍作家面臨由日據時期所用的日文寫作，要轉換成中文的障礙，又加上「二二

八事件」[8]以來充斥的白色恐怖環境，本省籍作家多半保持在沉寂的狀態，所以本省籍作家中寥寥無幾。其中，以鍾肇政與鍾理和最具代表性。鍾肇政被尊為臺灣文學之母，與賴和相互輝映，也與葉石濤齊名，兩人被並稱為「北鍾南葉」；鍾理和與鍾肇政齊名，被稱為「兩鍾」、「倒在血泊裡的筆耕者」。他們以小說成名的小說家，非詩人，所以沒留下詩歌作品傳世。

六〇年代，《現代文學》於一九六〇年創刊，標示著臺灣文學的發展，是以現代主義佔主流地位的時期。《現代文學》是由當時就讀臺大外文系的白先勇、王文興、陳若曦本名陳秀美、歐陽子本名洪智惠、李歐梵等人所創的，一九七三年停刊，培養了不少本土作家，如：黃春明、七等生本名劉武雄、施叔青、李昂本名施淑端、林懷民等。他們提倡「橫的移植」來代替「縱的繼承」，把西方的存在主義、意識流、超現實主義等前衛的文學意識形態和寫作技巧，透過刊物引進國內，造成一時的風行。他們有嚴重西化傾向，主要的原因是因為大陸在三、四〇年代的作品被禁止在臺灣流通，無法找到可以模仿的對象，只好轉而大量吸收歐美的現代文學潮流。就在這種與大陸文學、日據時代臺灣新文學文化傳統的「雙重隔絕」下，他們不得不走向全盤西化。白先勇就曾指出，他們這些來臺第二代作家都有一種「無根與放逐」的共同意識，探索人存在的意義便成為當時盛行的話題，存在主義因此風靡了整個六〇年代。王尚義的〈野鴿子的黃昏〉即充滿了此一思潮的風格而在文壇受到重視，他的《野百合花》新詩集等作品，也大致呈現這種風格。

一九五四年，「創世紀詩」成立並發行《創世紀》詩刊（後更名《創世紀詩雜誌》），由張默、洛夫、瘂弦共同集資創辦，三人號稱「創世紀鐵三角」，與一九五三年紀弦所創辦的「現代派」、一九五四年夏菁

---

[8] 「二二八事件」，是指 1947 年 2 月 27 日至 5 月 16 日間，臺灣各地爆發激烈的官民衝突，民眾要求政治改革，最終中華民國國民政府派遣軍隊武力鎮壓。

## 中國詩詞卷

等人所發起的「藍星詩社」鼎足而三。張默本名張德中，其詩風具有：高曠清逸、豪邁明亮、素樸簡潔，反映詩人在生活中崇尚自然、樸實無華的性格。著有：《上昇的風景》、《無調之歌》等詩集；洛夫本名莫運端，著有：《時間之傷》、《血的再版》以及《魔歌》等三十七部詩集；瘂弦本名王慶麟，著有：《苦苓林的一夜》、《深淵》、《鹽》等詩集；紀弦本名路逾，主張新詩必須不用韻和無格律，提倡西方「現代主義」和新詩現代化，強調新詩是西化的「橫的移植」，反對浪漫，提倡知性，現代詩應過濾過多的情緒，掀起新詩革命，著有：《摘星的少年》、《隱者詩抄》等十幾部詩集；夏菁本名盛志澄，寫作以詩歌為主，散文為副，曾被稱為「具有新古典主義傾向的詩人」，著有：《獨行集》、《摺扇》等十幾部詩集。

七〇年代，鄉土文學的興起，與兩次文學論戰有關。第一次是一九七三年爆發的現代詩論戰，史稱「唐文標事件」。許多報刊、雜誌都捲入此次事件，「回歸鄉土」的呼聲在此事件後日益高漲。直到一九七七年的「鄉土文學論戰」時，現代派與鄉土派又進行了一次規模更大也更為激烈的決戰。經過這場論爭，鄉土文學獲得充實的理論基礎，寫實主義取代了過度西化的現代主義，最後鄉土派顯然是占了上風。學者彭瑞金認為，這場論戰給予本土作家極大的動力朝鄉土文學的方向寫作，鄉土文學寫作風行一時。

一九六四年由林亨泰等人所創立的「笠詩社」，強調「臺灣精神的建立」，採取以「現實的」及「本土的」詩學路線，來抵抗《創世紀》、《藍星》等以現代主義為主流的詩學。一九七一年施善繼、蕭蕭等人又成立《龍族》、羊子喬、龔顯宗則成立《主流》，以及一九七二年由陳慧樺、林鋒雄等人所組成的《大地》詩刊，配合詩壇外部關傑明、唐文標等人的批評，為臺灣現代詩壇之「詩學的與權力的」結構，掀起了重構的浪潮。

這個時期主要的鄉土詩人有：林亨泰、施善繼、蕭蕭、羊子喬、龔顯宗，以及楊牧等人。林亨泰是「現代派」成員之一，早在一九四

九年即出版第一本詩集《靈魂の產聲》，後陸續出版有：《長的咽喉》、《爪痕集》，以及《跨不過的歷史》等詩集，曾以〈走過現代·定位鄉土〉詮釋自己的文學生活；施善繼著有：《傘季》、《寶島小遊記》、《返鄉》等詩集；蕭蕭本名蕭水順，以詩和散文為主，著有《舉目》《悲涼》《毫末天地》《緣無緣》《雲邊書》《皈依風皈依松》《凝神》《後更年期的白色憂傷》《草葉隨意書》等詩集；羊子喬本名楊順明，為西拉雅族人，一九七八年發表臺語詩作〈收成〉，以及《月浴》、《該是春天為我們開門的時候》等詩集；龔顯宗的文學創作，以現代詩為主，並兼及文學評論，他認為：「寫詩應從古典裡吸收精華，自國外文學擷取優點。」著有：《榴紅的五月》等詩集；楊牧本名王靖獻，既是詩人，也是散文家、評論家、翻譯家、學者，他的詩作計有：《水之湄》、《傳說》、《瓶中稿》等十幾部詩集出版，其風格浪漫抒情之外，還多了一份冷靜與含蓄，並關心鄉土與現實的問題，充滿〝反思〞和〝探索〞的精神。

　　八〇年代，鄉土文學逐漸被揚棄，取而代之的是本土文學。直到一九八七年解嚴以後，「臺灣文學」才取代「本土文學」。所以在這個時期後，文壇不再是主流掛帥的局面，而是呈現多流派、多風格、多題材的多元化格局，尤其是伴隨著婦女解放運動的興起，「挑戰父權、解放女性」成為這個時期文學創作的主題。這類作品主要是探討社會複雜環境下現代女性的處境，具有強烈的女性成長與覺醒意識。然而，這種女性覺醒的意識大部分呈現在小說方面，如：李昂的〈殺夫〉、蕭麗紅的〈千江有水千江月〉、廖輝英的〈油麻菜籽〉、袁瓊瓊的〈自己的天空〉等，有的控訴父權社會對女性的壓迫，有的大膽觸及情慾題材、有的塑造女強人模式、有的顛覆傳統對女性的定位等，讓女性文學的領域在八〇年代得到很好的發展。

　　一九七五年由羅青等人創立的《草根》詩刊，整合了七〇年代詩人所追求的「民族詩風」、「現實關懷」及「尊重世俗」、「正視本土」與「多元並進」的詩觀，尤其是一九七九年創刊，由向陽所領導的《陽光小集》，則更進一步強調「寧可踏實地站在臺灣這塊土地上，與人群共呼吸、共苦樂」。於是，八〇年代便以「民族性」、「社會性」、「本土

## 中國詩詞卷

性」、「開放性」和「世俗性」的新路線來書寫。主要的詩人有：林耀德、羅青、向陽、林央敏，以及席慕蓉等人。

　　林耀德本名林耀德，提倡現代書寫和都市文學，該文學不是指城、鄉的二元對立，而是一種「主題」的精神產物，他並表示：「我的關切面是都會生活型態與人文世界的辨證性。」著有：《銀碗盛雪》、《都市終端機》、《都市之甍》等七部詩集；羅青本名羅青哲，一九七二年出版第一本詩集《吃西瓜的方法》。余光中在〈新現代詩的起點～羅青的《吃西瓜的方法》讀後〉一文中，稱讚羅青的詩作為「新現代詩」的起點，羅青便開始在文壇展露頭角，一九八五年羅青在《自立晚報》副刊發表〈一封關於訣別的訣別詩〉，被視為「臺灣後現代主義的宣言詩」，著有：《吃西瓜的六種方法》、《神州豪俠傳》、《捉賊記》、《水稻之歌》、《錄影詩學》、《少年阿田恩仇錄》、《一本火柴盒》等詩集。向陽本名林淇瀁，以詩聞名，兼及散文、兒童文學及評論，一九七六年出版第一本詩集《銀杏的仰望》，後陸續出版：《種籽》、《行集》、《歲月》等近十部詩集；林央敏，十一歲時即能寫五言古詩，一九七二年首次發表新詩，隔年便陸續在中央日報、聯合報、臺灣新聞報等文學副刊發表新詩及散文，一九七四年參加「森林詩社」，與一群文藝青年合辦出版《也許》詩刊，一九八三年開始用臺語文學創作，著有：《睡地圖的人》、《家鄉即景詩》等多部詩集，帶有濃厚的鄉情。席慕蓉蒙古名穆倫‧席連勃，是詩人，也是散文家、畫家，她的代表作為1981年所發表的詩集《七里香》，後陸續發表：《無怨的青春》、《時光九篇》等近十部詩集，席慕蓉延續了寫實主義「尊重世俗，反映大眾心聲」特色，使她在八〇年代受到主流媒體的肯定，進而帶領大眾詩的前進。

　　九〇年代後迄今，臺灣文學基本上延續著八〇年代的多元格局，後現代主義成為文學主流。這些後現代思潮包括了女性主義、性別論述、後殖民論述、後結構主義、弱勢社群論述等。其中，後設文學與情色文學較引人矚目，令不少新一代作家趨之若鶩。1998年由江文瑜所發起的「女鯨詩社」問世，以及詩選《詩在女鯨躍身擊浪時》的推出，彰顯臺灣女性主體意識的集結。她的女性主義詩集《男人的乳頭》，

透過性別、情色、權力的三重顛覆,展現出臺灣女性詩人的主體書寫。身體詩也是九〇年代的主流之一,情慾世界和身體詩儼然一體,較具代表性的詩人有:顏艾琳、許悔之、陳克華,以及陳義芝等人。

顏艾琳是詩歌寫作裡最早創作色情詩的人,為臺灣詩壇重要的性別研究對象,著有:《抽象的地圖》、《骨皮肉》、《黑暗溫泉》等近十部詩集;許悔之本名許有吉,是詩人,也是手墨藝術家,一九八五年與陳去非等人創辦「地平線詩社」,並發行跨校性校園詩刊,詩人李敏勇說他的詩作:「既潛入個人又指涉社會;既在抒情的心田穿梭,又在哲理的原野滑行。在交織的冷靜與熱情之間,他捕捉經驗與想像衝擊的水紋和火花。」最具代表性的身體書寫作品:《肉身》、《我佛莫要,為我流淚》、《當一隻鯨魚渴望海洋》、《有鹿哀愁》等詩集,以情慾與宗教為切入,表現出流亡者的邊緣視角、眈美情緒與悲傷虛無的基調;陳克華,是詩人,也是攝影家、畫家、歌手、演員,曾擔任《現代詩》的主編,其作品多次被改編為詩劇搬上舞臺,並為多齣舞臺劇及交響樂曲填寫歌詞,本人亦參加舞臺劇及電視劇的演出,其詩歌集計有:《寂寞‧Autopsy》、《乳頭上的天使》,以及《看不見自己的時侯》等作品;陳義芝,是詩人,也是散文家及評論家,著有:《新婚別》、《我年輕的戀人》等十幾部詩集。

一九八七年解嚴後,由於族群意識的抬頭,以致外省、閩南、客家,以及原住民等四大族群,各自以各自的語言來創作,進而鼎盛一時。中國文學起自於先秦時期,一路發展至今;閩南文學,自日據時期開始,便有多位臺灣作家以閩南語創作詩歌。然因日據殖民地位,以及外省人統治臺灣的接連壓迫,致使以閩南語創作受到長期的忽視。解嚴後,臺灣本土意識再度高漲,閩南語文學重登歷史舞臺,詩歌也隨之再次萌芽;而一九八八年由邱榮舉等人成立了「客家權益促進會」,匯集客家各股勢力,以實際行動發起並主導「還我母語運動」。二〇〇一年行政院「客家事務委員會」成立,以及2003年客家電視臺開播,對於推動客家語文學創作,產生重大的影響;一九九一年則由原住民立委蔡中涵和瓦歷貝林等人,推動「原住民權益促進會」,以訴

## 中國詩詞卷

求成立中央級原住民專責委員會，行政院終在一九九六年成立「原住民族委員會」，並於二〇〇五年原住民電視臺開播，對於推動原住民語文學創作，也產生了影響。

以中國語寫作的詩人，因其是國家通用的語言，各族群都非常熟悉，故一直是文學創作的主流語文，其作家如上所舉。

以閩南語寫作的詩人，較具代表性者有：路寒袖、巫永福、林文平等人。路寒袖本名王志誠，於1991年發表第一首臺語詩作〈春雨〉；一九九五年出版第一本臺語詩集《春天的花蕊》，其臺語詩歌清新典雅，意境優美。早期受古典文學的影響，創作內容為詩人孤獨內在的心境寫照，題材則以親情關懷與童年紀事為主；後期受楊逵的影響，詩作內容轉向土地與社會關愛，詩風趨向現實。巫永福，他與詹冰、黃靈芝等人，嘗試在現代詩之外於臺灣另造新的當代詩體，對日後臺灣的自由句發展產生影響，二〇〇三年出版臺語俳句集《春秋》。方耀乾，是臺語與臺灣文學權威的詩人和學者，著有：《阮阿母是太空人》、《予牽手的情話》、《白鴒鷥之歌》、《將臺南種佇詩裡》、《方耀乾臺語詩選》、《方耀乾的文學旅途》、《烏/白》、《臺窩灣擺擺TayouanPaipai》、《我腳踏的所在就是臺灣：世界旅行詩》，以及《臺灣隨想曲》等多部臺語詩集。林文平，擅長以臺語文創作新詩與散文，曾大量發表臺灣地誌詩，作品呈現強烈的歷史人文關懷，更著力於臺語二行詩的創作，著作有：臺語有聲詩集《黑松汽水》、《時間》、《用美濃寫的一首詩》，以及《詩～北緯23°&東經121°》等閩南語詩集。

以客家語寫作的詩人，較具代表性者有：杜潘芳格、黃恆秋、葉日松、曾貴海、利玉芳、陳寧貴等人。杜潘芳格，是第一個以客家語寫詩的詩人，其詩主要反映女性處境、母性光輝、人生的思考、社會的關懷，著有：《朝晴》、《青鳳蘭波》等客家語詩集；黃恆秋，是第一個出版客家語詩集的作家，並致力於客家文學的理論建構，其詩主要書寫客家生活的生命體驗，著有：《擔竿人生》、《見笑花》等客家語詩集；葉日松，詩作大概書寫生活的土地與農家生活，具有濃烈的鄉土

情懷，語言富音樂節奏性，著有：《葉日松客語詩選》、《鑊仔肚介飯，比麼介都卡香》等客家語詩集；曾貴海，詩作以客家女性、土地、生態等為主題，著有：《原鄉夜合》等客家語詩集；利玉芳，其詩風大膽，勇於創新，主要書寫生活瑣事、自然生態、鄉土情懷、女性情慾等議題，著有：華客語詩集《向日葵詩集》；陳寧貴，他的詩風企圖連結精純詩質，以立足客家，能夠放眼詩界，著有：《商怨》等客家語詩集。

至於用原住民語寫作的詩人，極為少數，如：卜袞‧伊斯瑪哈單‧伊斯立端等人；大部分用中國語（漢語）寫作，如：林德義、瓦歷斯‧諾幹、卜袞‧伊斯瑪哈單‧伊斯立端、馬列雅弗斯‧莫那能、沙力浪‧達岌斯菲芝萊藍、馬翊航、黃璽，以及嚴毅昇等人

林德義排灣族詩人，是原住民文學的拓荒者之一，於一九六七年參加暑期青年戰鬥文藝營，以一篇〈山的城〉獲得新詩組佳作獎，一九九三年參加行政院文建會第一屆原住民藝術季文學創作獎，以一篇〈太陽族〉獲新詩組第一名，2011年〈洪流〉獲得原住民文學新詩佳作獎，二〇一二年高雄市政府「打狗鳳邑文學獎」，〈我從山中來〉，獲得評審獎，並收錄於《屏東文學青少年讀本—新詩卷》，以及〈叛徒〉等詩歌作品；瓦歷斯‧諾幹泰雅族詩人，也是散文家，作品雖橫跨詩、散文、小說、論述等，但以創作詩、散文為主。一九九四年出版第一本詩集《泰雅孩子‧臺灣心》，其價值觀和文化觀接近漢人，並創辦原住民文化刊物《獵人文化》及「臺灣原住民人文研究中心」，展現出有關泰雅族的文學風格，並參與《原報》、《南島時報》、《山海文化雙月刊》等刊物編輯工作，以爭取主流媒體外的對話平臺。後續著有：《山是一座學校》、《想念族人》、《伊能再踏查：記憶部落族群的泰雅詩篇》，以及《當世界留下二行詩》等詩集；卜袞‧伊斯瑪哈單‧伊斯立端（漢名林聖賢）布農族詩人，是布農族語文化保存者，擅長以原住民語撰寫詩歌，作品以書寫族人與土地為主題，透過族語、華語的雙語作詩，表現布農族的文化，著有：雙語詩集《山棕月影》、《太陽迴旋的地方》；馬列雅弗斯‧莫那能（漢名曾舜旺）排灣族詩人，一九八九年出版第一本原住民漢語現代詩《美麗的稻穗》詩集；沙力浪‧達岌斯菲芝萊藍（漢

名趙聰義）布農族詩人，著有：《笛娜的話》、《部落的燈火》、《祖居地・部落・人》等詩集；馬翊航卑南族詩人，著有：《細軟》等詩集；黃璽泰雅族詩人，二〇二一年獲得臺灣文學館「原住民漢語新詩獎」，著有：《骨鯁集》等詩集；嚴毅昇阿美族詩人，文學創作、評論散見於臺灣各家詩刊、聯合文學、幼獅出版社、金門文藝、文訊雜誌等刊物，著有：《在我身體裡的那座山～TalatokosayAKapah》等詩集。

該時期，也出現網路文化所衍生的網路文學[9]如：痞子蔡《第一次親密接觸》、《超商之戀》；藤井樹（本名吳子雲）《夏日之詩》；九把刀《那些年～我們一起追的女孩》；簡士耕《愛你一萬年》、《初戀風暴》等小說作品較有名氣；現代詩則有：潘柏霖《1993》、《我討厭我自己》；徐珮芬《還是要有傢俱才能活得不悲傷》、《在黑洞中我看見自己的眼睛》；任明信《你沒有更好的命運》、《光天化日》；宋尚緯《陣痛》、《輪迴手札》等詩歌作品。

## 2. 大陸詩歌：

五〇年代，中華人民共和國於一九四九年建國後，大陸的詩歌創作雖承襲民國時期，但受到建國前延安解放區文學的影響，而有明顯的變化，尤其是隨着政治社會的改變，文學必須承擔起宣傳和歌頌時代的任務，富於社會批判精神的文學便逐漸消失。所以在這個年代，是現實主義的主流思潮，以反映國共革命鬥爭歷史、社會主義建設「新生活」的共產文學，詩歌內容以歌頌為主，通過寫實和抒情等藝術手法，表達對現實生活的體驗和感受。代表作品有：李瑛的《野戰詩集》、《天安門上的紅燈》、《獻給火的年代》；郭小川本名郭恩大的《致青年公民》、《望星空》《甘蔗林～～青紗帳》《團泊窪的秋天》；公劉本名劉仁勇的《哎・大森林》、《上海夜歌》、《致黃浦江》；張志民本名張稚民的〈王九訴苦〉、《死不著》、《將軍和他的戰馬》等新詩作品。

六〇年代，除描寫社會主義建設外，也有反映抗美援朝的作品，

---

[9] 本文所指網路文學，係指新創作，首次在網路上流通閱讀的文學創作。

如：凍死戰士宋阿毛的一首絕筆詩：「我是一名光榮的志願軍戰士，冰雪啊！我絕不屈服於你，哪怕是凍死，我也要高傲地聳立在我的陣地上！」；一九五〇年發表在《人民日報》上，由麻扶搖本名麻向搖作詞，周巍峙作曲的《中國人民志願軍戰歌》；魏巍的《幸福的花為勇士而開》散文集，該書收錄分四輯：〈誰是可愛的人〉、〈依依惜別的深情〉、〈我的老師〉和〈幸福的花為勇士而開〉。前兩輯是歌頌抗美援朝的作品，後兩輯則反映社會主義建設的風貌。其他作品也有；任洪淵《太陽樹》、《女朗11象》；食指本名郭路生《相信未來》、《食指黑大春現代抒情詩合集》等詩歌。

七〇年代，文壇發生重大變化，文化大革命於一九六六年爆發，對於意識形態作了絕對的箝制，使文學的發展遭逢嚴重的挫折。這個階段對於文學和社會都是一個巨大衝擊。在四人幫極端化思潮的控制下，文革的風暴不僅剝奪幾乎所有作家從事創作的權利，甚至使不少作家因不堪屈辱而失去性命。在四人幫的政策下，文學只能是宣傳的工具，文學公式化、雷同化、八股化的情形十分嚴重，因此出現所謂的「樣板文學」，其中最有名的作品即是樣板戲[10]，如：曲波本名曲清濤的京劇《智取威虎山》革命樣板戲。由於江青等四人幫所掌控的中央政府支持而一枝獨秀。雖是如此，但樣板戲截至一九七六年文化大革命結束，也僅二十幾部作品而已，嚴重箝制大陸文學的發展，尤其是詩、散文、小說等的作品，少得可憐。其他的詩作有：林莽的《深秋》、《自然的啟示》；方含的《在路上》、《謠曲》、《印象》、《生日》；根子本名嶽重的〈三月與末日、〈既然〉等作品。

八〇年代，毛澤東於一九六六年九月九日逝世，文化大革命也宣告結束。接著鄧小平、胡耀邦等人主導了撥亂反正、改革開放的路線。由此，以揭露文革時期所造成傷痛的「傷痕文學」興起，最具代表作

---

[10] 樣板戲，全名革命樣板戲，或稱八個樣板戲，係指1967至1976年間，由中國共產黨官方報導《人民日報》、新華社認定的一批在無產階級文化大革命中定稿，主要反映當時中共極左政治立場的舞臺藝術作品。

## 中國詩詞卷

品為：一九七七年十一月劉心武的短篇小說〈班主任〉；一九七八年八月盧新華的短篇小說〈傷痕〉；一九八一年韓少功的短篇小說〈月蘭〉等。由此傷痕文學，便成為這個時期的主要文學思潮之一，然大部分作品呈現在小說方面，詩歌方面則非常少數，如：楊慶祥的新詩集《我選擇哭泣和愛你》，被認為是代表作。

繼傷痕文學之後，一批作家也開始以反思文革，並且進行批判，總結歷史經驗的教訓，以警醒世人。由此，出現了「反思文學」為這個時期的主要文學思潮之一，它強調的是要揭示生活的本質，必須穿透生活表象，深入到歷史、文化和人的精神深處去尋找答案。主要代表有：王蒙、艾青、牛漢、李瑛等詩人。王蒙，借鑑西方的現代主義、意識流手法，在文壇上引起巨大的轟動和爭議，最終為人們所接受，拓寬中國文學的表現空間，也豐富了中國文學的表現方式。著有：《旋轉的轆轤》、《西藏的遐思》等詩集；艾青本名蔣正涵，著有：《歸來的歌》、《彩色的詩》、《雪蓮》等二十幾部詩集；牛漢本名史承漢，一九七九年以來創作了二百多首詩，他的詩兼有歷史和心靈的深度，也有對社會現實和生命的體驗，以及有思想性和藝術性。著有：《華南虎》、《溫泉》、《海上蝴蝶》、《沉默的懸崖》等詩集；李瑛，著有：《一月的哀思》《我驕傲，我是一棵樹》《春的笑容》等詩集。

反思文學之後，便是「尋根文學」的興起。倡導者為韓少功、阿城、鄭義等作家。其開端是韓少功在一九八五年第四期《長春》期刊上，發表〈文學的「根」〉的短文。由此，尋根文學成為這個時期的文學思潮之一，作家們大多有意以文學尋求傳統民族文化之根，企圖思索人類現實生活處境，且有意跳出中共政治文化的束縛，並在語言、風格上也極力擺脫窠臼。然大部分作品呈現在小說或散文方面，如：韓少功《爸爸爸》、阿城本名鍾阿城《棋王‧樹王‧孩子王》、鄭義本名鄭光召《楓》等小說作品，以及韓少功的《夜行者夢語》、阿城的《威尼斯日記》；鄭義《紅色紀念碑》等散文作品。在詩歌方面主要代表詩人為：楊煉的《半坡》、《諾日郎》、《西藏》、《敦煌》、《自在者說》等大型組詩；江河的《太陽和它的反光》。

## 蓼莪

　　尋根文學之後，也出現從前之「通訊報道」思潮，再度興起而成為報告文學。劉賓雁、徐遲、柯岩、陳祖芬、錢鋼等都是當時著名的報告文學作家。其中以劉賓雁最具代表性，他於1979年發表《人妖之間》報告文學，揭露中華人民共和國建國以來，地方官員最大貪污的王守信案，在民間引起很大的迴響而獲得「中國的良心」稱號。在一九七九年至一九八七年期間，他擔任《人民日報》高級記者，發表大量揭露社會問題的報告文學作品，如《第二種忠誠》、《因為我愛》等。

　　一九七八年，由北島與芒克等人所創辦的詩刊《今天》，並發表一批優秀的朦朧詩作品，因而成為「朦朧詩派」。該派具有啟蒙主義色彩和反叛意識，主要代表有：北島、舒婷、顧城、海子、西川等詩人。北島本名趙振開，他的詩歌反映了從迷惘到覺醒的青年心聲，十年動亂的荒誕現實，造成他獨特的「冷抒情」方式，出奇的冷靜和深刻的思辨性。代表作有：《陌生的海灘》、《北島詩歌集》、《在天涯》、《午夜歌手》、《開鎖》、《零度以上的風景線》等詩集；舒婷本名龔佩瑜，詩風帶有朦朧的氛圍，卻流露出理性的思考，朦朧而不晦澀，是浪漫主義和現代主義風格相結合的產物。其詩集《雙桅船》、《致橡樹》是朦朧詩的代表作品；顧城一生創作的詩歌達二千一百多首，如：〈寫在明信片上〉、〈松塔〉、〈楊樹〉、〈一代人〉等作品，其中之〈一代人〉是他的成名作；海子本名查海生，於一九八二年開始進行詩歌創作，一九八四年即創出成名之作《亞洲銅》和《阿爾的太陽》，還著有：《小站》、《麥地之瓮》等短詩集，以及《傳說》、《河流》等長詩集；西川本名劉軍，從一九八〇年起即開始從事詩歌創作，他的詩歌寬容、開放、具有散文化的傾向，主要作品有：《中國玫瑰》、《虛構的家譜》，以及《大意如此》等詩集。

　　「先鋒詩派」也在這個時候興起，他們反對傳統文化，刻意違反約定俗成的創作原則，追求藝術形式和風格上的新奇，在創作技巧上採用暗示、隱喻、象徵、聯想、意象，以挖掘人物內心奧秘，意識的流動。主要代表作有：張棗的《春秋來信》、楊黎《非非1號》、烏青本名鄭功宇之《有哈鼠》、韓東《有關大雁塔》、譙達摩《橄欖石》、余怒

## 中國詩詞卷

《守夜人》,以及周瑟瑟《松樹下》等詩集。

在這個年代,文壇有一個怪現象,即受到香港及臺灣通俗小說的影響,也出現金庸的武俠小說與瓊瑤的言情小說風行大陸,此等出版數量幾乎無法統計,更有超過正版數量的盜版書銷行,可以肯定這二位作家在大陸擁有最廣大的讀者,遠非其他作家可比擬,更由於小說改編的電視劇,也助長他們聲勢,一直持續到九十年代還餘熱未消,這種現象是中國現代文學史上罕見。同時,大陸作家亦開始模仿通俗小說的寫作,然其水準並不高。

九〇年代後迄今,大陸與外國文化交流渠道日益暢通,新銳的西方文藝思潮迅速介紹進來,以致現代主義逐漸式微,尤其是一九八九年「六四天安門事件」發生後,不少知識分子心存戒懼或者心灰意冷,放下了「以天下為己任」的精英心態,以及文化生態受到市場經濟的顯著影響,該主義的精英取向也難以拓展讀者市場,其中心地位因而迅速喪失。繼之而起的是後現代主義、女性主義、解構主義、符號學、後殖民理論、新歷史主義、大眾文化研究等理論,紛紛登場之多元時期,他們鼓吹去中心、反權威、零散化、無深度的寫作,並以中國歷史文化現象為描寫對象,借此抒發現實的關懷。

該年代,有許多年輕的作家加入行列,如:李元勝《玻璃箱子》、馬永波《以兩種速度播放的夏天》、臧棣《燕園紀事》、樹才本名陳樹才《單獨者》、伊沙本名吳文健是後現代主義詩人《餓死詩人》、余怒《守夜人》、吳晨駿《棉花小球》、戈麥本名褚福軍《慧星～戈麥詩集》、藍藍本名胡蘭蘭《含笑終生》、桑克本名李樹權《午夜的雪》、西渡本名陳國平《雪景中的柏拉圖》、楊鍵《在黃昏》、徐江《我斜視》、木朵《斜坡上的斜暉》、康城本名鄭炳文《康城的速度》、朵漁本名高照亮《暗街》、胡續冬本名胡旭東《水邊書》、巫昂本名陳宇紅《九十九隻飛鳥和魚》、范想本名范倍《車過仙魚橋》,以及沈浩波《一把好乳》等詩集。

同時,也出現網路文化所衍生的網路文學,詩陽本名吳陽,是中

國首位網路詩人，也是《橄欖樹》的創刊人，代表作有：《遠郊》、《人類的宣言》等詩作。少君本名錢建軍，於一九九一年在網路上發表《奮鬥與平等》小說，成為中國首位網路小說家；邢育森於一九九七年發表《活得像個人樣》小說，在網路上一炮而紅，迅速被甚多中文網站轉載，流傳極廣；蕭鼎的《誅仙》、《暗黑之路》、《矮人之塔》、《叛逆》等網路小說。在詩歌方面：詩陽本名吳陽於一九九三年首次使用電腦大量創作詩歌，並通過網際網路發表，網絡詩歌由此誕生，詩陽也因此成為第一位中國網絡詩人。一九九四年，詩陽的網絡詩歌創作達到高峰，幾乎以每天一首的速度發表了數百首原創詩歌，促使更多的網絡詩人不斷地出現，如：魯鳴、亦布、秋之客等詩人。他們創辦了首份中文網絡詩刊《橄欖樹》，詩陽為主編，形成以該詩刊為核心的網絡詩人群，後有：馬蘭、祥子、建雲、夢冉、京不特、桑克等加盟。一九九九年出現李元勝擔任主編的《界限》，二〇〇〇年萊耳、桑克的《詩生活》和南人的《詩江湖》等的創立。二〇〇一年於懷玉也成立《詩歌報》，同時還有更多的「詩歌網站」出現，網絡詩歌進入詩歌創作的主流時代。

### 3. 香港散文：

香港[11]位居中國大陸南海沿岸，地處珠江口以東，北接中國深圳，南方為萬山群島，西方為澳門和珠海，由香港島、九龍和新界所組成，

---

11. 香港原為數千人口的小漁村，今已發展至 600 萬人口以上的大都會。曾因 1842 年中英鴉片戰爭割讓給英國成了殖民地。第二次世界大戰期間，日本攻佔香港有 3 年 8 個月的時間。1945 年日本無條件投降後，英國恢復對香港行使主權。英國對香港人的治理，除國防、外交與政治外，幾乎享有與英國公民一樣的待遇。1997 年 7 月 1 日香港主權移交中華人民共和國，並成立特別行政區，首長為行政長官，實行一國兩制，保有原資本主義和生活方式五十年不變，除國防與外交外，香港人享有其他一切事務的高度自治及參與國際事務的權利。香港在英屬期間，由於是殖民地的身份與地理環境下，免去中國大陸的亂局所影響；太平天國、國共內戰、抗日戰爭，以及文化大革命等期間，有大量難民逃到香港，人口迅速增長而帶來人才、資金和技術，其經濟於戰後便得以快速發展，從漁村發展成現代化國際大都會，被譽為亞洲四小龍和紐倫港之一。

## 中國詩詞卷

於公元前二一四年被秦朝納入中國版圖。並於一八四二年《南京條約》正式割讓香港島、一八六〇年《北京條約》割讓九龍半島界限街以南部份，以及一八九八年《展拓香港界址專條》，強行租借新界九十九年。後又於一九四一年至一九四六年間為日本所佔領，後又歸英國管轄，直到一九九七年才回歸祖國。

據現有文獻顯示，香港文學的發展歷程，大概從清末始談及一九〇七年的文藝雜誌《小說世界》、《新小說叢》、一九二一年《雙聲》、一九二八年的《伴侶》等。其中，《雙聲》雜誌開始以香港作為小說的背景，用半白話文寫作小說。在這之前，已有清廷官員黃遵憲、康有為，清廷欽犯王韜、洪仁玕，以及著名報人潘飛聲、胡禮垣等人在香港留下作品。

黃遵憲廣東梅州人，於同治九年(1870)從廣州回家的途中到香港短期旅行，並將他所見所聞寫下《香港感懷十首》。這十首全是五言律詩，內容主要鋪寫晚清香港的風俗面貌，以及淪為英國殖民地的沉痛，字裡行間表現了愛國主義的憤懣情緒。在早期有關香港的文學創作中，應是最有名的詩品。

康有為廣東南海人，於光緒五年(1879)初次遊歷香港，即謂：「觀西人宮室之瑰麗，道路之整潔，巡捕之嚴密，乃始知西人治國有法度，不得以古舊之夷狄視之。」並開始接觸西方文化。戊戌變法失敗後，在英國領事館的協助下到香港，再由香港逃往加拿大。一八九九年在英屬哥倫比亞省組織保皇會，鼓吹君主立憲反對革命，並在北美、東南亞、香港、日本等地設立分會，機關報為澳門《知新報》和橫濱《清議報》，並發表作品。

王韜江蘇州長洲（金吳縣）人，在旅居香港期間，尋訪故老，收集有關香港的資料，著有：《香港略論》、《香海羈蹤》、《物外清游》等三篇文章，記述香港的地理環境、開埠前的狀況，英軍登陸香港後設立的官府、制度和兵防，以及十九世紀中葉香港的學校、教會、民俗等歷史資料，是香港早期歷史的重要文獻。一八七〇年王韜在鴨巴甸

（今香港仔）租了一間背靠山麓的小屋，名為「天南遁窟」，從事著述之餘，仍舊出任《華字日報》主筆，並發表《遁窟讕言》等作品。

洪仁玕廣東花縣人，是太平天國領導人之一，因金田起義前往香港避難，並跟隨傳教士學習英文，是早期重要華人傳道人。他提出的《資政新篇》，在當時的中國算是相當先進的思想。

潘飛聲廣東番禺（今廣州市海珠區）人，赴港之年正逢 1894 年中日甲午黃海大戰之際，中國海軍竟全軍覆沒，最後割地賠償，喪權辱國，舉國憤慨。是年秋，他離開廣州應聘前往香港出任《華字日報》主筆，倡導中華文化，並憤作《七律·甲午冬日珠江舟發》詩，以詩言志，以劍自喻，劍聲錚錚，塑造出長夜未眠的俠影，並借祖逖、王猛等古人自喻其報國無門的長嘆。潘飛聲旅居香港逾十三載，撰社論、寫詩作，仗義執言，非常關心國家的興亡。他曾詩作送給當時駐守九龍城的一位副將馮雍，頗能寫出將軍之氣概，落筆有力，益顯警策。代表作品為：《說劍堂詩集》、《說劍堂詞集》、《在山泉詩話》、《兩窗雜錄》等作品。

胡禮垣廣東三水人，一八五七年隨父親至香港居住，並接受西式教育。他曾在王韜經辦的香港《循環日報》館工作，後至上海，一八八五年返回香港長居，並到《粵報》等經營報業，並發表作品。

香港長期以來被詬病為「文化沙漠」，缺乏文化氣息，但以一區域性來看，實有欠公允。香港的文學發展與臺灣非常相似，其蓬勃發展的時期皆在大陸文人南下的參與開始，尤其是 1997 年回歸祖國後，更是蓬勃發展。自五四運動以來，香港作家的創作便帶有批判現實和啟蒙的作用，如：阮朗本名嚴慶澍的《金陵春夢》小說、《宋美齡的大半生》散文集；夏易本名陳絢文《少女的心聲》小說、《港島馳筆》散文集；侶倫本名李林風《窮巷》小說、《無名草》散文集，以及舒巷城本名王深泉《鯉魚門的霧》小說、《燈下拾零》散文集等作品就是如此，具有「偏大眾化」和「偏民間性」的特色，與臺灣、大陸內地文學形成鮮明的對照。究其原因，乃因港英政府並不干涉香港文學的發展，

## 中國詩詞卷

加上當時避難而來的作家，需要靠稿費來生活，自然會以市場導向來寫作，因此造就了香港文學具有民間性和大眾化的特色。臺灣與大陸則不同，在五〇年代政府皆強力干涉並主導文學的發展，那是一個沒有言論自由的年代。

香港文學的發展，在二〇年代前的古典文學是非常少數，現代文學亦不多見。誠如學者盧瑋鑾說：「二十年代香港新文學資料十分貧乏，通過目前所見的有限資料，可見本港新文學萌芽期應在二十年代中葉以後……而我能找到最早的新文學雜誌是一九二八年創刊，部分報紙的副刊也開始接納「白話文」，因此就以一九二七年為起點。」[12]

三〇年代，是香港新文學的起點，是在地化新文藝運動的開始。愛好新文藝的作家侶倫、謝晨光、張吻冰本名張文炳，以及岑卓雲等人，受到民國新文學的薰陶，陸續發表於《大同日報》的副刊。張弓、劉火子、李育中、易椿年等則是《南華日報》副刊的作者。莫冰子主編《墨花》綜合性雜誌，內有新文藝的創作，也有舊式文人寫的小說，充分表現新舊交替期間的現象。至一九二八年八月，由張稚盧主編的《伴侶》，才算純白話的文藝雜誌。該雜誌內容以創作小說為主，翻譯小說、散文小品為副。主要作者有：侶倫、吻冰、小薇、鳳妮、稚子、奈生，以及孤燕等人。舉辦兩次的徵文比賽，題目為《初吻》、《情書》及小說的格調，後因經濟問題停刊，前後不到一年。該雜誌壽命雖不長，但卻標誌香港新文藝踏上第一步。

一九二九年，由張吻冰主編的《鐵馬》創刊，內容仍以小說、散文、新詩為主，只可惜只出一期。一九三三年，由梁之盤主編的《紅豆》創刊，該刊着重詩文，也刊登西洋文評，並強調園地絕對公開，作者有：侶倫、侯汝華、李育中、柳木下、樓棲及許地山等均曾發表作品。一九三四年，香港文壇又出現由張任濤主編的《時代風景》、侶倫主編的《詩頁》、《今日詩歌》幾份文藝刊物。《時代風景》較有代表

---

12. 見盧瑋鑾：《香港文縱》，香港，華漢文化，1987年，P.9。

性，侶倫、劉火子、杜格靈等都有發表作品，而《詩頁》與《今日詩歌》是純詩歌刊物。

這個年代的代表詩人及作品有：李育中《凱旋的拱門》、劉火子《不死的榮譽》、樓棲本名鄒冠群《鴛鴦子》、柳木下本名劉慕霞之〈我・大衣〉、《海天集》；鷗外鷗本名李宗大《鷗外鷗之詩》，以及易椿年〈普羅之歌〉、〈夜女〉、〈青色的婦人〉、〈金屬風～防空演習印象〉，杜格靈〈秋的村〉、〈悒鬱的琴〉、〈北風之歌〉等詩人詩歌。

四〇年代，抗日戰爭於一九三七年爆發後，北方大量文人南下香港加入其創作行列，使香港文學得以蓬勃發展。這個時期的本地作家，仍努力延續三〇年代的成果。而南下作家有些路過，以香港為轉赴後方的中途站，如：章乃器、郭沫若等人。有些為逃避戰火，以香港為暫居之所，如：蕭紅、施蟄存、端木蕻良、葉靈鳳等人。有些以香港為主要宣傳基地，辦報或從事出版事業，如：范長江、薩空了、成舍我、金仲華、茅盾，以及戴望舒等人。不管是辦報或出版，均帶給讀者一種全新印象，尤其是文藝副刊，如：茅盾及葉靈鳳先後主編於1938年創刊的《立報》，戴望舒主編於一九三八年的《星島日報》，蕭乾及楊剛先後主編於一九三八年創刊的《大公報》，陸浮、夏衍先後主編於一九四一年創刊的《華商報》。由作家主編的文藝或綜合雜誌，也紛紛出籠，如：陸丹林主編於一九三八年創刊的《大風》，周鯨文主編於一九三八年創刊的《時代文學》，金仲華主編於一九三八年創刊的《世界知識》，端木蕻良主編於一九四一年創刊的《時代文學》，茅盾主編於一九四一年創刊的《筆談》，如此陣容可知當時文學發展的盛況。其內容也有以抗日戰爭為題材，也有迎合一般讀者口味的通俗流行小說開始萌芽，如傑克的《癡兒》、《紅巾淚》等，以及望雲本名張文炳的《黑俠》、《粉臉上的黑痣》等作品。

這個年代的代表詩人及作品有：侯汝華《海上謠》；林英強《麥地謠》；呂志澄《爸爸加了薪》、《聰明的家畜》；胡明樹本名徐善衡《香港仔》等詩人詩歌。

## 中國詩詞卷

　　五〇年代，文學發展以大陸文化的影響與回顧大陸家鄉生活為主流。此時期的香港文壇壁壘分明，左派和右派作家因國共兩黨，以及南下移民的問題起爭執，大陸文化影響他們的思維方式和創作風格。初期所發行的文學雜誌很少，當然有些文藝性綜合雜誌與一般綜合雜誌，也具推廣文學創作的功用。當時之文藝性綜合月刊《幸福》，創刊於一九四六年，由沈寂主編，至一九四九年後停刊。一般綜合性雜誌《西點》與《星島周報》，於一九五一年底同時出刊。《西點》是一本以譯文為主的雜誌，先在上海創刊，一九五一年十一月在香港復刊，由劉以鬯擔任主編，以一半的篇幅刊登短篇創作。《星島周報》於一九五一年創刊，也由劉以鬯主編《星島周報》。一九五二年，徐訏本名徐傳琮獲得新加坡《南洋周報》的支持，回港創辦《幽默》半月刊，並發表《馬來亞的天氣》小說，卻引起新馬讀者的反感。曹聚仁的《酒店的側面》小說，刊於第五期，他勇於反映現實，透過小說人物的遭遇，真實反映所處的時代背景，相較於徐訏在五十年代初期寫的《彼岸》，更能給讀者精神上的刺激。

　　一九四八年，由黃寧嬰主編的《中國詩壇》，是一份純詩歌刊物，內容包括：詩歌創作、評論和譯介。郭沫若、黃藥眠、周鋼鳴、陳殘雲、蘆荻、何達、華嘉、秋雲、杜埃、沙鷗等作家都曾發表過作品。同年，由邵荃麟主編的《大眾文藝叢刊》也創刊，馮乃超、邵荃麟、茅盾、郭沫若等作家也曾發表過作品。一九五二年，由許冠三和孫述憲創辦《人人文學》雜誌，內容多元化，包括小說、散文、新詩、評論、西方文學的翻譯介紹等。徐速、黃思聘、夏侯無忌、力匡等作家也經常發表作品。一九五四年，由傑克本名黃天石創辦《文學世界》，以穩健態度介紹傳統文藝，接觸世界文學，以達「四海一家」的理想，創作以寫實風格為主。一九五五年，由王無邪、岑崑南等人創辦《詩朵》，徐訏、崑南、藍子、無邪等詩人皆曾在此發表過作品。一九五五年，徐直平創辦《海瀾》雜誌，內容包括：詩歌、小說、散文和翻譯等，徐速、思果、余英時、趙滋蕃、黃思聘、慕容羽軍等曾在《海瀾》發表作品。

這個年代的代表詩人及作品有：徐訏《進香集》、《待綠集》、《借火集》、《燈籠集》、《鞭痕集》；徐速本名徐斌《去國集》，崑南本名岑崑南〈生活裏的靈獻〉、〈裸靈斷片〉，藍子本名張彥的〈醒喲‧夢戀的騎士〉，慕容羽軍本名李維克《長夏詩葉》等詩人詩歌。

六〇年代，是香港文學的生長期，出現以經濟利益為導向的流行文學，此時的「新武俠小說」大行其道，梁羽生、金庸、崑南及劉以鬯是該時期的代表。梁羽生本名陳文統是香港作家，為新武俠小說的開山鼻祖，他的《龍虎鬥京華》於一九五四年一月，連載於《新晚報》，從一九五四年至一九八四年共創作三十五部武俠小說，也著有：《三劍樓隨筆》、《梁羽生散文》散文集，以及《統覽孤懷～梁羽生詩詞、對聯選輯》等詩歌，與金庸、古龍並稱臺港武俠小說三大家。金庸本名查良鏞是香港作家，他的作品以小說為主，兼有政論、散文《金庸散文集》等作品，自一九五五年的《書劍恩仇錄》起至一九七二年的《鹿鼎記》正式封筆止，共創十五部長、中、短篇小說，從港澳開始，延燒到臺灣，其後是大陸，可說金庸熱潮燃燒至整個華語圈，近年來其小說也被翻譯成日文等其他文字，風靡東亞，其影響為三大家之首。金庸的武俠小說繼承中國武俠小說的傳統，同時又進行現代性的轉化，使其成為雅俗共賞的現代通俗文學，從而適應現代大眾的文學興趣。古龍本名熊耀華是臺灣作家。

一九五六年，由馬朗創辦《文藝新潮》，除譯介大量西方現代主義的理論和作品外，也刊載不少具現代色彩的香港詩歌，曹聚仁、葉靈鳳、孫述憲、王無邪、桑簡流、東方儀、楊際光、李維陵和盧因等作家，也都曾在此發表過作品。一九六一年，由譚秀牧主編的《南洋文藝》創刊，是為出版一份內容和風格具有相當水準和格調的雜誌，運銷南洋為南洋的文化事業作點貢獻的刊物，何達的評論、韓思莽的〈美麗的女郎〉新詩、范劍、藝莎和舒巷城的小說等皆在此發表過。

這個年代的代表詩人及作品有：楊際光《雨天集》、李維陵本名李國梁《詩的跡向》、馬朗本名馬博良《美洲三十弦》和《焚琴的浪子》、

## 中國詩詞卷

桑簡流本名水建彤《伊帕爾罕》詩劇，盧因本名盧昭靈〈念基督的降生〉、〈黑袈裟的一夜〉、〈雖然仍一樣沉寂〉、〈追尋〉、〈一九五六年〉、〈沉默〉等詩人詩歌。

七〇年代，是中國文化和西方文化雙向激盪的時期，也是資本主義向社會主義觀念妥協的時代。社會國際化程度的提高，也使得現代主義文學創作在年輕一代更加蓬勃發展。西西本名張彥的《花木欄》、《剪貼冊》等散文，《我城》等小說，其對大眾社會的態度是較認同；也斯本名梁秉鈞的《剪紙》，描寫的是女性形象與大眾文化的關係，並引用「粵曲」這種傳統的文化形式，來對照現代女性的困境，著有：《島與大陸》、《剪紙》、《記憶的城市・虛構的城市》小說集，以及《神話午餐》、《山水人物》等散文集；蔡炎培的詩帶有濃厚的個人和香港特色，並糅合廣東話與普通話於作品中，意境生動有趣，筆觸充滿創意和幻想的力度，著有：《小詩三卷》、《變種的紅豆》等詩集。

一九六七年，由古蒼梧、戴天等人所發起的《盤古》創刊，內容包括時事評論、思潮譯介及文藝創作，蒼梧、戴天、岑逸飛、游之夏、溫健騮、金炳興等作家，也都曾在此發表過作品。1970年，由關夢南與藍流創辦的《秋螢詩刊》創刊，詩刊曾以報刊、海報及明信片等不同形式出版，以推動本地新詩發展、建立交流園地及培育年輕詩人為己任。一九七二年，由黃國彬、陸健鴻、羈魂、譚福基、郭懿言等人所成立的《詩風》創刊，其發刊詞說：「希望能夠做到兼收並蓄，讓現代詩和舊詩互相衝擊，希望衝擊出真正具有新面目的中國現代詩來。」

這個年代的代表詩人及作品有：蒼梧本名古兆申《銅蓮》、《一木一石》；戴天本名戴成義《岣嶁山論辯》；溫健騮《苦綠集》；西西《石磬》、《動物嘉年華》、《左手之思》；也斯《雷聲與蟬鳴》、《游離的詩》、《博物館》、《衣想》；蔡炎培《藍田日暖》、《中國時間》、《十項全能》、《真假詩鈔》、《水調歌頭》、《代寫情書》、《離鳩譜》、《偶有佳作》等詩集，以及黃國彬《聽陳蕾士的琴箏》、《攀月桂的孩子》、《指環》、《翡冷翠的冬天》等詩集；陸健鴻〈入青山了麼〉與〈髻〉、〈天機〉等詩

歌；羈魂本名胡國賢《藍色獸》、《三面》、《折戟》、《山仍匍匐》、《趁風未起時》等詩人詩集；

八○年代，西西、鍾曉陽，以及吳煦斌三位女性作家的作品，其視野極廣。西西之《哨鹿》長篇作品，是批判性的歷史小說，描述乾隆年間的文治武功與民生百態。她的短篇小說《像我這樣的一個女子》，亦相當受矚目，該篇小說的背景在香港，女主人翁的職業頗為奇特，結局採開放式，留給讀者許多想像空間，小說的重點係女主角的內心世界與心理發展，因此作者採用獨白的方式來敘述這個故事。鍾曉陽在十八歲時就完成長篇小說《停車暫借問》，在臺灣與香港都發表出版，使她成為海外華人的知名作家。她的〈二段琴〉小說，在描寫一個拉二胡男子莫非的悲劇故事，收錄在小說合集《流年》中，整篇小說雖對香港環境的著墨不多，但呈現主角的個性發展方面，卻有一流小說家的水準，以及《春在綠蕪中》等散文集。吳煦斌本名吳玉英的小說，對大自然、生物，以及環境流露深刻的關愛，營造如夢般境界的大自然，既狂野而美麗，如短篇小說〈獵人〉與〈山〉即是如此，也著有：《看牛集》等散文集。這三位女性作家，處理許多不屬於香港時空的題材，開拓不少小說的新領域，其風格與內容各有千秋。

一九七五年，由也斯、吳煦斌等人所創辦的《大拇指》出刊，其發刊詞由也斯執筆說：「豐子愷說過：在一雙手中，大拇指的模樣最笨拙，做苦工却不辭勞；討好的工作和享樂的機會未必輪到它，做事卻少不了它的～份。它的用途很多：流血時要它捺住，吃果子要它剝皮，進門要它揿鈴。現在我們要辦一份刊物，做起事來，就會發覺：如果要止住流血、如果要享用果實、如果要與別人溝通、到最後還是得用自己的手。借用『大拇指』的名字，不過是以此自勉吧了。」其內容雖兼及影視文化、社會時事等各種話題，但還是偏重文藝創作為主，創刊號即有：鍾玲玲〈一點點童年〉的散文、西西〈麥快樂〉與〈星期日的早晨〉的詩，也斯〈半途〉的詩、吳煦斌〈山〉的小說等作品。1980年，由淮遠、何福仁等人所發起的《素葉文學》創刊，戴天譽為：「香港第一文學刊物」。發表人，如：西西、鍾玲玲、何福仁、淮遠、

## 中國詩詞卷

張婉雯、韓麗珠、董啟章、杜家祁、廖偉棠、劉偉成和潘國靈等人。

這個年代的代表詩人及作品有：鍾曉陽的〈細說〉、〈走過〉、《槁木死灰集》等詩歌，吳煦斌的《十人詩選》合集，鍾玲玲《我的燦爛》詩集，何福仁的《龍的訪問》與《如果落向牛頓腦袋的不是蘋果》等五本詩集，淮遠的《跳虱》，杜家祁的《女巫之歌》等詩集，廖偉棠的《永夜》等近二十本詩集，劉偉成的《一天》與《感覺自燃》等四本詩集。

武俠小說也延續六、七十年代繼續發燒，而言情小說則受臺灣瓊瑤等作家的影響，在此時期也逐漸流行，代表者有亦舒本名倪亦舒，她是多產的作家，計《家明與玫瑰》、《香雪海》等小說二百篇以上，也有：《荳芽集》、《自白書》、《永不永不》等近五十部散文集。

九〇年代後迄今，亦如臺灣、大陸一樣是一個多元的時期。各種類型文學與作家數量都有相當的成長，如：西西之《飛氈》、也斯之《記憶的城市》、董啟章之《安卓珍尼》、羅貴祥之《慾望肚臍眼》等小說作品；韓麗珠之《回家》、湯禎兆之《中文系究竟唸些甚麼？》等散文作品。言情小說又增加梁鳳儀與李碧華等具代表性的作家。梁鳳儀在八〇年代的中期，便以業餘身份為香港報章撰寫專欄，直至一九八九年起才開始寫言情小說，並創辦「勤+緣」出版社，以商業方式將自己的作品大規模推廣至大陸、臺灣、加拿大、東南亞等地，產生所謂「梁鳳儀現象」，其作品多以都市商界為背景，演繹職業女性的愛情、婚姻、家庭故事，雖以傳奇為主，但也具一定的現實性，因此被稱為「財經小說」，其小說創作有：《盡在不言中》、《芳草無情》、《風雲變》等近百部作品，並有多部被改編成電影上映，也有：《梁鳳儀妙論人生：男女有別》、《第二春》等二十餘部散文集。而李碧華本名李白，具代表性有：《胭脂扣》、《霸王別姬》等小說作品，並改編成電影上映，著有上百部作品，其中有：《潑墨》、《泡沫紅茶》、《一夜浮花》等數十部散文集。

一九八五年，由劉以鬯創辦的《香港文學》問世，其目的以「提

高香港文學的水平，同時為使各地華文作家有更多發表作品的園地。」收錄的內容很廣泛，有：小說、散文、戲劇、史料、詩、文學研究、評論、論文、報道、訪問、專輯等，還有馬來西亞、印尼、新加坡和美加等地的華文作品特輯。一九九六年，由陳智德創辦的《呼吸詩刊》成立，首刊回顧七、八〇年代鄧阿藍、陶傑、陳錦昌和吳煦斌等四位青年詩人的作品，並有評論或專訪。

　　這個年代的代表詩人及作品有：羅貴祥《記憶暫時收藏》，鄧阿藍《一首低沉的民歌》，陶傑本名曹捷〈兵車行〉、〈勇士〉〈揮春之二〉，陳錦昌《情是何物》、《佛釘十字》，陳智德《單聲道》、《低保真》、《市場・去死吧》，黃燦然《發現集》、《奇蹟集》、《我的靈魂》、《游泳池畔的冥想》、《世界的隱喻》，潘國靈的《無有紀年》，陳德錦〈樂與怒〉，樊善標《力學／[]》、《暗飛》、《未濟》等詩人詩歌。

　　與此同時，香港亦如海峽兩岸拜網路的興起，網路文學也發達起來，黃易本名黃祖強，便在網路上發表《大唐雙龍傳》等小說、黃世澤《科技浪潮下的美麗新世界？科技分隔、貧富不均與全球化》等散文、鄭立《世紀末魔法革命》等小說與《有沒有XXX的八卦》等隨筆散文、小芳芳本名楊詠芳《小芳芳童話集》與《少女冒險團》等靈異故事，以及葉天晴《御天系列》小說與《雪回憶》等散文，這些網路作家曾轟動一時。

　　在網路詩平臺，主要有：《聲韻詩刊》、《好燙詩刊》、《力量狗臉詩刊》、《詩網絡》、《香港詩網》等網路詩刊。《聲韻詩刊》本著保育理念，同時也開拓以聲音發表詩作的形式；《好燙詩刊》近年推出以聲音為發表模式的Podcast詩、《力量狗臉詩刊》以出版P.D.F電子詩刊，每期嚴選十首詩作，可能是目前詩界退稿率最高的發表平臺，免費提供給喜愛紙本的讀者可自行印出閱讀，也歡迎自行印刷並在合理使用範圍內銷售流通；《詩網絡》強調「立足香港、胸懷祖國、放眼世界」，希望「喜歡中文詩的人都能藉著它來加強溝通，互相學習，寫出優秀的作品，為中文詩創造新機」；《香港詩網》本着「立足香港，放懷世界；

呼喚詩歌，發揚文化」的精神，通過新興媒體，與網民、教師、學生及學者等緊密交流、互動。

這個年代的代表網路詩人及作品有：周漢輝、鄭政恆、盧勁馳、胡燕青、黃燦然、鍾偉民等人。周漢輝以《香港公屋詩系列》為代表，刻劃都市底層生活；鄭政恆《記憶之中Recollections》；盧勁馳《後遺～給健視人士・看不見的城市照相簿》；胡燕青《無花果》；黃燦然《發現集》，以及鍾偉民《新詩結集～新篇加精選》等網路詩作。

## 4. 澳門詩歌[13]：

澳門位於南海北岸、珠江口西側，北接廣東省珠海市，東面與鄰近的香港相距六十三公里，其餘兩面與南海鄰接，是粵港澳大灣區的中心城市之一。也是於公元前二一四年被秦朝納入中國版圖。然其本地的文學發展，在二〇年代前的古典文學是非常少數，現代文學亦不多見。僅世居澳門的鄭觀應《羅浮偫鶴山人詩草》、汪兆鏞《澳門雜詩》等人留下的詩作。澳門的文學發展與臺灣、香港非常相似，其蓬勃發展的時期皆在大陸文人南下的參與開始，尤其是一九九九年回歸祖國後，更是蓬勃發展。

從現有史料來看，遠在明清時期，已經有詩人墨客涉足澳門，賦詩紀事明志文稿，時而有之，如：葉權《沙南遺草》之〈夜泊濠鏡澳〉、許孚遠《敬和堂集》之〈請諭處番酋疏〉、喻安性《喻氏疏議詩文稿》之〈澳門立石五禁〉、陳常〈為懇恩禁飭積弊以杜後患以廣皇仁事〉、許弘綱《群玉山房疏草》之〈更置山海將領疏〉、盧騏《長崎先民傳》、張汝霖《漂海錄》、黃高啟《越史要》、姚衡《寒秀草堂筆記》，以及繆艮《塗說》等作品。更有大汕和尚住持普濟禪院，其著作甚豐有：《離六堂集》十二卷、《海外紀事》六卷，以及《濃夢尋歡》等詩作。

三〇年代後，便是澳門文學逐漸繁榮的年代，創作舊體詩詞為主

---

[13] 資料來源，以參考「澳門筆會」居多。

的「雪社」由若淇雪依於一九二七年成立，是澳門文學史上第一個以本地居民為骨幹的文學團體群落，主要成員為：梁彥明、馮秋雪、馮印雪、黃沛功、劉君卉、周宇賢，以及趙連城等人，它的成立標誌著澳門本土文學的自覺，先後出版過六期詩刊，一九三四年又出版七人詩詞合集《六出集》。

這個年代的代表詩人及作品有：馮秋雪的《水佩風裳集鈔》、馮印雪的《雪印詩抄》、黃沛功的《心陶詩鈔》、劉君卉的《草衣詩鈔》、梁彥明的《哲廬吟草》、趙連城的《江村雜詠》、周佩賢的《一葉集詩鈔》、德亢〈春底風光〉與〈給你·廣州〉、蔚蔭〈在街上〉、魏奉槃〈沉沉的煙幕迷漫了南國名都〉與〈覆～隨軍者〉、飄零客〈在病中〉等詩人詩歌。該等作品的內容，大部分皆在對侵略者的撻伐，以及反映澳門社會的問題。

四〇年代，抗日戰爭於 1937 年爆發後，北方大量文人南下避難，有少部分作家加入澳門的創作行列，使澳門文學得以進一步的發展。當然，澳門文學的發展受限於土地與人口[14]，自不如臺灣、香港來得鼎盛。該時期較為有名的文學刊物，即是廖平子於一九三九年創辦《淹留》詩刊，是為抗戰詩刊，出了十四期，共刊詩四百餘首，真實地反映了抗日時期一些重大的歷史事件和人物，記錄日寇鐵蹄所至，中國百姓流離失所、痛苦呻吟的悲慘處境。

五〇年代，由澳門新民主協會陳滿創辦的《新園地》周刊，於一九五〇年成立，是一份愛國文學的刊物，早期附屬於大眾報出版。該刊尤為重視文學創作，最高發行量曾達數千份，對培養澳門文壇的後進影響深遠。但據《澳門新詩選》所收錄，僅雪山草〈採茶姑娘的歌〉一人一首新詩而已。究其原因，可能是五〇年代適逢國共內戰時期，民不聊生，文學創作自然停滯，或《新園地》周刊所發表的新詩，水準不高，未被收錄所致。

---

[14] 澳門由澳門半島、氹仔島和路環島所組成，回歸之初土地面積僅有 21.45 平方公里，人口則僅 43 萬人左右。

## 中國詩詞卷

六〇年代，由澳門一群志同道合、熱愛文學的青年，尤其是尉子和許錫英於一九六三年創辦《紅豆》刊物，為澳門文學寫下彌足珍貴的篇章。在民風淳樸、資源匱乏的年代，能有這樣熱情，又有豐富創作力和無私奉獻精神的年輕作家，他們把一顆顆小小的文學種子栽種於當年貧瘠的文學土壤裏，實屬難得。該刊通過創造各種形式的文藝作品，以反映社會的生活狀況，尤其是年輕人的思想生活。先後共出版14期，內有小說、詩歌、散文、漫畫、專訪和外國文學作品等介紹，為當時的澳門文學風景增添無限綠意。參與者有：李自如、李來勝、張金浪、李艷芳、陳渭泉、何汝豪、韋漢強，以及陳炳泉等人，內有教師，也有工友。

這個年代的代表詩人及作品有：子規〈人力車夫〉、子驥〈時鐘〉、末名〈我走過曲折泥濘的小路〉、向陽〈奔騰吧！邊海河〉、向榮〈歌〉、行心〈格力狗〉、呂藍〈寫詩〉、李丹〈音樂〉與〈裸胸裝〉、江浩瀚〈綠〉與〈憤怒的黑色〉、雪山草〈冷暖人間〉與〈我找尋著靈感〉、劉照明〈山雨〉與〈燈塔〉、鐵夫〈美麗姑娘將要出嫁〉等詩人詩歌。

七〇年代，較缺乏明確作家作品資料，但從一九九六年澳門基金會所出版《澳門新詩選》來看，收錄七〇年代作家作品有：乃暢〈可愛的萬象之邦〉、江思楊〈船〉、汪浩瀚〈衛星城市惡咒曲〉與〈窗〉、乃暢〈可愛的萬象之邦〉、林冷雨〈人物速寫（三題）〉、舒汶〈詩二首〉、馮華鈴〈童話頌〉等詩人詩歌。

八〇年代，也是缺乏明確的作家作品資料，但從《澳門新詩選》來看，收錄八〇年代的作家作品有：玉文〈今〉與〈魚〉與〈傘〉、余行心〈咖啡座〉、余創豪〈微笑〉、吳國昌〈少婦心事〉、汪浩瀚〈擺渡〉與〈片斷〉、佟立章〈燈語〉、林麗萍〈夢見了你〉、流星子〈思（致貝克特）〉與〈無題〉、胡曉風〈撿瓣洋紫荊的相思〉、凌鈍〈辦公室速寫（三首）〉與〈觀〉、凌楚楓〈青諫〉、夏谷〈黑坭‧白石‧光水氹〉、高戈〈我望故鄉山頭月〉與〈夢鄉〉與〈醉鄉〉、梯亞〈偶然‧偶然〉、淘空了〈我的黃昏〉與〈荒誕的發問〉、陳達昇〈忍〉與〈冥盼〉與〈煙

香說〉、陶里〈草堆街〉與〈蚌〉與〈過澳門歷史檔案館〉與〈稻草人〉、雲力〈瘋人院小景〉與〈龍舟水〉、馮剛毅〈在飛機上看雲海〉與〈望月〉、馮華鈴〈扇子〉與〈橋〉、葦鳴〈弔詩人戴望舒〉與〈長途電話文化史講義摘要〉與〈述懷三語〉與〈祭〉、夢子〈曾經〉、劉業安〈相思〉、盧智力〈回憶的河流〉、駱南僑〈老黃牛〉、藍瑪〈龍舟水〉、羅達明〈松山〉、蘆草〈老榕下〉、懿靈〈住宅區街景錄影〉與〈我們遺失了所有的臉〉與〈進化狂想曲〉等詩人詩歌。該等作品大多數皆在澳門這塊土地上的所見、所聞、所思、所感，具有濃厚的本土風格，也有溫柔多情的一面，可見浪漫的抒情詩是澳門這個年代的主流，並帶有後殖民地主義的色彩。

九〇年代後迄今，亦如臺灣、大陸、香港一樣，是一個多元的時期。各種類型文學與作家數量都有相當的成長，香港詩刊《現代詩壇》，由傅天虹創辦於一九八七年，是一份立足於香港，輻射兩岸四地及海外的刊物，也是澳門作家發表作品的重要刊物。從創刊之日起就以溝通兩岸四地，整合海內外漢語新詩作為宗旨，從「民族詩運」的使命承擔，到提出「大中華新詩」的概念。至二〇一二年六月第五十八期，先後已有分布全球各地的一百〇一位詩人、學者，蔚然形成百年新詩史上一道別樣的風景線。

一九八七年「澳門筆會」成立，其宗旨乃為了促進作者聯繫，交流寫作經驗，研究文學問題，輔導青年寫作，積極建立和加強與國際及其他地區文學組織之間的關係。其後於一九八九年創立《澳門筆匯》，該雜誌是發表澳門文學界新作的園地，以刊登澳門作家、翻譯家的作品為主，亦逐步與各地作家交流，發表他們的作品，以立足澳門，走出澳門。

一九八九年，由高戈等人創辦「澳門五月詩社」，其成員包括活躍於澳門的老中青三代寫現代詩的詩人三十多人，大量出版澳門詩人的詩集《五月詩叢》，至今已超過十冊。該詩社又於一九九〇年創立《澳門現代詩刊》，是澳門第一部連續出版的新詩雜誌，至一九九九年共十

五期，其內容不同於寫實派，力追求前衛的色彩。同年，《詩雙月刊》出刊，由王偉明、胡國賢、譚福基等人，繼承《詩風》的精神，出版《詩雙月刊》，以聯絡海峽四地及海外詩人，並鼓勵詩創作。

一九九〇年，「澳門中華詩詞學會」正式成立，從事詩詞創作與詩詞藝術研究的民眾性組織，由在地詩詞愛好者、創作者和研究者自願參加的文化團體。該學會致力於培育澳門詩詞新生力量，發展對外交流，蒐集、整理、編纂、研究、出版前人與今人的詩詞作品。成立以來，已出版會刊《鏡海詩詞》與《澳門現代詩詞選》等，還有程祥徽創辦的《澳門寫作學刊》、寂然等人創辦的《蜉蝣體》雜誌，以及澳門基金會、廣東省作家協會、珠海市作家協會聯合出版的《中西詩歌》等刊物。

一九九九年，隨著澳門回歸祖國的文學大家庭，澳門文學的發展呈現新的生態，並空前的繁榮。在國家和澳門特區政府設置「澳門文學獎」、「澳門文學節」、成立「澳門基金會」、建立「澳門文學館」等多項文化措施的積極推動下，本土文學社團如雨後春筍般的蓬勃，詩、散文、小說、戲劇、電影、評論等幾乎所有文學門類文學社團均有涉及，傳統詩詞更是普及。新生代作家，如：寂然本名鄧家禮的《夜黑風高》、《島嶼的語言》等小說，《青春殘酷物語》、《閱讀，無以名狀》等散文集；黃文輝《因此》、《我的愛人》、《歷史對話》等詩集，《不要怕，我抒情罷了》、《偽風月談》等散文集；林玉鳳《詩·想》等詩集、《一個人影，一把聲音》等散文集，以及馮傾城《她的第二次愛情》、《飄逝的永恆》等散文集。他們作品採取多重主題，探索突破傳統，以多元表達的方式來呈現，兼具地域性和開放性的特色。尤其是澳門回歸後，有大量的內地和海外移民定居於澳門，或是出生於澳門的移民後裔作家的成長，逐漸成為澳門文壇的中堅，他們以「澳門人」身份自居的澳門意識和文學自覺，將澳門視為自己的家園，用深情的筆墨書寫這裡的歷史和現實，增強了澳門文學的「本土性」和「草根性」，以及二〇〇六年，由澳門大學研究生會「鏡海詩社」創辦的《鏡海詩刊》創刊，標誌澳門青年詩人共創新詩園地的誕生，並希望藉此發揚

澳門本土詩歌文化，促進兩岸四地青年詩歌愛好者的交流。

這個年代的代表詩人及作品有：賀綾聲《時刻如此安靜》、《南灣湖畔的天使們》等近十本詩集；陸奧雷《這一次‧我一個人來到這裡》等多本詩集；盧傑樺《等火抓到水為止》、《詩人筆記》、《澳門現代詩選》等詩集；邢悅本名莫羲世《輕度流亡》《記事詩》《被確定的事》等多本詩集；譚俊瑩《我喜歡我是現在的樣子》、《青洲舊夢》、《亂世童話》等多本詩集；懿靈本名鄭妙珊詩集《流動島》、《集體遊戲》、《集體死亡》等詩集；袁紹珊《太平盛世的形上流亡》、《裸體野餐》、《流民之歌》、《苦蓮子》、《愛的進化史》等詩人詩集。

至於葡裔主要作家則有：江道蓮（葡語：DeolindadaConceição）發表在《澳門新聞報》的〈現代女性裏〉及〈現代的狂歡節及狂歡節的時光〉短文、《長衫》小說集；飛歷奇（HenriquedeSennaFernandes）的《愛情與小腳趾》、《大辮子的誘惑》、《南灣：澳門故事》等小說集；高美士（LuísGonzagaGomes）有關美國科學家、政治家班傑明‧富蘭克林的報導，從此開始了作家生涯，《澳門傳說》是一本講述澳門及其鄰近諸島的神話傳說的小說。該等作品反映族群生活、關心女性，以及對不同族群和文化之間和平共處；卡梅洛‧庇山耶《漏鐘》等詩集。

與此同時，澳門的網路文學也興起，尤其是賀綾聲、甘草等人所創辦的網絡《天詩社》，有甚多網路作家在此發表。該詩社以自由地追求詩的夢想為宗旨，於二〇〇二年宣佈成立，舉辦網路創作比賽、網聚等活動，藉此加強詩社會員創作交流，雖以發表新詩為主，但同時也設立舊體詩、散文和小說的發表區，容納不同類型的文學創作。詩社成員遍布兩岸四地，但以澳門詩人為主，包括：觀雲、賀綾聲、陸奧雷（梅仲明）、甘草（盧耀東）、盧傑樺、邢悅（莫羲世）、大端黑螢（譚俊瑩）、海芸（龔玉冰）、S（劉建明）、洛書（黃燕燕）、雪蕫（劉素卿）、小房、陳家朗、甘遠來等人，皆在網路發表過詩歌作品。

## 第二節、詞之起源與發展

詞是一種音樂文學，是與樂曲相配合的歌辭，中國古代詩體的一種，亦稱曲子詞、詩餘、長短句、填詞、樂府。隋唐以來，國家統一，民族融合，中原地區的舊樂與民間音樂、西域胡樂漸次融合，由此形成新的音樂，稱為燕樂。燕樂產生於民間，屬於俗樂，與宮廷雅樂相對，用於歌樓妓館佐歡應歌之娛樂功能，曲調豐富，樂器多樣，旋律活潑而變化繁多，兼容中土、異域之風情。其起源於唐詩的發展而來，故以下將分期為：

### 一、唐代時期：

目前所發現最早的唐代詞是敦煌曲子詞，絕大多數是民間作品，其中有些作品被視為盛唐之作，內容多樣，風格質樸俚俗。中唐時，文人嘗試填詞，如張志和〈漁歌子〉、韋應物、戴叔倫〈調笑令〉、白居易〈憶江南〉、劉禹錫〈竹枝詞〉等，形式是詞，然其詞體仍不能完全擺脫詩體而獨立。按長短規模分，大致可分小令、中調和長調三種。一段者，稱為單調；二段者，稱雙調；三段或四段者，稱三疊或四疊。另按音樂性質區分，則又可分為令、引、慢、三臺、序子、法曲、大麴、纏令、諸宮調九種。張爾田補錄《詞莂》，在〈序〉中云：「倚聲之學，導源晚唐，播而為五季，衍而為北宋，流波競響，南渡極矣！」

### 二、五代時期：

至五代，起因於君主的大力倡導，五代時期南唐詞壇特盛，宋初晏殊、歐陽脩等人沿襲南唐餘緒，自命風流，致力於創作短章小令、輕麗之詞。填詞則分有兩大中心：一是西蜀，一是江南。西蜀一地以《花間集》為最早的文人詞總集，「倚聲填詞」之祖，開後世婉約詞之本色詞風。此詞集由趙崇祚編錄，採集溫庭筠、韋莊等十八位花間詞派詞人之經典巨作，充分顯現出中國早期詞意創作主體趨向、情趣、風骨等藝術涵養。而江南則以南唐二主李璟、李煜和馮延巳為代表。

詞風與西蜀相似，多詠花間樽前、相思離別之情，形式以小令體裁為主。詞至李後主（煜）而眼界始大，感慨遂深，一變伶工之詞而形成士大夫之詞，提昇詞體之藝術價值與地位，並成為宋初婉約派詞的開山之祖，更為豪放派詞立下基業，後世稱之為「詞聖」。劉毓盤評李後主之詞：「於富貴時能作富貴語，愁苦時能作愁苦語，無一字不真。」王國維《人間詞話》說：「溫飛卿之詞，句秀也；韋端己之詞，骨秀也；李重光之詞，神秀也。」

## 三、兩宋時期：

北宋仁宗時期，以晏殊、歐陽脩、柳永、張先等人為代表詞人。張先、柳永，始以慢詞長調作詞，柳永精通音律，創立新調，尤長以慢詞鋪敘市井社會之生活，語多俚俗，其詞開啟宋代通俗詞風之分流，與士大夫文人之雅詞形成鮮明的對照。

北宋中葉，蘇軾以豪放風格異軍凸起，強調「無意不可入，無事不可寫」之創作態度，凸破詞的題材限制，並提升詞品，形成曠達陽剛的獨特格調，為宋詞開闢另一個新氣象。陸游評曰：「世言東坡不能歌，故所作樂府詞多不協。晁以道謂：紹聖初，與東坡別於汴上，東坡酒酣，自歌〈古陽關〉。則公非不能歌，但豪放不喜剪裁以就聲律耳。」又晁無咎曰：「蘇東坡詞，人謂多不諧音律。然居士詞橫放傑出，自是曲子中縛不住者。」李清照則曾撰《詞論》，力主詞「別是一家」之說。

相對於蘇軾的豪放派，以李清照為主的婉約派詞人更被認為是詞的正宗本家。如〈醉花陰〉細寫深閨女子無奈的落寞與孤寂，委婉卻不減情深。靖康之難後，河山殘破，流離失所，尤以其夫趙明誠病亡後，其作品更呈現出一股濃厚的淒清蒼涼，訴說無盡慨歎！沉鬱哀痛，堪稱閨情絕調。現存有《漱玉詞》輯本，約五十來首詞作。楊慎評曰：「宋人中填詞李易安亦稱冠絕。」沈曾植亦云：「墮情者醉其芳馨，飛想者賞其神駿。」

北宋後期，重要詞人則非一代大宗周邦彥莫屬。周精通詞律，擅

長審音創調,煉字融裁,典雅精工,被推為正宗本色,著有《清真集》,或稱《片玉集》。此外,雅俗兼備的黃庭堅,辭情兼勝的秦觀,剛柔兼美的賀鑄,皆有其獨特之風格。

　　南宋前期,主盟詞壇的代表人物則以辛棄疾及辛派作家如朱敦儒、張元幹、張孝祥、陳亮、劉克莊等為主,風格皆承繼蘇軾豪壯詞風,多愛國之思。宋金議和偏安局面已成,文恬武嬉,歌舞昇平,詞風漸趨於形式主義,如姜夔、史達祖、吳文英等,皆著重審音格律,辭句務求典麗,強化修辭意境。南宋末期,詞壇作家尚有文天祥、劉辰翁,繼承蘇、辛餘緒,而周密詞近吳文英,張炎、王沂孫則宗姜夔,詞風不同,然宋亡前後詞人作品都寓以黍離之悲,沉咽悽楚。

## 四、元明清時期:

　　詞盛於宋代而衰於元朝,衰落於明,此乃時勢所趨,風會轉移。因詞發展到宋末,其形式已凝固定形,並多數失去了音樂性,只能供文人案頭欣賞。但音樂卻是隨著人們的情感處於不斷的發展變化中,因此民間也就不斷有新的樂曲產生,如諸宮調、鼓子詞及外來音樂。這時的詞已經無法適應當時社會歌舞的需要,被新的文學形式所取代成為歷史的必然。

　　金、元、明三朝皆承襲婉約與豪放二派詞風。在明代,僅雲間詞派之陳子龍等人而已。清代為詞壇之中興期,詞作繁多,比隆兩宋,流派紛呈,推陳出新。陳維崧(陽羨詞派)、朱彝尊(浙西詞派),納蘭性德,號稱清初三大家。中葉時張惠言領導的常州詞派更縱橫詞壇百年之久,清末則以蔣春霖成就最高。蓋自滿族入主,社會改變,文獄迭起,文人學士藉「倚聲」以抒幽微難言之隱,故蔚為大觀,值得重視。

　　民國成立後,詞便逐漸沒落,已甚少有詞人詞作產生,故民國時期後不再列舉說明詞的發展。

## 第三節、曲之起源與發展

　　曲產生於元代。由於蒙古族歧視漢人，廢止科舉，阻斷了士人的仕進之路，於是文人們便致力於民間詞曲、雜劇，藉此抒發胸中的憤懣，此乃曲在元朝蓬勃發展的主要原因。

　　宋詞的進一步發展就是「元曲」，也有「曲牌」，更重視音樂性，故有六宮十二調，可說是元代的流行歌曲，也可說是元代的新詩。因元曲可在正字右上方加上「襯字」，故比宋詞更加長短不一，運用更加靈活，就韻文學而言，曲是運用中國文字達到最超巧妙的作品。

　　元曲作家有「曲聖」之稱的馬致遠，與喬吉、白樸，以及關漢卿合稱「元曲四大家」，如再加上鄭光祖、張可久則為「六大家」。明、清二代，除詩詞外，均有曲作；民國以降，因時代背景不同，加上白話文的興起，除了現代新詩外，古體詩、近體詩、詞、曲等已少有人做，作為韻文最後一種文體的「曲」，已發展成「新詩」或「戲曲」、「藝術歌曲」或「流行歌曲」，故民國時期後，不再舉例說明曲的發展。

中國詩詞卷

# 參

## 賞析篇

第一章、先秦時期之詩詞選
第二章、漢魏六朝時期之詩詞選
第三章、隋唐時期之詩詞選
第四章、宋元時期之詩詞選
第五章、明清代時期之詩詞選
第六章、民國時期之詩詞選

# 中國詩詞卷

本單元將詩詞曲分成：先秦時期、漢魏六朝時期、隋唐時期、宋元時期、明清時期，以及民國時期等六個時期。在歷代詩詞曲中精選多篇佳作，冀望讓讀者的視野更加寬闊。

## 第一章、先秦時期之詩辭選

本單元列舉：《詩經》選與《楚辭》選等詩辭來做說明：

### 第一節、《詩經》選

《詩經》有三百〇五篇，另有六篇有題目無內容，即有目無辭，稱為笙詩六篇。今列舉：〈桃夭〉、〈蒹葭〉、〈碩鼠〉、〈蓼莪〉，以及〈鹿鳴〉等五首來賞析：

#### 〈桃夭〉

**內容導讀**

《詩經・國風・周南・桃夭》，是一首歌頌女子出嫁的詩歌，祝福新婚女子的詩。這首短詩讀來活潑輕快，整首詩一共分成三章，每章有四句，分別以桃樹的枝、花、實、葉做比興，以表現出一種抽象的祝福之意。曾有人說這種賀新婚的禮俗詩，在那時候是用來房中樂所使用的。現在祝賀女子出嫁的題辭，也有很多出自此詩者，如：之子于歸、宜室宜家、于歸協吉。

**作者介紹**

《詩經》各篇，理應均有作者；惟採詩當時或未加注意，或本已不可考；其中僅有〈小雅・節南山〉、〈巷伯〉、〈大雅・崧高〉、〈烝民〉等四篇，因作者姓名或職稱，直接出現於詩句，或如〈鄘風・載馳〉為許穆夫人所作，《左傳》已有明言，諸如此類少數可考證得知之外，

**桃夭**

詩篇之作者大多無從稽考。

## 課文說明

【本詩】桃之夭夭¹，灼灼其華²。之子于歸³，宜其室家⁴。

桃之夭夭，有蕡⁵其實⁶。之子于歸，宜其家室。

桃之夭夭，其葉蓁蓁⁷。之子于歸，宜其家人。

【翻譯】桃樹長得茂盛美好，桃花開得鮮豔明亮。這個女子要出嫁了，一定會適宜她的室家。桃樹長得茂盛美好，桃子生得很碩大肥美。這個女子要出嫁了，一定會適宜於她的室家。桃樹長得茂盛美好，桃葉長得綠茂叢繁。這個女子要出嫁了，一定會適宜於她的家人。

## 作品賞析

此祝新娘之詩也。俗語說「男婚女嫁」，用孟子的話來說，叫「丈夫生而願為之有室，女子生而願為之有家。」所強調的，正如同這首詩當中的「室」和「家」。

詩用桃夭起興，四句一章，共三章，其詩形式複疊。分別以開花鮮豔、果實碩大、枝葉繁茂，層層遞進地對臨嫁少女進行象徵性的祝賀。姚際恆說：「桃花色最豔，故以取喻女子，開千古詞賦詠美人之祖。」

後二句述新娘過門，能使其家和順，言其德之美。次章以「有蕡

---

1. 夭夭：美盛的樣子；夭，音ㄧㄠ。
2. 灼灼其華：鮮明的樣子；灼，音ㄓㄨㄛˊ；華，古字「花」。
3. 之子于歸：之，是也；子，指此一女子也；于歸，女子出嫁。
4. 宜其室家：宜，和順；室，謂夫婦所居；家，謂一門之內；即適宜於她的夫家。
5. 蕡：果實碩大肥美；蕡，音ㄈㄣˊ，大也。「有蕡」，蕡然也，古文法如此。
6. 實：果實。
7. 蓁蓁：草木茂盛的樣子；蓁，音ㄓㄣ。

其實」起興，祝其生產健康可愛的寶寶。末章以「其葉蓁蓁」起興，祝其家業興旺。三章反復詠嘆，層層遞進，此亦詩之常例也。

## 問題討論

一、本詩善用比喻的手法，整首詩一共有三章，請指出詩中的桃花、果實、桃葉，分別用來比喻什麼？

二、用來祝福女子出嫁的慶賀之詞有哪些？

## 〈蒹葭〉

### 內容導讀

　　《詩經・秦風・蒹葭》是秦地的作品，〈秦風〉十篇，多為陽剛殺伐之作，唯有此篇高逸，殊為難得。沈德潛《說詩晬語・卷上》評此詩：「蒼涼瀰渺，欲即轉離。名人畫本不能到也。」王國維《人間詞話》：「〈詩・蒹葭〉一篇，最得風人深致。」

### 作者介紹

　　作者已不可考，見見同前篇。

### 課文說明

　　【本詩】蒹葭[1]蒼蒼[2]，白露為霜[3]。所謂伊人[4]，在水一方[5]。溯洄從之[6]，道阻且長；溯游[7]從之，宛[8]在水中央。

　　【翻譯】蘆葦呈現茂密的深青色，上面一層白露，晶瑩如冰霜。我所思念的那個人，就在水的另一方。我逆流而上要去探訪她，無奈路途阻礙又漫長。我要順流去找她，她卻好像位在水中央。

　　【本詩】蒹葭淒淒[9]，白露未晞[10]。所謂伊人，在水之湄[11]。溯洄從

---

1. 蒹葭：植物名，指蘆荻、蘆葦。音ㄐㄧㄢ ㄐㄧㄚ。
2. 蒼蒼：《毛傳》：「盛也。」植物因為茂盛而呈現深青色。
3. 白露為霜：白露水結成霜。
4. 伊人：猶言「那個人」，意思近似「她」。
5. 在水一方：在河的另一頭。
6. 溯洄，逆流而上。從之，接近她。溯，音ㄙㄨˋ。
7. 溯游：順著水流而下。
8. 宛：宛如、好像。
9. 淒淒：《毛傳》：「猶蒼蒼也。」陸德明《經典釋文》：「淒，本亦作萋。」萋萋，茂盛的樣子。
10. 晞：乾。
11. 湄：岸邊，水和草交接的地方。

## 中國詩詞卷

之，道阻且躋[12]；溯游從之，宛在水中坻[13]。

【翻譯】蘆葦長得好茂盛，葉面的露水尚未乾。我所思念的那個人，就在水岸的另一邊。我逆流而上要去探訪她，無奈路途阻礙又上坡。我要順流去找她，她卻好像身在水中的高地。

【本詩】蒹葭采采[14]，白露未已[15]。所謂伊人，在水之涘[16]。溯洄從之，道阻且右[17]；溯游從之，宛在水中沚[18]。

【翻譯】蘆葦長得好茂盛，葉面的露水仍未乾。我所思念的那個人，就在另一水邊上。我逆流而上要去探訪她，無奈路途阻礙又曲折。我要順流去找她，她卻好像身在水中的沙洲。

**作品賞析**

〈蒹葭〉一詩被古今人譽為「情真景真，風神搖曳的絕唱。」「所謂伊人，在水一方。」僅僅這一句，足以成為傳世的經典。

〈蒹葭〉一詩有幾種美：1、**詩中有畫**：秋水森森，蘆葦蒼蒼，露水盈盈，晶瑩似霜，伊人的身影在小河的那邊若隱若現，構成十分悠美的畫面。2、**韻律悠美**：詩篇使用一唱三歎的疊詠筆法，段落之間，凸顯出了強烈的韻律感和音樂美。3、**布局有法**：這首詩每一章之中，首先描寫自然景色，其次是目標「伊人」朦朧地出現，然後是追求者辛苦求索的畫面。在極簡短的字句中，好比「麻雀雖小，五臟俱全。」內涵十足豐富，其章法布局有條而不紊。4、**態度積極**：伊人在水的那方忽隱忽現，可望而不可及，主人公辛苦地「溯洄從之」、「溯游從

---

12. 躋：《毛傳》：「升也。」指上坡路。躋，音ㄐㄧ。
13. 坻：水中的高地。音ㄔˊ。
14. 采采：茂盛的樣子。
15. 未已：已，止也。未已，露水未乾。
16. 涘：水邊。音ㄙˋ。
17. 右：迂迴、彎曲。
18. 沚：水中的小沙洲。

之」上下往復追尋，可是伊人只是「宛在」，覓之無蹤。我們能夠感受到的主人公內心的執著、焦急、悵惘和迷茫。讓所有人魂牽夢縈的美好都在艱難險阻的那端。但主人公不肯放棄，從頭到尾，展現其奮進的決心。**5、涵括甚廣**：〈蒹葭〉沒有給我們塑造一個明確的畫面，而通過含蓄的語言，引導讀者一步一步走入自己幻想的情境中，詩中最美的朦朧就是那位身在虛無中的「伊人」。那位「伊人」不見得是某位女子，也許是主人公的夢想，是一切美好事物的象徵，例如《詩序》說是追求周禮，姚際恆說是慕而思見賢人，解詩容許見仁見智。至於逆流的河水，就是那些追逐夢想途中的困難和挫折。

**問題討論**

　　一、讀完〈蒹葭〉，是否帶給你任何正向、積極的思考？

　　二、試分析〈蒹葭〉的寫作特色。

中國詩詞卷

〈碩鼠〉

**內容導讀**

　　《詩經・魏風・碩鼠》，全詩分三章，每章八句，結構完全相同。全篇用比興的技巧表達，文字技巧特殊，雖然沒有寫到貪官污吏，但正是隱喻貪得無厭的統治者，就像老鼠的形象一樣醜陋，個性狡猾、畏人之外，還喜歡竊食穀物。詩中不僅揭露了不肖官吏的殘酷剝削，還唱出了被奴役的百姓心中的不滿，表達他們已不堪忍受，並嚮往美好的生活環境，離開大老鼠所統治的地方，遷往另一片人間樂土。

**作者介紹**

　　作者已不可考，見見同前。

**課文說明**

　　【本詩】碩鼠碩鼠[1]，無[2]食我黍[3]！三歲貫女[4]，莫我肯顧[5]。

　　　　　逝將去女[6]，適彼樂土[7]。樂土樂土，爰得我所[8]！

　　　　　碩鼠碩鼠，無食我麥！三歲貫女，莫我肯德[9]。

　　　　　逝將去女，適彼樂國[10]。樂國樂國，爰得我直[11]！

---

1. 碩鼠：大老鼠。
2. 無：不要。
3. 黍：穀物，即黍子；與下文的「麥」、「苗」皆泛指莊稼、糧食。
4. 三歲貫女：多年來養活你；三歲，指多年；貫：養活、侍奉；女，通「汝」；你。
5. 莫我肯顧：不肯照顧我，「莫肯顧我」的倒裝；顧：顧念、體恤。
6. 逝將去女：發誓要離開你；逝，通「誓」，發誓。去，離開。
7. 適彼樂土：遷徙到能夠安居樂業的地方；適，往、到。樂土，能夠安居樂業的地方。
8. 爰得我所：爰，乃、於是。所，安身之所。
9. 莫我肯德：不肯施恩惠給我；德，恩惠，當動詞。

## 蓼莪

碩鼠碩鼠,無食我苗[12]!三歲貫女,莫我肯勞[13]。

逝將去女,適彼樂郊[14]。樂郊樂郊,誰之永號[15]?

**【翻譯】**大老鼠大老鼠,不要吃我的小黃米!多少年來侍奉你,你從來不肯照顧我們。我下決心要離開你,到那個安樂的地方去。樂土樂土,才有我安身之處!大老鼠大老鼠,不要吃我種的麥!多少年來侍奉你,你從來不肯給我們恩惠。我下決心要離開你,到那個安樂的地方去。樂國樂國,才使我得到公正的待遇!大老鼠大老鼠,不要吃我種的苗!多少年來侍奉你,你從來不肯慰勞我們。我下決心要離開你,到那個安樂的地方去。樂郊樂郊,在那裏誰還會長歎悲號呢?

## 作品賞析

此為怒斥貪殘之主之詩。《詩序》曰:「〈碩鼠〉,刺重斂也。國人刺其君重斂,蠶食於民,不修其政,貪而畏人,若大鼠也。」《鄭箋》:「碩,大也。大鼠大鼠者,斥其君也。」

詩共三章,形式複疊。連續數章,每章僅變換個別字句和韻腳,反覆誦唱。在反覆詠唱中,強化主旨,將主題凸出深化。通過一唱三歎,層層深入地抒寫感情,加強感染力。此結構形式,顯得整齊中有變化之美,使得詩歌的形式活潑自然而又樸實淳美,且富於節奏感。

各章起句凸兀峻峭,詩人連呼「碩鼠」,禁止食我黍、我麥、我苗,語氣嚴厲,情緒激烈,抒發了主人公的切齒痛恨,並為全詩定下基調。中間「三歲貫女」二句,暴露其主冷漠無情,貪殘成性,點出痛恨的

---

10. 國:國度。
11. 直:所在地。
12. 苗:禾。
13. 勞:慰勞;勞,音ㄌㄠˋ。
14. 郊:郊野、城郊。
15. 誰之永號:誰會長聲哀號。永,長;號,哀號。

原因。章末「逝將去女」四句，表達了主人公嚮往新生活之強烈願望。一個「逝（誓）」字，寫出主人公脫離苦海決心之堅。所謂「適彼樂土」云云，未必真得樂土，反襯其在此不得其所耳。

此詩用呼告、比擬等手法直抒胸臆，語言犀利，痛快淋漓。三章分別寫「無食我黍」、「我麥」、「我苗」；「莫我肯顧」、「肯德」、「肯勞」，不只換字協韻，亦有層層推進之意。

詩人運用比興的手法，以田鼠隱喻貪鄙的魏君，在對「田鼠」的哀告與斥責中，表現了百姓不堪重壓的悲慘境況和嚮往樂土的心願。儘管他們要尋找的安居樂業、不受剝削的人間樂土，只是一種幻想，卻代表著他們對於美好生活的憧憬，足以啟發和鼓舞後世為掙脫壓迫和剝削而不斷鬥爭。

**問題討論**

一、本詩中的「碩鼠」用來隱喻甚麼？

二、自古以來，恐子所說「苛政猛於虎」的情況屢見不鮮，從本詩中哪些字句能看出人民嚮往沒有重稅的生活環境？

## 〈蓼莪〉

### 內容導讀

《詩經‧小雅‧谷風之什‧蓼莪》，《詩序》：「〈蓼莪〉，刺幽王也。民人勞苦，孝子不得終養爾。」這是大夫行役，自傷不得終養父母之詩。《鄭箋》：「不得終養者，二親病亡之時，時在役所，不得見也。」胡承珙《毛詩後箋》：「晉王裒、齊顧歡，並以孤露讀《詩》至〈蓼莪〉，哀痛流涕。唐太宗生日，亦以生日承歡膝下，永不可得，因引『哀哀父母，生我劬勞』之詩。是自漢至唐，無不以此詩為親亡後作者。」

### 作者介紹

作者已不可考，見見同前。

### 課文說明

【本詩】蓼蓼者莪[1]，匪莪伊蒿[2]。哀哀[3]父母，生我劬勞[4]。　蓼蓼者莪，匪莪伊蔚[5]。哀哀父母，生我勞瘁。　缾之罄矣，維罍之恥[6]。鮮民[7]之生，不如死之久矣。無父何怙[8]，無

---

1. 蓼蓼者莪：既高又大的叢草，看似莪蒿。蓼蓼，音ㄌㄨˋ，長大的樣子；者，代名詞，在此指稱物；莪，多年生草，嫩時莖葉可食，美菜也；莪，音ㄜˊ。
2. 匪莪伊蒿：它不是莪蒿，而是一叢散生蒿；匪，音ㄈㄟˇ，同「非」，不是；蒿，植物名，多年生草，形似莪，但不可食，古人以為賤草，在此指散生蒿。
3. 哀哀：悲傷不已貌。
4. 生我劬勞：生育、養育我，多麼辛勤勞苦；生，生育、養育；劬勞，音ㄑㄩˊㄌㄠˊ，勞累、勞苦。
5. 蔚：音ㄨㄟˋ，植物名，又名馬新蒿。
6. 缾之罄矣，維罍之恥：缾，酒瓶，音ㄆㄧㄥˊ；罄，空，音ㄑㄧㄥˋ；罍，酒甕。二句以酒瓶喻父母，酒甕喻子女；缾罐裏空無滴酒，（這是）罍應感到羞慚；酒瓶空了，理應由酒甕倒入補充，同樣地，父母老了，子女就應奉養，如果不能，那就是子女的恥辱了。
7. 鮮民：即寡民、孤子；指不能奉養父母的人；鮮，音ㄒㄧㄢˇ。

母何恃[9]。出則銜恤[10]，入則靡至[11]。 父兮生我[12]，母兮鞠[13]我。拊我畜我[14]，長我育我[15]；顧我復我[16]，出入腹我[17]。欲報之德，昊天罔極[18]！ 南山烈烈[19]，飄風發發[20]。民莫不穀[21]，我獨何害[22]！ 南山律律[23]，飄風弗弗[24]。民莫不穀，我獨不卒[25]！

**【翻譯】** 原以為自己是長得又高又大的莪蒿，我卻只是個不成材的青蒿。我可憐的父母親啊，生育我受盡了勞苦！

原以為自己是長得又高又大的莪蒿，我卻只是個不成材的馬新蒿。我可憐的父母啊，撫養我受盡了勞累！

酒瓶子空了，是酒罋的恥辱。我這個連父母都無法照顧的人，還不如早些去死算了！沒有了父親，我還有誰可以依賴？失去了母親，

---

8. 怙：依靠。由此詩句，古人以失去父親為「失怙」。音ㄏㄨˋ。
9. 恃：依賴。由此詩句，古人以失去母親為「失恃」。音ㄕˋ。
10. 出則銜恤：出，出門；銜，含；恤，憂愁；出門離家臉上總含著憂愁。
11. 入則靡至：入，入門、回家；靡，無；至，到家；回到家來，見不到父母親，好像沒回到家般。
12. 父兮生我：爹啊！是您生下了我；兮，古韻文常用助詞，與現代漢語「啊」相似。
13. 鞠：養育、撫育；音ㄐㄩˊ。
14. 拊我畜我：拊，撫慰，音ㄈㄨˇ；畜，飼養，音ㄒㄩˋ，通「蓄」。
15. 長我育我：長，撫養，音ㄓㄤˇ；育，養育。
16. 顧我復我：顧，照料、關心；復，反覆。
17. 出入腹我：腹：懷抱，指抱在懷裡，或背在腹上。
18. 昊天罔極：昊天，泛指上天；昊，音ㄏㄠˋ；罔極：無窮盡。
19. 烈烈：高大而難以攀登的樣子。
20. 飄風發發：飄風，暴風；發發，迅速的樣子。
21. 不穀：穀，善也。不穀，不得安享幸福。
22. 我獨何害：我獨遭此不幸。何，擔，通「荷」，音ㄏㄜˋ；害，災害，禍患。
23. 律律：義同「烈烈」，高大貌。
24. 弗弗：義同「發發」，迅速貌。
25. 不卒：卒，終；即不得終養父母之意。

## 蓼莪

我還有誰可以依靠？出了家門，就滿懷憂傷，入了家門，卻沒有回到家的感覺！

父親生下我，母親養育我。撫育我養活我，餵大我覆育我。反覆顧視著我，進進出出都抱著我，想要報答這分恩德，卻像蒼天般地無窮，永遠報答不了！

看那南山如此高大，聽那暴風呼呼地吹著。人們無不安享幸福，為什麼獨我遭此禍害？

看那南山如此高大，聽那暴風呼呼地吹著。人們無不安享天倫，為什麼獨我不能終養父母？

**作品賞析**

〈小雅‧蓼莪〉詩共分六章。一、二兩章形式複疊，章旨相同，皆嘆父母生己之辛勞，此為全篇總提。兩章之首，皆以蓼莪起興，蓋以非莪而為蒿蔚，喻己非美材而不能終養父母。第三章以「瓶」喻父母，以「罍」喻子，因瓶從罍中汲酒，瓶空是因罍無供給所致，所以為恥，用以比喻子庸碌無成，以致無法贍養父母而感到羞恥。四章感念父母養育之恩，今不得報，歸咎於天。一章中連用九個「我」字，使用「疊字」的修辭技巧，述說父母對自己鞠育辛勞，感人至深。

姚際恆評曰：「實言所以「劬勞」與「勞瘁」，勾人淚眼，全在此無數「我」字。」

詩之布局，整飭工巧。賦、比、興的交替使用是本詩寫作的一大特色，詩前三章皆先用譬喻的「比」法，而後用直述的「賦」法；第四章是「賦」法；末二章則用聯想的「興」法。三種表現手法的靈活運用，篇章的前後呼應，音節的回旋往復，傳達孤子哀傷的情思，極為真切感人。又詩中靈活運用疊字，如「烈烈」、「發發」、「律律」、「弗弗」四個入聲字重疊，加重了哀思，讀來如嗚咽一般，表現了強烈的

藝術感染力。

　　方玉潤《詩經原始》曰：「詩首尾各二章，前用比，後用興；前說父母劬勞，後說人子不孝，遙遙相對。中間二章，一寫無親之苦，一寫育子之艱，備極沉痛，幾於一字一淚，可抵一部《孝經》讀。固不必問其所作何人，所處何世，人人心中皆有此一段至性至情文字在，特其人以妙筆出之，斯成為一代至文耳！」

**問題討論**

　　一、〈蓼莪〉一篇中的寫法有什麼特色？

　　二、〈蓼莪〉一篇中的結構為何？試分析之。

# 鹿鳴

## 〈鹿鳴〉

### 內容導讀

《詩經·小雅·鹿鳴之什·鹿鳴》是一篇宴請嘉賓之作,在古代是宴客時常常演奏的名曲。詩共三章,每章八句,開頭皆以鹿鳴起興。在空曠的原野上,一群麋鹿悠閒地吃著野草,不時發出呦呦的鳴聲,此起彼應,十分和諧悅耳。詩以此起興,便營造了一個熱烈而又和諧的氛圍,如果是君臣之間的宴會,原本已存在的緊張的關係,馬上就會寬鬆下來。君臣之間限於一定的禮數,等級森嚴,形成思想上的隔閡。通過宴會,可以溝通感情,使君王能夠聽到群臣的心裏話。而以鹿鳴起興,則一開始便奠定了和諧愉悅的基調,給與會嘉賓以強烈的感染。

### 作者介紹

作者已不可考,見見同前。

### 課文說明

【本詩】呦呦[1]鹿鳴,食野之苹[2]。我有嘉賓,鼓瑟吹笙。

吹笙鼓簧[3],承筐是將[4]。人之好我,示我周行[5]。

呦呦鹿鳴,食野之蒿。我有嘉賓,德音[6]孔昭[7]。

視民不恌[8],君子是則是傚[9]。我有旨酒,嘉賓式燕以

---

1. 呦呦:鹿鳴聲,音又。
2. 苹:草名,蒿類的植物,又名藾蕭。
3. 簧:笙也。
4. 承筐是將:承,奉;筐,盛幣帛的竹器;將,奉送。
5. 周行:大路,引申為大道也。
6. 德音:語言,此謂嘉賓示我大道之言論。
7. 孔昭:孔,甚也;昭,言語清明光耀也。

敖[10]。

呦呦鹿鳴，食野之芩[11]。我有嘉賓，鼓瑟鼓琴。

鼓瑟鼓琴，和樂且湛[12]。我有旨酒，以燕[13]樂嘉賓之心。

【翻譯】鹿兒呦呦的歡叫，吃那野地的苹草。我有嘉賓，奏起瑟來吹起笙。吹起笙來簧片震動，捧起竹筐把禮物分送。大家如果愛護我，就請給我指明大路的方向。鹿兒呦呦的歡叫，吃那野地的青蒿。我有嘉賓，德行光明磊落。給百姓作榜樣不輕薄，君子要向他們學習仿效。我有美酒，嘉賓請飲酒遊遨。鹿兒呦呦的歡叫，吃那野地的香蒿。我有嘉賓，奏起瑟來彈起琴。奏起瑟來彈起琴，大家快樂又盡興。我有美酒，使嘉賓快樂高興。

**作品賞析**

此是君王宴請群臣之詩。

朱熹《詩集傳》云：「此燕（宴）饗賓客之詩也。」又云「豈本為燕（宴）群臣嘉賓而作，其後乃推而用之鄉人也與？」也就是說此詩原是君王宴請群臣時所唱，後來逐漸推廣到民間，在鄉人的宴會上也可唱。

《詩序》曰：「〈鹿鳴〉，燕群臣嘉賓也。」詩中「嘉賓」實即群臣，敬之而已，故不當有所分別也。

詩共三章，形式複疊。每章八句，開頭皆以鹿鳴起興。首章言奏

---

8. 視民不恌：視，示也；恌，輕佻、輕薄，音ㄊㄧㄠ；在座的嘉賓能示民使不偷薄，君子應效法他們。
9. 是則是傚：則、傚，皆效法也。
10. 式燕以敖：式，發語詞；燕，同「宴」；敖，歡樂。
11. 芩：音ㄑㄧㄣˊ；一種蔓生的草，葉子如竹。
12. 湛：音ㄉㄢ，同「眈」，在這裡有盡興的意思。
13. 燕：快樂。

## 鹿鳴

樂、贈禮。次章言飲酒。末章合奏樂、飲酒而言之。馬瑞辰《毛詩傳箋通釋》曰:「此詩三章文法參差,而義實相承。首章前六句言我之敬賓,後兩句言賓之善我。二章前六句即承首章人言好我言,後二句乃言我之樂賓。三章前六句即接言賓之樂,後二句又申言我之樂賓。」

詩人巧用疊字、疊句,音節和平優美。雖屬宴飲之詩,然無沉酣貢諛之氣,格調謙敬和諧,氣象宏闊。通過〈鹿鳴〉,對周代宴饗之禮、賓主關係及宴樂概況,可以有一個大概的了解,無愧為〈小雅〉之首也。

### 問題討論

一、〈鹿鳴〉是一篇宴請嘉賓之作,但為何使用「鹿鳴」來描述?

二、〈鹿鳴〉全篇描繪歡愉氣氛,其主旨為何?

## 第二節、《楚辭》選

楚辭，又稱為騷體、楚辭體，是以屈原為代表的戰國楚國詩人所創作的一種文體。西漢時劉向將屈原、宋玉等人的作品編輯成集並命名為《楚辭》，是一部詩歌總集的名稱。今之《楚辭》，還包含這部詩集以外的其他作品。大致有：屈原《離騷》、《九歌》、《天問》、《九章》、《遠遊》、《卜居》、《漁父》；宋玉《九辯》、《招魂》；景差《大招》；賈誼《惜誓》；淮南小山《招隱士》；東方朔《七諫》；嚴忌《哀時命》；王褒《九懷》；劉向《九嘆》；以及逸又益《九思》與班固二『敘』，共為 17 卷，是為總集之祖。

本單元以屈原之《九歌》內之詩篇為主，並列舉：〈山鬼〉、〈少司命〉，以及〈國殤〉等三首來賞析：

### 〈山鬼〉

**內容導讀**

〈山鬼〉選自《九歌》，是一組祭祀山鬼的之歌，據說是屈原在民間祀神樂歌的基礎上加工修改而成的。山鬼就是一般所說的山神，乃因未獲天帝正式冊封在正神之列，故仍稱山鬼。

〈山鬼〉一篇，採用山鬼內心獨白的方式，塑造了一位美麗、率真、癡情的少女形象。全詩有著簡單的情節：女主人公跟她的情人約定在一個地方相會，儘管道路艱難，她仍然滿懷欣喜地趕到了相約地點，卻發現她的情人沒有如約前來；風雨來了，她依舊癡心地等待著情人，甚至忘記回家，但情人還是沒有來；天色晚了，她回到住所，在風雨交加、猿狖齊鳴中，倍感傷心、哀怨。

**作者介紹**

屈原（前 342 年～前 278 年），名平，戰國楚人。他出身貴族，受

## 山鬼

過良好的教育，故有豐沛的文采，又懷抱著高潔的人格與理想，青年時為楚懷王所重用，為左徒、三閭大夫，參與國事機要，但上官大夫靳尚因爭寵而嫉妒屈原的才能，導致屈原被放逐。後來楚懷王聽信子蘭等人的建議，赴秦王之約而客死他鄉。頃襄王即位後，聽信讒言而再度放逐屈原於江南，使徘徊於沅湘之間。屈原忠心愛國，卻屢遭流放，秦兵破郢，楚遷陳城的第二年，屈原憂痛不已，投汨羅江而死。

屈原深感現實與理想之不符，在現實生活中屢遭貶謫，因而激盪出他的悲劇性格與感傷的詩風。作〈離騷〉、〈九歌〉、〈九章〉，以及〈天問〉等篇，收錄於《楚辭》一書，為中國文學史上留下不少佳作，影響甚深。

**課文說明**

【本辭】若有人[1]兮山之阿，被[2]薜荔兮帶[3]女蘿[4]。

既含睇[5]兮又宜笑[6]，子[7]慕[8]予[9]兮善[10]窈窕。

乘赤豹兮從文狸[11]，辛夷車[12]兮結[13]桂旗[14]。

被石蘭兮帶杜衡[15]，折芳馨[16]兮遺[17]所思。

---

1. 若有人：彷彿有人，指山鬼。
2. 被：同「披」，音ㄆㄧ。
3. 帶：束著；繫著。
4. 女蘿：兔絲也。
5. 含睇：兩眼含情而睨視。睇，ㄉㄧˋ。
6. 宜笑：笑貌可親。
7. 子：謂山鬼也。
8. 慕：愛慕。
9. 予：我。
10. 窈窕：美好貌。音ㄧㄠˇㄊㄧㄠˇ。
11. 從文狸：有文狸跟隨著；文，同紋，身有花紋。
12. 辛夷車：辛夷：香草也；以辛夷木為車。
13. 結：繫。
14. 桂旗：桂枝所作之旗。

## 中國詩詞卷

余[18]處幽篁[19]兮終不見天，路險難兮獨後來[20]。

表[21]獨立兮山之上，雲容容[22]兮而在下。

杳冥冥[23]兮羌[24]晝晦[25]，東風飄兮神靈雨[26]。

留靈脩[27]兮憺忘歸[28]，歲既晏[29]兮孰華予[30]？

采[31]三秀[32]兮於山間，石磊磊[33]兮葛蔓蔓[34]。

怨公子[35]兮悵忘歸[36]，君[37]思我兮不得閒。

山中人[38]兮芳杜若[39]，飲石泉兮蔭松柏。

---

15. 石蘭、杜衡：皆香草也。
16. 芳馨：芬芳的香草。
17. 遺：贈送，音ㄨㄟˋ。
18. 余：指山鬼。
19. 幽篁：幽深的竹林。
20. 後來：來遲了。
21. 表：特立的樣子。
22. 容容：同溶溶，形容雲流動的樣子。
23. 杳冥冥：幽暗貌；杳，音ㄧㄠˇ。
24. 羌：助詞，無義。
25. 晝晦：晦，暗。晝晦，是說雖是白晝，但很昏暗。
26. 神靈雨：神靈下雨，即天下雨的意思。
27. 靈脩：指祭神的巫者；即山鬼對情人的尊稱。
28. 憺忘歸：憺，這裡有愉悅的意思；憺忘歸，因為愉快而忘了歸去。
29. 歲晏：晏，晚也；歲晏，年歲將盡，有年華老去的意思。
30. 孰華予：孰，誰；孰華予，誰使我感到生命之光華與美好；予，指山鬼。
31. 采：同「採」。
32. 三秀：謂芝草也。
33. 磊磊：石頭眾多的樣子；音ㄌㄟˇ。
34. 蔓蔓：蔓延的樣子。
35. 公子：山鬼所思念的人。
36. 悵忘歸：因為惆悵而忘了歸去。
37. 君：指山鬼所思念的人。
38. 山中人：指山鬼。

## 山鬼

君思我兮然疑作[40]。

靁填填[41]兮雨冥冥[42]，猨[43]啾啾[44]兮狖夜鳴。

風颯颯[45]兮木蕭蕭[46]，思公子兮徒離憂[47]

**【翻譯】**好像有人在山角邊，披著薛荔，繫著女蘿。兩眼含情，淺笑宜人；你啊你愛慕我的美好。駕著赤豹，後面跟著文貍；乘著辛夷車，上面繫著桂旗。披著石蘭，束著杜衡，你折下芳草想送給思念的人。我住在幽暗的竹林裡，老是看不到天啊；山路又險阻，所以來遲了。一個人孤獨地站在高山上，那溶溶的雲在下面瀰漫著。白天像晚上，多幽暗啊，東風飄起來了，下起雨來了。跟你在一起，愉快得忘了回去；年紀大了，誰再讓我感到生命的美好？

　　自己一個人在山間採著芝草，只看到磊磊的亂石和蔓生的葛藤。怨恨你啊，惆悵得忘了歸去，你是思念我而沒空閒來找我嗎？我這山中人如杜若的芬芳，飲著石泉，在松柏蔭下休息。你真思念我嗎？我不能不懷疑。雷聲隆隆，細雨昏冥，猿狖啾啾的哀鳴。風聲颯颯，木葉蕭蕭，想念你啊，心中充滿了憂愁。

**作品賞析**

　　「山鬼」即一般所說的山神，因為未獲天帝正式冊封在正神之列，

---

39. 芳杜若：如杜若一樣的芬芳。
40. 然疑作：作，起；然疑作，起了疑心，是說你是不是思念我，讓我有點懷疑。
41. 填填：雷聲
42. 雨冥冥：因下雨而幽暗起來。
43. 猨，即猿。
44. 啾啾：猿鳴聲。
45. 颯颯：風聲；音ㄙㄚˋ。
46. 蕭蕭：風吹樹木聲。
47. 離憂：離，同罹，遭遇；離憂，即心懷憂愁。

故仍稱「山鬼」。一說山鬼是指夔梟之類。洪興祖《楚辭補注》：「《莊子》曰『山有夔』，《淮南》曰『山有梟陽』，楚人所祀，豈此類乎？」

楚國神話中有巫山神女的傳說，本詩所描寫的可能就是早期流傳的神女形象。

山鬼又或為山神。鬼、神二字，在古書中常連用。如《論語·雍也》：「敬鬼神而遠之。」〈樂記〉：「出則為鬼神。」。《論語·為政》：「非其鬼而祭之。」《集解》引鄭注：「人神曰鬼。」又《廣雅·釋天》：「物神謂之鬼。」

此篇為主祭之巫獨唱獨舞，山鬼並未登場，故篇末用「徒離憂」作結。這首詩情感線索清晰，與此相應的是，詩人善於借助景物描寫來烘托、渲染女主角的情感變化，這在第二、三節中表現得尤其明顯。

通篇是祭巫設想之詞。首先描寫幻想中山鬼出現的神態、車乘。繼則設想山鬼寄託不至的原因，於是祭巫怨悵，舉眼前艱阻以襯托徒然憂傷之苦。文字悽楚動人。王逸說：「備寫鬼趣，悽緊動人。」王夫之說：「此章纏綿依戀，自然為情至之語，見忠厚篤悱之音焉。」是確為評。

## 問題討論

一、本詩中指的「山鬼」是誰？

二、讀完本詩後，您能看出屈原常以「香草」來比喻什麼嗎？

## 〈少司命〉

### 內容導讀

〈少司命〉也是出自《九歌》，是祭祀少司命神的歌舞辭。少司命是主管人間子嗣的神；因為是主管兒童的，所以稱作「少司命」。大司命、少司命皆楚俗為之名而祀之。則少司命乃由高禖演變而來，是女神。此篇為主祭的男覡之唱詞，但其中有些句子是代言體——代女神表達。此篇以贊頌女神少司命開頭，從情緒的承接來說，前篇也表現出少司命愁苦的心情，故男巫才會有：「夫人自有兮美子，蓀何以兮愁苦」的疑問。

「秋蘭兮麋蕪，羅生兮堂下」，一方面是對少司命這個愛護生命的女神的烘托，另一方面也暗示此祭祀為的是求子嗣。《爾雅翼》云：「蘭為國香，人服媚之。」古以為生子之祥，而麋蕪之根形容婦人無子，故《少司命》引之。所以說，這兩句不僅更凸出了詩的主題，也反映了一個古老的風俗。

### 作者介紹

見見同前。

【本辭】秋蘭兮麋蕪[1]，羅生[2]兮堂下。

綠葉兮素華[3]，芳菲菲[4]兮襲予。

夫[5]人自有兮美子[6]，蓀[7]何以兮愁苦？

---

1. 麋蕪：嫩苗還沒有長出根的時候，叫做麋蕪；等長出根之後，就叫做芎藭；葉子比較大，像芹菜的叫做江蘺；葉子細小，像蛇床子的叫做麋蕪；這裡指香草。
2. 羅生：並列而生。
3. 素華：白花。
4. 芳菲菲：形容香氣極濃。

## 中國詩詞卷

秋蘭兮青青[8]，綠葉兮紫莖。

滿堂兮美人，忽獨與余兮目成[9]

入不言兮出不辭[10]，乘回風[11]兮載雲旗[12]。

悲莫悲兮生別離，樂莫樂兮新相知。

荷衣兮蕙帶，儵[13]而來兮忽而逝。

夕宿兮帝郊[14]，君誰須[15]兮雲之際？

與女遊兮九河[16]，衝風[17]至兮水揚波。

與女[18]沐兮咸池[19]，晞[20]女髮兮陽之阿[21]。

---

5. 夫：發語詞。
6. 美子：好子孫。
7. 蓀：香草，此指少司命；掌管人間有子嗣的命運之神。
8. 青青：青綠色，茂盛的樣子。
9. 目成：以目傳神定情。
10. 辭：告辭。
11. 回風：旋的風。
12. 雲旗：以雲為旗。
13. 儵：迅速。
14. 帝郊：指天帝所在之郊野。
15. 誰須：即「須誰」的倒裝句；「須」，等待之意，意指：在等待誰？
16. 九河，是古代黃河下游許多支流的總稱；遠古時代，古黃河在河南北部孟津縣附近，向東北方向散開，徒駭河、太史河、馬頰河、覆釜河、胡蘇河、簡河、絜河、鉤盤河、鬲津河九道河流，最後又在天津大港地區合流為一注入大海；這裡泛指天河。
17. 衝風：強大的風。
18. 女：同汝，指少司命。
19. 咸池：古傳說：日出於扶桑，入於咸池；其中之「沐兮咸池」的「沐」，是洗髮之意；而「浴」，是洗澡之意。
20. 晞：曬乾。音ㄒㄧ。
21. 陽之阿：即暘谷，太陽初升的地方。阿，音ㄜ。

## 少司命

望美人兮未來，臨風悅[22]兮浩歌[23]。

孔蓋[24]兮翠旍[25]，登九天兮撫彗星。

竦[26]長劍兮擁幼艾[27]，蓀獨宜兮為民正[28]。

【翻譯】秋天的蘭花和香草蘼蕪，羅列生長在神堂之下。嫩綠的葉子夾著潔白的花，濃濃的香氣撲向我的面孔。人們自有他們的好兒好女，你為什麼那樣地憂心忡忡？一片片秋蘭青翠茂盛，嫩綠的葉片，紫色的莖。整個神堂都是美人，忽然獨獨妳和我眉目傳情，用眼睛來定情。我來時無語出門也不告辭，駕起回旋的風，樹起雲霞的旗幟。悲傷莫過於活生生的離別，快樂莫過於結了相識的朋友。穿起荷花衣繫上蕙草帶，我忽然前來又忽然遠離。日暮後我和妳在天帝的郊野住宿，你久久停留在雲端，等待誰呢？我和妳一起到天河去遊玩，強大的風吹到，天河揚起了波浪；同你到日浴之地咸池洗頭，到日出之處把頭髮曬乾。遠望美人啊仍然沒有來到，我迎風悅惚幽怨的高唱著歌。孔雀翎製車蓋翠鳥羽飾旌旗，你升上九重天撫平彗星。一手竦立著長劍，一手擁抱幼童，只有你最適合做萬民的正神！

**作品賞析**

少司命是主管人間子嗣的神，她是一位年輕美貌的女神，因其主管兒童，所以稱作「少司命」。王夫之於《楚辭通釋》曰：「大司命統司人之生死，而少司命則司人子嗣之有無。以其所司者嬰稚，故曰少；大，則統攝之辭也。」

---

22. 悅：失意的樣子。
23. 浩歌：大聲唱歌。
24. 孔蓋：以孔雀羽毛為車蓋。
25. 翠旍：以翡翠鳥之羽毛為旌旗。旍，旌也。
26. 竦：高舉。
27. 擁幼艾：擁，即保護的意思；幼艾，意指幼小的嬰兒。
28. 民正：萬民的裁判、百姓的主宰。

### 中國詩詞卷

　　此篇為主祭的男覡之唱詞，其餘的巫者則以集體的歌舞相配合，起著迎神、送神、頌神、娛神的作用。

　　篇首幾句柔和感人，王夫之說：「入手即高吟動人。」開頭六句和結尾四句，是對少司命的正面讚頌，說她時刻關心人的子嗣問題，「竦長劍兮擁幼艾」，一手舉著長劍，一手擁抱著嬰兒，是一位人類守護神的形象，既威武又慈愛。中間發揮浪漫的精神，描寫男女戀愛之情，少司命的倏忽遠去，留下無限悵惘；也從另一方面表現了這位女神的溫柔與多情，使少司命的形象更加豐滿而動人。末敘自己的追慕，並盼女神少司命能為萬民主宰做結。其中「悲莫悲兮生別離；樂莫樂兮新相知。」更是千古情詩的名句。

### 問題討論

　　一、本詩中的蘭花和蘼蕪是各在暗示什麼？

　　二、此篇作品賦予「少司命」女神怎樣的形象？

# 〈國殤[1]〉

## 內容導讀

〈國殤〉亦是出自《九歌》，是最特別的一篇，它使用的句子比其它篇章都要來得長，其節奏相當緩慢而莊嚴，文字與內容也相當符合。本詩主要描寫戰爭的慘烈之景，及戰士自手執干戈以捍衛社稷之情操，但最後己方戰敗了，戰士們紛紛壯烈成仁，從〈國殤〉一文中即能讀出那種為戰士悼念及歌頌的味道，同時也看出楚國人對戰死的戰士有著莊嚴的禮讚。

## 作者介紹

見同前

## 課文說明

【本詩】操[2]吳戈[3]兮被犀甲[4]，車錯轂[5]兮短兵[6]接。
　　　　旌蔽日兮敵若雲，矢交墜[7]兮士爭先。
　　　　凌[8]余陣[9]兮躐[10]余行[11]，左驂[12]殪[13]兮右刃傷[14]

---

1. 國殤：死於國事者之稱，即為國犧牲陣亡的將士，故曰「國殤」。
2. 操：持、拿也。
3. 吳戈：吳國所製之戈；因吳人善製戈，故云吳戈。
4. 被犀甲：犀牛皮做成的胸甲；被，同「披」，音ㄆㄧ。
5. 車錯轂：戰車交錯。轂：音ㄍㄨˇ，車輪中心的圓木。
6. 短兵：即刀劍。
7. 矢交墜：指箭紛紛下落。
8. 凌：侵犯。
9. 陣：戰陣。
10. 躐：踐踏，音ㄌㄧㄝˋ。
11. 行：隊伍，音ㄏㄤˊ。
12. 驂：一車四馬，兩旁的馬為「驂」，音ㄘㄢ。
13. 殪：死也，音ㄧˋ。
14. 右刃傷：指右驂為刀刃所傷。

## 中國詩詞卷

霾兩輪[15]兮縶四馬[16]，援[17]玉枹[18]兮擊鳴鼓。

天時墜[19]兮威靈[20]怒，嚴殺[21]盡兮棄原壄[22]。

出不入兮往不反[23]，平原忽[24]兮路超遠[25]。
帶長劍兮挾秦弓[26]，首身離兮心不懲[27]。
誠既勇兮又以武，終剛強兮不可凌。
身既死兮神以靈[28]，子魂魄兮為鬼雄[29]。

【翻譯】操著吳戈，披著犀甲，戰車交錯著輪軸，兩軍刀劍齊舞。旌旗遮蔽了陽光，敵人如雲層般密布；流矢交相墜落，戰士們個個勇猛爭先。敵人侵犯了我軍陣地；踐踏了我軍行伍。戰車左邊的馬已死去，右邊的馬也受了刀傷。沙土埋沒了兩輪，馬匹被絆住不能動，拿起了玉飾的鼓槌，仍不斷地敲擊著戰鼓。天怨神怒！無數被殘殺的屍體暴露在原野。出了國門就沒想回來，參加了征戰就永不復返。眼前是廣大的平原和遙遠的征途。帶著長劍，挾著秦弓，縱然首身異地，內心仍毫不悔怨。戰士們誠然是既勇猛又有武藝，始終是剛強而不可侵犯。身體雖然死亡，精神卻永遠不滅，你剛強的魂魄依然是鬼群中

---

15. 霾兩輪：意謂車陷入土中；霾，埋也，音ㄇㄞˊ。
16. 縶四馬：意謂車子陷住了，拉車的匹馬也被絆住不能跑動；縶，絆住，音ㄓˊ。
17. 援：拿起。
18. 玉枹：以玉裝飾的鼓槌；枹，鼓槌，音ㄈㄨ。
19. 天時墜：天時不利也。
20. 威靈：指鬼神。
21. 嚴殺：猶云壯烈犧牲。
22. 壄：野的古字，音一ㄝˇ。
23. 反：同「返」。
24. 忽：空曠無際之意。
25. 超遠：遙遠。
26. 秦弓：秦國所製的弓；因秦人善製弓，故云秦弓。
27. 懲：後悔，音ㄔㄥˊ。
28. 神以靈：意謂精神不死之意。
29. 鬼雄：指鬼中之雄傑。

的英雄。

## 作品賞析

〈國殤〉是屈原為祭祀神鬼所改作的一組樂歌之一，內容是為國捐軀之將士的輓歌。

「無主之鬼謂之殤」這裡指出征陣亡的青壯年。因為為國犧牲，所以稱為國殤。這篇辭中描寫的戰爭場面，不是一兩次戰役的寫照，而是楚國多年爭霸的歷史典型的概括。陸時雍《楚辭疏》說：「〈國殤〉，字字干戈，語語劍戟，左旋右轉，真有步伐止齊之象。帶長劍兮挾秦弓，首雖離兮心不懲，鬼何其雄！」

樂歌分為兩節，先是描寫在一場短兵相接的戰鬥中，楚國將士奮死抗敵的壯烈場面，繼而頌悼他們為國捐軀的高尚志節。

此篇在藝術表現上與改作者其他作品有些區別。它並非為一想像奇特、辭采瑰麗的華章，然其通篇直賦其事，懷藏熾烈的情感，以促迫的節奏、開張揚厲的抒寫，傳達、反映了人、事一致的凜然亢直之美，此種陽剛之美，在楚辭體作品中獨樹一幟。

## 問題討論

一、請說出〈國殤〉一文的主旨為何？

二、〈國殤〉一文中，從哪些句子能看出戰士表現的壯烈情操，試一一舉出。

中國詩詞卷

## 第二章、漢魏六朝時期之詩選

在漢魏六朝時期，主要的詩歌為漢魏的樂府詩與六朝的古詩。茲說明如下：

## 第一節、漢魏樂府詩選

《樂府詩集》集錄了先秦的歌謠，從漢朝至唐五代的樂府詩，全書共一百卷。該詩集把樂府詩分為郊廟歌辭十二卷、燕射歌辭三卷、鼓吹曲辭五卷、橫吹曲辭五卷、相和歌辭十八卷、清商曲辭八卷、舞曲歌辭五卷、琴曲歌辭四卷（包含五曲、九引以及十二操）、雜曲歌辭十八卷、近代曲辭四卷、雜歌謠辭七卷，以及新樂府辭十二卷）等十二大類。今僅列舉：佚名〈東門行〉、佚名〈上邪〉、佚名〈陌上桑〉，以及曹操〈短歌行〉等四首來賞析：

### 〈東門行[1]〉

**內容導讀**

〈東門行〉是一首著名的社會詩，主要描述生活在社會低階層的貧困人民，因生活痛苦而衍生出的悲歌。本詩的內容是描寫一位壯士，因為生活困頓，無法讓妻兒吃得飽、穿得暖，在逼不得已的情況下鋌而走險，從詩中的「盎中無斗米儲，還視架上無懸衣」、「拔劍東門去」等詩中的意境能想像詩中人物被衣食所迫的窘境，強烈的凸顯了它的時代意義。

**作者介紹**

佚名

---

1. 東門行：漢樂府古題，屬相和歌辭。

# 第二章、漢魏六朝時期之詩選～～東門行

## 課文說明

【本詩】出東門，不顧歸。來入門，悵欲悲。盎中無斗米儲[2]，還視架上無懸衣。拔劍東門去，舍中兒母牽衣啼：「他家但願富貴，賤妾與君共餔糜[3]。上用滄浪天故[4]，下當用此黃口兒[5]。」「今非[6]。咄[7]，行！吾去為遲！白髮時下難久居[8]。」

【翻譯】男人一出東門，不想回家。因為一進家門，即要面對的是缸中無米、架上無衣的窘境，既惆悵又傷悲。男人拔劍走出東門，似乎想要鋌而走險。家中孩子的媽看情形不對，拉住男人哭訴，說：「別人家想要富貴，我不稀罕，但願和您一起食粥度日。你上有青天，下有幼兒，你可千萬不要犯法。」丈夫說：「你不要管！我去了！我已走得太晚了！我已見白髮脫落了，這種苦日子誰知還能夠活幾天？」

## 作品賞析

〈東門行〉是東漢末年作品，描寫民間貧苦之象。漢代統治者的殘酷剝削，使「貧民長衣牛馬之衣，而食犬彘之食」，因而常見「有勇力者，聚徒而衡擊」。詩中以白描手法寫出主角家中的山窮水盡，為了一家生命的維持，只得鋌而走險。

全詩雖僅七十八字，但人物性格鮮明，心理活動也寫得真切。作者通篇無任何解釋說明，也無一句議論之詞，只靠人物的行動和對話

---

2. 盎中無斗米儲：米缸中沒有一斗米的儲存量；盎，即口小腹大的瓦缸，音，尢ˋ。
3. 餔糜：吃稀粥；餔，吃，音ㄅㄨ；糜，稀粥。
4. 上用倉浪天故：就上來說，為了青天的緣故；用，為了；倉浪天，青天。
5. 黃口兒：幼兒。
6. 今非：現在情況不同。
7. 咄：斥喝聲。
8. 白髮時下難久居：白髮不停的掉落，沒辦法長期的生活下去。

來表現。開頭四句「出東門,不顧歸。來入門,悵欲悲」僅僅十二字,即道盡男子去而復歸、滿腔悲憤的過程和心態。

然現實如此,即便無奈卻在看到家中無衣無食的淒慘景況後,終於下定決心。無論妻子苦苦勸阻,既動之以情,又曉之以理,男子仍斥退其妻曰:「咄!行!」此二字重若千鈞。其中,「滄浪天故」則是對政府貪婪無情的反諷與控訴。

**問題討論**

一、讀完本詩後,有哪些詩句表達人民生活困頓的一面,試一一舉出。

二、詩中的妻子規勸丈夫只用了四句話,但卻包含了夫妻之情、天理及父子之情,請指出是哪四句?

# 〈上邪[1]〉

## 內容導讀

〈上邪〉是一首愛情短詩，全詩語言樸實但又熱情奔放，本詩中的女子以「山無陵，江水為竭，冬雷震震，夏雨雪，天地合，乃敢與君絕。」連用五件不可能發生的事情，來表達自己堅決不改變的心意。本詩中的女子第一人稱的口吻，呼天為誓，向自己的愛人表白自己對愛情的堅定與專一，這首詩不僅別具風格，更讓人看見了女子對愛情的忠貞、至死不渝之情感態度。

## 作者介紹

佚名

## 課文說明

【本詩】上邪！我欲與君[2]相知[3]，長命無絕衰[4]。山無陵[5]，江水為竭，冬雷震震[6]，夏雨雪[7]，天地合，乃[8]敢與君絕。

【翻譯】蒼天在上！我要同你相親相愛，愛你之情永不衰竭。除非高山夷為平地，江水乾涸，冬天雷聲隆隆，夏天大雪紛飛，天地閉合，我才敢與你斷絕情愛！

---

1. 上邪：本篇選自漢樂府「《鐃歌》十八曲」之一，作者不詳，內容是描寫一名女子對所愛的男子忠貞誓言；上邪：呼天之詞，如現在所謂的「天啊」！上：指天；邪：同「耶」，語助詞，表示感嘆；音，一ㄝˊ。
2. 君：你。指情人。
3. 相知：相愛之意。
4. 長命無絕衰：希望永遠使愛情不衰絕；命：令、使。
5. 山無陵：指高山化為平地；陵：山頭。
6. 震震：指雷聲；意謂冬天打起響雷。
7. 雨雪：下雪；雨，降落，作動詞用；音，ㄩˋ。
8. 乃：才。敢，能的意思。

## 中國詩詞卷

**作品賞析**

　　本詩是漢代鐃歌十八首之一，屬於《樂府詩集・鼓吹曲辭・漢鐃歌》的一首民間情歌，全篇純用第一人稱口吻表述，是一位心直口快的北方姑娘，向其傾心相愛的男子表述忠貞愛情。

　　陸侃如說：「此篇之為誓詞，甚為明顯。……或者是男女間的誓詞，正與〈歡聞變〉『沒命成灰土，終不罷相憐』相同。」而莊述祖說：「〈上邪〉與〈有所思〉當為一篇，……敘男女相謂之言。」

　　清張玉穀《古詩賞析》卷五評此詩說：「首三，正說，意言已盡，後五，反面竭力申說。如此，然後敢絕，是終不可絕也。迭用五事，兩就地維說，兩就天時說，直說到天地混合，一氣趕落，不見堆垛，局奇筆橫。」

　　此詩風格樸實明快，作者一連假設了五種不可能出現的自然現象，以此作為「與君絕」的先決條件，恰因如此，使末句包含的實際語意與字面顯示的語意正好相反，有力地體現了女子「與君相知，長命無絕衰」的願望，表達了對愛情的執著、堅定、永不變心的堅強性格。全詩一氣呵成，剛強決絕，而又富於浪漫色彩，想像豐富，構思奇特。這在我國古代情詩中是很少見的。

　　這首古詩對後世的影響很大。敦煌曲子詞〈菩薩蠻〉在思想內容和藝術表現手法上明顯地受到它的啟發：「枕前發盡千般願，要休且待青山爛。水面上秤錘浮，直待黃河徹底竭。白日參辰現，北斗回南面，休即未能休，且待三更見日頭。」不僅對堅貞專一的愛情幸福的追求是如出一轍的，並且連續用多種不可能的事，來說明一種不可能的藝術構思也是完全相同的。

**問題討論**

　　一、請問你對本詩中女子的愛情觀，有何見解？

　　二、請用誇張的表達辭句來形容你對一件事或一個人的專一不變性。

# 陌上桑

## 〈陌上桑[1]〉

### 內容導讀

　　這是漢樂府民歌中一首五言敘事的樂府詩，主要描寫採桑女子秦羅敷機智巧妙地拒絕太守調戲的故事。不僅凸顯出羅敷的容貌與衣飾之美，更讚頌羅敷的智慧與堅貞。無論是描寫羅敷之美所用的筆法方面，或是羅敷拒絕外人追求所用的技巧方面，都很有特色。

### 作者介紹

佚名

### 課文說明

【本詩】日出東南隅，照我秦氏樓[2]。秦氏有好女[3]，自名[4]為羅敷[5]。羅敷喜[6]蠶桑[7]，採桑城南隅。青絲[8]為籠繫[9]，桂枝為籠鉤。頭上倭墮髻[10]，耳中明月珠[11]。緗綺[12]為下裙，紫綺為上襦[13]。行者[14]見羅敷，下擔捋[15]髭鬚[16]。少年[17]見羅敷，脫

---

1. 本詩在《樂府詩集》中屬《相和歌辭‧相和曲》。
2. 日出東南隅二句：「東南」是偏義複詞，指東方。隅，方位。我，詩人自稱，相當於「我們」。
3. 好女：美女。
4. 自名：其名，她的名字。
5. 羅敷：古代美女名，漢代常作為美女的泛稱。
6. 喜：善。
7. 蠶桑：採桑養蠶，這裡作動詞用。
8. 青絲：綠色絲繩。
9. 籠繫：籠，竹籃子；繫，提繫。
10. 倭墮髻：一種髮髻樣式，斜於一側，為當時流行之髮式。髻，音ㄐㄧˋ。
11. 耳中月明珠：月明珠是珠寶名，相傳出自西域大秦國；這裡以月明珠為耳飾。
12. 緗綺：緗，杏黃色；綺，有細密花紋的綾羅。
13. 襦：有內裡的短外衣；音，ㄖㄨˊ。
14. 行者：過路人。

帽著[18]帩頭[19]。耕者忘其犁，鋤者忘其鋤。來歸相怨怒，但坐觀羅敷[20]。

【翻譯】太陽從東方升起，照到我們秦家的樓房。秦家有位美麗的少女，她的名字叫羅敷。羅敷很會養蠶採桑，有一天在城南邊側採桑。用青絲做籃子上的絡繩，用桂樹枝做籃子上的提柄。頭上梳著倭墮髻，耳朵上戴著寶珠做的耳環；淺黃色有花紋的絲綢做成下裙，紫色的綾子做成上身短襖。走路的人看見羅敷，放下擔子捋著鬍子。年輕人看見羅敷，脫掉帽子整理儀容。耕地的人忘記了自己在犁地，鋤地的人忘記了自己在鋤地；回來後互相埋怨生氣，只因為看見羅敷。

【本詩】使君[21]從南來，五馬立踟躕[22]。使君遣吏往，「誰是誰家姝[23]。」「秦氏有好女，自名為羅敷。」「羅敷年幾何[24]？」「二十尚不足，十五頗有餘。」「使君謝[25]羅敷，寧可[26]共載[27]不[28]？」羅敷前置辭：「使君一何[29]愚！使君自有婦，羅敷自有夫。」

---

15. 捋：撫摸；音ㄌㄜˋ。
16. 髭鬚：鬍鬚；髭，音ㄗ。
17. 少年：青年人。
18. 著：戴，指收拾整理；音，ㄓㄨㄛˊ。
19. 帩頭：用以束髮的紗巾；帩：音ㄑㄧㄠˋ。
20. 來歸相怨怒二句：意指耕田鋤地的農人看到羅敷的美麗，返家後惱恨自己的妻子長得醜陋；這是民歌中為了烘托羅敷之美麗所使用的詼諧筆法。坐：因。
21. 使君：漢代人們對州郡太守、刺史的尊稱。
22. 五馬立踟躕：五馬，五馬駕車；踟躕，徘徊不進的樣子，指停車；意指太守垂涎於羅敷的美麗。
23. 姝：美女；音ㄕㄨ。
24. 幾何：多大。
25. 謝：告、問。
26. 寧可：其可、可能；表示詢問的副詞。
27. 共載：共乘一車，指嫁給太守。
28. 不：「不」音義同「否」。
29. 一何：何其、何等。

## 陌上桑

【翻譯】太守乘車從南邊來了，拉車的五匹馬停下來徘徊不前。太守派遣小吏過去，問這是誰家的美女。小吏回答：是秦家的美女，名字叫羅敷。太守又問：羅敷年齡多大了？小吏回答：還不足二十歲，比十五歲頗多些。太守問羅敷，願意一起坐車嗎？羅敷上前回話：太守您多麼愚蠢呀！太守您已有妻子，羅敷我也已有丈夫。

【本詩】「東方[30]千餘騎[31]，夫婿居上頭[32]。何用[33]識[34]夫婿？白馬從驪駒[35]，青絲繫馬尾，黃金絡馬頭[36]；腰中鹿盧[37]劍，可直千萬餘。十五府小吏[38]，二十朝大夫[39]，三十侍中郎[40]，四十專城居[41]。為人潔白晢[42]，鬑鬑[43]頗有鬚。盈盈公府步，冉冉府中趨[44]。坐中[45]數千人[46]，皆言夫婿殊[47]。」

---

30. 東方：指夫婿做官的地方。
31. 千餘騎：誇說夫婿的隨從人員眾多；騎，騎馬的人，音ㄐㄧˋ。
32. 居上頭：居上位，即處於被簇擁的地位。
33. 何用：何以、憑什麼。
34. 識：辨識、識別。
35. 白馬從驪駒：騎著白馬，又有騎小黑馬者護從在身後的那位長官，便是我的丈夫；驪駒：深黑色的駿馬，驪，音ㄌㄧˊ；駒：兩歲的馬。
36. 黃金絡馬頭：用黃金裝飾的籠頭兜著馬首；絡：絡頭，即馬籠頭，這裡作動詞。
37. 鹿盧：同「轆轤」，井上汲水用的滑輪；這裡用以形容劍柄的裝飾形狀。《漢書‧卷七十一‧雋不疑傳》：「不疑冠進賢冠，帶櫑具劍，佩環玦。」晉灼注：「古長劍首以玉作井鹿盧形，上刻木作山形，如蓮花初生未敷時。今大劍木首，其狀似此。」
38. 府小吏：在太守府中做低級官吏，如衙役、門子之類。
39. 朝大夫：在朝廷中擔任大夫官職。
40. 侍中郎：官名，漢代屬於加官，經常出入宮禁，受到皇帝的寵幸。
41. 專城居：專城而居，指獨掌一城之事，為一城之主；專，獨擅；居：住。
42. 為人：作人。潔白晢，指面皮白淨。晢：白。
43. 鬑鬑：鬚髮飄逸的樣子；音，ㄌㄧㄢˊ。
44. 盈盈公府步二句：盈盈，走路優雅的樣子；公府，官府；步，踱步；冉冉，步伐徐緩的樣子。

## 中國詩詞卷

【翻譯】「在東方隨從人馬一千多,他排列在最前頭。憑什麼識別我丈夫?騎著白馬,後面有小黑馬跟隨的那個大官就是,用青絲拴著馬尾,那馬頭上戴著金黃色的籠頭;腰中佩著鹿盧劍,寶劍可以值上千萬多錢,他十五歲在太守府做小吏,二十歲在朝廷裏做大夫,三十歲做皇上的侍中郎,四十歲成為一城之主。他長得潔白清秀,下巴留著飄逸的長鬍。在公府中從容優雅地走著,步伐舒緩。坐中有數千人,都說我夫婿最出眾。」

### 作品賞析

《陌上桑》一名《豔歌羅敷行》,又名《日出東南隅行》,是一篇立意嚴肅、筆調詼諧、富有喜劇色彩的著名民間敘事詩。在中國文學史上具有極大影響力,後世大詩人包括曹植、陸機、李白、杜甫、白居易等,都寫過《陌上桑》此類主題。

全詩可分三段。第一段從開始至「但坐觀羅敷」,前四句以空間的層遞手法由遠而近的的將焦點放在女主角身上,五、六句再進一步描寫她參與勞動,是一個具有婦德的女子,接著以烘雲托月的手法描寫羅敷具有令人驚豔的容貌。第二段從「使君從南來」至「羅敷自有夫」,寫使君覬覦羅敷,要跟她共載而歸,遭到羅敷嚴辭拒絕。第三段緊接上段羅敷的答詞,羅敷分別在威勢、富貴、才華、儀態、氣質諸方面極力讚揚夫婿的顯赫地位、出眾人品,其實都是為了對付太守所虛構的,是有意在氣勢上壓倒無理糾纏的使君,讓他知難而退,言近而意遠,顯示出羅敷的機智聰敏,具有巧妙的應變能力,甚有詩趣。

此詩不正面描寫女主角的容貌如何美麗,而用誇張的筆調刻劃其服飾打扮,又從側面烘托出她是何等美貌,這一點與辛延年的〈羽林

---

45. 坐中:在座的。
46 數千人:誇說官員集會的人數之多。
47 殊:異,與眾不同,指才華、儀態出眾。

## 陌上桑

〈郎〉在藝術上是相似的。而且本詩又進一步藉著旁觀的路人為羅敷之美而著迷傾倒來加深刻劃人物形象，展現路人在外頭或是返家後的內心世界，這在藝術上又更上了一層。詩的末段，羅敷以「述己狀況，卻不惡言抨擊對方」的言詞，表示其堅定的拒絕，從對話中可看出她的機智、勇敢與堅貞。詩末羅敷盛誇夫婿被眾人讚揚就嘎然做結，而未交代使君聽了羅敷一番話後有何動作，留給讀者無限想像的空間，詩意含蓄不盡。

### 問題討論

一、請問本詩的主旨是什麼？羅敷有哪些值得讚美之處？

二、何謂「烘雲托月」的筆法，試以本詩為例說明之。

三、「使君從南來，五馬立踟躕」是為什麼？

## 中國詩詞卷

### 〈短歌行〉

**內容導讀**

　　這是一首四言的樂府詩。全詩可分三段敘述，三段之間各有不同的詩意呈現。如第一段的前八句「對酒當歌……惟有杜康。」為第一層詩意，在於抒寫人生短暫的感慨。「青青子衿……何枝可依。」為第二層詩意，在於抒發求賢若渴的心情。「山不厭高……天下歸心。」為第三層詩意，承接求賢殷切的上文，最後用「周公吐哺」之典故，表明欲延攬人才，使天下歸心的願望。三層詩意層層相扣，相互呼應。

**作者介紹**

　　曹操（155 年～220 年），字孟德，沛國譙人。《三國演義》作者筆下的曹操，是一個有思想、性格的複雜而又生動的藝術形象，所以在小說中的曹操是一個「治國之能臣，亂世之奸雄」的典型人物。曹操的詩歌以簡約樸實的形式來反映動亂的現實，對社會的描寫非常深入，更具備了悲涼慷慨、氣勢豪壯的特點，多反映政治懷抱和關懷民生之感情，沈德潛譽為「三百篇外自開奇響」。

**課文說明**

　　【本詩】對酒當歌，人生幾何？譬如朝露[1]，去日苦多。慨當以慷，憂思難忘。何以解憂？唯有杜康[2]。

　　【翻譯】端起酒杯，歡唱詩歌，人生有多少日子呢？就好像朝露一般的短暫，消逝的日子太多，實在令人憂心。心中激昂不平，憂慮的愁緒難以忘懷。要如何解脫憂愁呢？只好藉酒來消憂了。

　　【本詩】青青子衿[3]，悠悠[4]我心。但為君故，沈吟[5]至今。呦呦[6]鹿

---

1. 朝露：早晨的露水，見日即乾，比喻人生短促。
2. 杜康：相傳是開始造酒的人；借代為「酒」。
3. 青青子衿：衿，衣領；青衿，是周代學子的服裝，此代指賢才。

## 短歌行

鳴，食野之苹[7]。我有嘉賓，鼓瑟吹笙[8]。明明如月，何時可掇[9]？憂從中來，不可斷絕。越陌度阡[10]，枉用相存[11]。契闊[12]談讌，心念舊恩。月明星稀，烏鵲南飛，繞樹三匝[13]，何枝可依[14]？

【翻譯】賢德的君子，令我十分思念，只因為你的緣故，讓我至今還是念念不忘。鹿在野外找到了苹原，便呼鳴共食，我有嘉賓，我要鼓瑟吹笙，來招待他們。明潔的月光，什麼時候才能摘取呢？我的憂慮從心中湧來，無法斷絕。承蒙你長途跋涉前來慰問我，久別重逢歡聚宴饗，思念著舊日的情誼。在這月光明亮、星辰稀少的夜裡，烏鴉、喜鵲向南飛去，牠們繞樹飛了三圈，卻不知那一枝頭可以安身？

【本詩】山不厭高[15]，海不厭深。周公吐哺[16]，天下歸心。

【翻譯】山峰不嫌高，海水不嫌深，我要像周公「一飯三吐哺」一般招待賢者，希望能得到天下人的擁戴。

**作品賞析**

《短歌行》是樂府《相和歌辭·平調曲》名，原為清商曲辭平調

---

4. 悠悠：深長的思念。
5. 沈吟：低聲吟詠，指低吟《詩經·鄭風·子衿》這首詩。
6. 呦呦：鹿鳴聲，為狀聲詞。
7. 苹：艾蒿。
8. 瑟、笙：古樂器名。
9. 掇：摘取。
10. 越陌：遠途跋涉；阡、陌，田間道路；南北叫阡，東西叫陌。
11. 相存：慰問我。
12. 契闊：聚散，偏義複詞，指久別後重聚。契，投合；闊，疏遠。
13. 匝：周、圈。
14. 何枝可依：何處可以依託。
15. 山不厭高，水不厭深：暗喻君王需要人民、人才越多越好；此處喻指自己有積極上進的志向。
16. 周公吐哺：周公曾一飯三吐哺，一沐三握髮，盛情接待賢士。

## 中國詩詞卷

曲中的一種。《古今樂錄》說：「王僧虔《大明三年宴樂技錄》，平調有七曲：一曰〈長歌行〉，二曰〈短歌行〉，三曰〈猛虎行〉，四曰〈君子行〉，五曰〈燕歌行〉，六曰〈從軍行〉，七曰〈鞠歌行〉。」不過〈短歌行〉古辭已亡佚，此為曹操之擬作，約作於詩人晚年。

面對著歌舞盛宴，他想起一統功業未竟，而人生猶如朝露，百年轉瞬即逝，不禁心緒悲慨，憂從中來。

此詩緊扣「憂思」二字落筆，曲曲折折，絮絮叨叨，意曲情密。雖然充滿了人生如寄的慨歎、及時行樂的悲觀色彩，但也流露出曹操的英雄氣魄，遠大的理想與抱負。所以這首詩套用成典，卻自然不黏滯，造境雄偉，音調壯闊而不覺造作，實為曠古佳作。

**問題討論**

一、請問本詩的主旨是什麼？

二、所謂「山不厭高，水不厭深」是用來比喻什麼？

三、詩中有使用「借代」的修辭法，請舉出實例。

## 第二節、六朝古詩選

《古詩十九首》是一組五言古詩的統稱，共有十九首。一般雖認為是漢朝的一些無名詩人所作，但因到六朝的梁代，才由昭明太子蕭統編入《昭明文選》，並命名「古詩十九首」，故為六朝時期的古詩，是中國現存的最早一部詩文總集。茲列舉：佚名〈行行重行行〉、陶淵明〈飲酒詩之五〉、謝靈運〈石壁精舍還湖中作〉，以及謝朓〈晚登三山還望京邑〉等四首賞析如下：

### 〈行行重行行〉

**內容導讀**

　　《古詩十九首》是東漢末葉亂離時代，一群不知名作家的作品。沈德潛說：「古詩十九首，不必一人之辭，一時之作。大率逐臣棄婦，朋友闊絕，遊子他鄉，死生新故之感。……初無奇闢之思，驚險之句，而西京古詩，皆衣其下。」純樸的自然美，勝過人工的刻鏤雕琢，這正是《古詩十九首》的藝術特色，可說是五言詩成熟期的代表作。

　　本詩是《古詩十九首》的第一首，抒寫思婦對於留在遠方的丈夫的深切思念。這首詩運用反覆詠嘆的表現手法，比如用「相去萬餘里」、「道路阻且長」、「相去日已遠」等含義相近的詩句反覆吟詠同一內容，形成一種悠長的纏綿情韻，從時空、正反、虛實多種角度刻寫相思哀怨之情，使抒情氣氛更濃厚，韻味更深長，可看出思婦的別恨離愁有「剪不斷，理還亂」之感。

**作者介紹**

佚名

## 中國詩詞卷

### 課文說明

【本詩】行行重行行[1]，與君[2]生別離[3]。相去[4]萬餘里，各在天一涯[5]。

道路阻且長[6]會面安可知[7]？胡馬依北風，越鳥巢南枝[8]；

相去日已遠，衣帶日已緩[9]。浮雲蔽白日，遊子不顧返[10]？

思君令人老[11]，歲月忽已晚[12]。棄捐勿復道[13]，努力加餐飯。

【翻譯】送你走了一程又一程，只因為即將要和你長久地離別。從今以後，各在天涯的一角，相隔多麼遙遠啊。路途險阻又漫長，怎麼能夠期待再相會的日子呢？

南來的胡馬仍然依戀著北風，北飛的越鳥依舊築巢在朝南的樹枝；我們相距，一天比一天久遠，衣帶日漸寬鬆，形體日漸憔悴。

遠離親人的遊子啊！難道就像太陽被浮雲蒙蔽一樣，而使你不想

---

1. 行行重行行：行行，指送行；重，又、再；此句有愈走愈遠之意。
2. 君：指遊子。
3. 生別離：即活生生地離別，即「悲莫悲兮生別離」詩句，有別後難以再聚之涵義。
4. 相去：相去，你我相距；去，距離。
5. 天一涯：指天的一方；比喻相距遙遠而無法相會；涯，邊。
6. 阻且長：險阻而又遙遠；阻，險阻難行。
7. 會面安可知：即「安可知會面之日」；安，通「豈」，哪裡、難道。
8. 「胡馬…南枝」：胡馬，即胡人地區生長的馬；越鳥，即在越國一帶生長的鳥；依，依戀；巢，築巢，皆作動詞。
9. 衣帶日已緩：由於相思而日見消瘦，以至平時合身的衣服，腰帶變寬鬆了。。
10. 「浮雲…不顧返」：「浮雲蔽白日」是借喻，推測「遊子不顧返」的原因；白日，喻遊子；浮雲，喻小人或誘惑者；顧，念；返，同「返」。
11. 人：指思婦自己。老，衰老。
12. 忽：迅速。
13. 棄捐：即「捐棄」，拋開之意；復道：復，再、又；道，述說。

## 行行重行行

歸鄉嗎？

　　思念你的愁緒，使我衰老，一下子年歲已進入晚年。拋開這些離情思愁不要再提，你要多吃點飯，好好保重自己啊！

## 作品賞析

　　本詩為思婦、逐臣或棄婦之詩。以遊子的一再往遠而走，襯托出女子心中的依依不捨之情。

　　詩中疊用「行行」，加上一個「重」字。張玉穀曰：「『重行行』，言行之不止也。」用簡單的句子，表現了離鄉背井的遊子在漫長的歲月中已經不知飄蕩何處。綜觀全詩「行行」二句追敘初別，為通章總提，語古而韻甚。並追用「生別離」加強了丈夫遠行，女子心中的悽慘。

　　《楚辭·九歌》：「悲莫悲兮生別離，樂莫樂兮新相知。」古人認為「生離死別」是人際間最悲慘的事情，幾乎等於「永別離」，有別後難以再聚之意。此處是「藏頭格」的運用，暗含「悲莫悲兮」之意。

## 問題討論

　　一、本詩中的「胡馬依北風，越鳥巢南枝」二句，運用了具體的事物來表達心中的感情，你能看出所要表達的主題為何嗎？

　　二、本詩中的「浮雲蔽白日，遊子不顧返」，其中的「白日」用來比喻什麼？

　　三、從本詩中的哪幾句話，即可判斷出生別離又相見無期的悲痛事實？

# 中國詩詞卷

## 〈飲酒詩〉之五

### 內容導讀

　　本詩為《飲酒》組詩的第五首，主要是描寫自己安貧樂道和悠然自得的家居生活，為陶淵明田園詩的主要代表作品之一。全詩可分為三個層次：首六句的結廬一直到悠然見南山，描寫田園的生活及其心境；山氣、飛鳥二句，景中寓事、寓理，從歸隱田園中領悟出人生哲理；末兩句是前八句的結論，描寫詩人從自然景物中得到的純真情感。全詩不假雕飾、貌似平淡，但卻詩意盎然、深厚，融說理、抒情、寫景於一體，耐人尋味，這是陶詩特有的藝術風格，表現了詩人與大自然相契合的高妙心境。

### 作者介紹

　　陶淵明（約公元 365 年～427 年），名潛，或名淵明，字元亮，尋陽柴桑人（今江西九江人）。自號五柳先生，私諡靖節先生。家貧，卻不為五斗米而折腰，又好讀書，是中國文學史上，一個「安貧樂道」的典範，也是晉代最偉大的文學家之一。以清新自然的詩文著稱於世，是我國田園詩的開山之祖。其主要成就乃歸於性情之真及思想背景之廣。無論歌詠田園或抒寫情志，時時透露出對生命的體認，情感真摯，不須雕琢，在他的作品中表露無遺。

### 課文說明

【本詩】結廬在人境，而無車馬喧[1]。
　　　　問君何能爾？心遠地自偏[2]。
　　　　採菊東籬下，悠然見南山[3]。
　　　　山氣日夕佳，飛鳥相與還[4]。
　　　　此中有真意，欲辨已忘言[5]。

---

1. 結廬：築舍；車馬喧：車馬的喧擾聲。
2. 君：詩人自稱。爾，如此；指在塵世中卻能避開喧擾的境界。心遠：精神超脫世俗。
3. 悠然：意指悠閒淡遠；南山：指廬山。
4. 山氣：山間雲霧之氣；日夕：傍晚；相與還：結伴歸巢；相與，成群結伴。

## 飲酒詩之五

【翻譯】居住在人煙密集之處，但聽不到車馬喧擾的聲音。如果問我為什麼能達到如此境界？我可以告訴你，是因為心靈遠遠超脫世俗的束縛了，所以雖然處在喧囂處也像住在偏僻的地方。我在東邊的籬笆下採摘菊花，抬起頭悠閒自得的看著南山，山間雲霧之氣在傍晚時顯得特別美麗，天空中的飛鳥也結伴回巢了。田園生活充滿和諧自然的意趣，我只能心領神會，無法用言語來解釋跟表達。

### 作品賞析

本詩為作者飲酒詩二十首之第五首，抒寫辭官歸隱田園後，遠離名利，悠然自得之心境。通過人物活動和自然景觀，表達了對完美的生命只有在復歸自然中才能真正獲得的領悟。

「心遠」是骨幹，「真意」是精髓。前四句表現出一個貌似矛盾，實則未必的處境，點明了一種與世俗不類的心境。中間「採菊」四句，承前四句之寧靜悠閒的心境下，在東籬採菊之中，無意中見到南山，更加地肯定了不同於流俗的歸隱生活；又以飛寫與還，暗示自己找到生命安頓之地方，欣喜而自適；末二句以擺脫世俗之「真意」，回歸本來之真心，因而領會一種悠閒自適、心靈自由的境界。

另採菊二句，有些版本「見」作「望」，一字之差，境界全別，形成了陶詩的一大公案。「望」乃有意而為；「見」則「採菊之次，偶然見山，出不用意，而意與境會」，與全詩的境界協調和諧。

### 問題討論

一、請說出本詩的末句「欲辨已忘言」，意為何？

二、本詩中的「采菊東籬下，悠然見南山」一聯，顯示主體（我）與客體（自然）融合為一的境界，請舉出歷代中一位作家作品符合陶詩的詩句境界。

三、本詩中說的「心遠地自偏」，是指什麼？

---

5. 真意：意指和諧自然的意趣；忘言：心領神會後，已不需語言表達。

中國詩詞卷

## 〈石壁精舍還湖中作[1]〉

**內容導讀**

《石壁精舍還湖中作》這首詩主要是寫詩人徜徉於山水間的樂趣及從中體會出人生哲理。全詩可分為三個部分，首六句寫石壁遊觀的樂趣，中間六句寫泛舟湖中所見的薄暮景色及捨舟登岸休息，最後四句寫從一天的遊覽中體會出人生哲理。這首詩的主要特色是刻畫山水細緻入微，另外，融合情、景、理為一體，也是這首詩一個重要的特點。

**作者介紹**

謝靈運（385年～433年），陳郡陽夏（今河南太唐）人也。東晉名將謝玄之孫，襲封康樂公，稱謝康公、謝康樂。其主要成就在於山水詩，靈運是山水詩派的開創人，出身於貴族，在政治失意之後便寄情山水，開始寫山水詩，對山水景物更有獨特的藝術修養，可說是讀其文如面對佳景。魏、晉以來，由於老、莊思想影響及對現實社會的不滿，很多詩人文士轉向寄情自然界，但那時山水並未和詩歌結合，至謝靈運才以山水為主要詩歌題材，興情悟理，進而邁入輝煌的山水詩時代。

**課文說明**

【本詩】昏旦變氣候，山水含清暉[2]。

　　　　清暉能娛人，遊子憺忘歸[3]。

　　　　出谷日尚早，入舟陽已微[4]。

---

1. 石壁精舍指始寧縣(今浙江省上虞縣)附近的佛寺；湖，巫湖。
2. 「昏旦……含清暉」：指石壁的景色朝暮不一樣，變化豐富。
3. 「清暉……憺忘歸」：描述詩人徜徉山水美景中，樂而忘返的情態；憺：安適。

## 石壁精舍還湖中作

林壑斂暝色[5]，雲霞收夕霏[6]。

芰荷迭映蔚[7]，蒲稗相因依[8]。

披拂趨南徑[9]，愉悅偃東扉[10]。

慮澹物自輕[11]，意愜理無違[12]。

寄言攝生客[13]，試用此道推[14]。

【翻譯】遊賞湖上風光早晚的氣候變化差異大。感到山水景色清新明媚，山水景色清新明媚娛樂我心，我因安適倘佯美景，以致樂而忘返，出谷的時候，天色還算早，歸舟時已經是夕暮時分了。

山林谷壑聚集一片迷茫暮色，長空晚霞依然放射光輝。湖面上菱荷互相輝映，岸邊菖蒲稗草相依。我用手撥開路邊的草木，往南的小徑走去，遊玩一天回來，愉快地躺在東邊的門扉旁休息。進而深深領悟到思慮空靜淡薄，對外物就能看輕。心思愜意，這才不違背自然之理。在這裡告訴對保養生命很注重的人們，可以試著用這樣的道理來推論。

---

4. 陽：日光；微：昏暗。
5. 斂：聚集之意；暝色：指暮色。
6. 霏：雲飛的樣子。
7. 映蔚：指光色相映照。
8. 蒲：菖蒲，泛指水草類植物；稗：形狀似稻的一種雜草，在這裡指水草；相因依：相互倚靠。
9. 披拂：指用手撥開路邊的草木。
10. 偃：休息。
11. 慮澹物自輕：意指若思慮淡薄，外物自然顯得不那麼重要。
12. 愜：滿足。
13. 攝生客：指對保養生命很注重的人。
14. 此道：指「慮澹…理無違」這兩句所說的道理；推，推求。

**作品賞析**

　　此五言古詩，一韻到底，音韻和諧。山水描寫細緻入微，使人神往，可謂「情必極貌以寫物，辭必窮力而追新」。全詩文辭清麗，意境優美，自然可愛，意趣生動，寫晚景而無頹唐情緒，次序井然，緊扣「還湖」題意，理趣和諧，渾成一體，是謝靈運詩作中長期廣為傳誦的山水佳作。

　　其實寫這首詩時，謝靈運已然託病辭官，回到始寧老宅隱居。但詩人仍不忘縱情於山水之間。詩中「林壑斂暝色，雲霞收夕霏」二句，以超凡的想像力和詩歌技巧使讀者從詩中領略到大自然的美妙景色。

　　王夫之《古詩評選》：「情不虛情，情皆可景，景非滯景，景總含情，神理流乎兩間。」情、景、理在詩人的胸中筆下相互滲透，相互發明，使這首詩獲得了獨特的藝術魅力。《藝苑巵言・卷三》：「謝靈運天質奇麗，運思精鑿，雖格體創變，是潘陸之餘法也。其雅縟乃過之。『清暉能娛人，遊子憺忘歸』。寧在『池塘春草』下耶？」便是對此詩的肯定。

**問題討論**

　　一、請問本詩的主旨為何？

　　二、本詩融情、景、理為一體，請找出本詩中哪三句為「情、景、理」？

　　三、刻畫山水景色細緻入微是本詩的特色，請分析本詩哪些詩句是描述細微的畫面？

# 晚登三山還望京邑

## 〈晚登三山還望京邑[1]〉

### 內容導讀

　　這首詩歌是謝朓由中書郎出任宣城太守，離京赴任途中寫下的，登山臨江所見美景和去國懷鄉的惆悵之情。在藝術上最為高超的是寫景優美傳神，例如「白日麗飛甍……雜英滿芳甸」這六句中，詩人技巧性地捕捉到多樣自然景物的形象特徵，在巧妙刻畫下，恰似組合成一幅生動的圖畫，可從畫面中探索到遠景與近景、動態與靜態及聲音與色彩都相映成趣。這首詩另外一個重要的特色是以樂景寫哀情，詩人充滿哀愁，而全詩景色很美，看似不相配，但這是詩人更深層的表現手法，越是想反襯出詩人去國懷鄉的悲悽之情，那就越是要把京邑寫得更美好。

### 作者介紹

　　謝朓（464年～499年）字玄暉。南北朝陳郡陽夏（今河南省太康縣）人也。朓年幼好學，文章清麗，與山水詩人謝靈運並稱大、小謝，唐朝大詩人李白稱讚他「中間小謝又清發」。清人王士禎《論詩絕句》說李白「一生低首謝宣城」。山水詩內容主要表現昏暗的現實面與對官場的不滿，吸收謝靈運逼真描寫的長處，並避免謝靈運晦澀平板的弊病，詩雖模仿謝靈運，但不如謝雕琢。

### 課文說明

　　【本詩】灞涘望長安[2]，河陽視京縣[3]。白日麗飛甍[4]，參差皆可見[5]。

---

1. 三山：在今南京市西南長江南岸；京邑：指南齊首都建康。
2. 灞：灞水。涘：岸；涘，音ㄙˋ。
3. 河陽：縣名，在今河南孟縣西；京縣，指西晉首都洛陽。
4. 麗：指日光照耀下，首都建築色彩明麗；甍：屋脊，音ㄇㄥˊ。飛甍：形容屋脊兩檐高聳，其勢欲飛。
5. 參差：高低不齊的樣子。

餘霞散成綺[6]，澄江靜如練[7]。喧鳥覆春洲[8]，雜英滿芳甸[9]。去矣方滯淫[10]，懷哉罷歡宴[11]。佳期悵何許[12]？淚下如流霰[13]。有情知望鄉，誰能鬒不變[14]。

**【翻譯】** 我就像王粲在灞陵上眺望長安，又像潘岳在河陽回顧洛陽那樣登上三山回望京城。日光照耀在高聳的屋簷上面，從三山遠望，高高低低，都可看見。晚霞布滿天空如同錦緞一般，澄清的江水靜靜地流著，就象白綢鋪在地上。沙洲中有許多啼鳥，郊野滿是落花。我這次離鄉遠去，將要久留外地。我這次停止故鄉的歡樂遊宴，真使人懷念哪！回鄉的日期在何時？我惆悵不已淚落如雪珠。凡是有感情的人無不思念家鄉，有誰能夠不白了頭髮呢？

## 作品賞析

這首詩是謝朓的一首著名的寫景抒情詩。

齊明帝建武二年（495）春，謝朓出任宣城太守，離京赴任之際，寫下了此詩。在春日的傍晚登上三山，還望京邑建業，滿目的秀色美景，觸發了詩人的去國思鄉之情。

本詩可分為三個層次：第一層為頭兩句，寫自己登三山、望京邑；第二層為中間六句，描寫了登、望所見的景色；第三層為最後六句，直接抒寫去國懷鄉之情。

---

6. 綺：綿緞。
7. 澄江：清澈的江水。練：白綢子。
8. 覆：蓋。
9. 英：花。甸：郊野。
10. 方：將；滯淫：久留。
11. 罷：止；歡宴：指居京都時歡樂之宴遊。
12. 佳期：指返還京邑之期；何許：何時？
13. 霰：小冰粒，比喻淚珠紛灑；音，ㄒ一ㄢˋ。
14. 鬒：髮多而烏黑；音，ㄓㄣˇ。

## 晚登三山還望京邑

　　最有藝術價值的部份在於寫景。詩人利用善於捕捉景物的特點，表現高妙手法。「飛甍」、「參差」生動表現了京城建築的特點，「麗」字表現了夕陽返照下的絢麗色彩，「皆」字顯示其清晰的程度。特別是「餘霞」一聯，以錦緞喻雲彩，以素練喻江流。天地相連，濃淡相映，描繪了一種引人入勝的美麗景象。

　　葛立方說：「陶潛、謝朓詩，皆平淡有思致，非後來詩人恍心劌目離琢者所為也。大抵欲造平淡，當自絢麗中來，落其華芬，然後可造平淡之境。」

## 問題討論

　　一、請說出本詩主旨為何？

　　二、請找出本詩中寫景的詩句，並分析有何特色？

　　三、這首詩中，作者想傳達的情緒是悲淒的，那為何刻畫出來的景色仍是優美的？

中國詩詞卷

# 第三章、隋唐時期之詩詞選

在隋唐時期的隋朝，國祚僅二十九年，對中國文學的影響不大。然至唐代，則大放異彩。從清‧康熙皇帝所主導蒐羅的《全唐詩》，就有四萬八千九百餘首，凡二千二百餘人，共計900卷，目錄12卷，由此可知其輝煌。本單元將分成：隋朝詩選、初唐詩選、中唐詩選、晚唐詩選，以及晚唐五代詞等說明如下：

## 第一節、隋朝詩選

隋朝國祚雖短，但其詩詞也大約有一百三十二位作者，二千二百餘首作品。其中，隋煬帝楊廣也是個詩人，其《楊廣詩集》輯詩42首，末附3首存疑，另附《迷樓記》中詩1首、《海山記》中《望江南》詞8首。其中，《江都宮樂歌》是他的名作之一，基於篇幅今僅列舉之：

### 《江都宮樂歌》[1]

**內容導讀**

《江都宮樂歌》為隋代隋煬帝楊廣所作的七言律詩，抒發了當時隋煬帝在揚州的所見所感和對揚州的美好生活情境。該首詩是唐代七言律詩的雛形，而後才有唐代七言律詩的輝煌。

隋朝統一大業後，南北長期分裂的局面至此結束。隋朝詩人，一般是齊、周舊臣，以及從南方的陳朝過來，當時的詩風仍受南朝後期的支配。根據《隋書‧文學傳序》指出：「時俗詞藻，猶多淫麗。」然而，一些較有名望的作者如：薛道衡、盧思道、虞世基、楊廣等，也有少數剛健清新的作品，透露出一點新的時代氣息。

---

[1] 江都宮樂歌：江都，古地名，今江蘇揚州；宮樂歌，宮廷中演奏的樂曲。

## 第三章、隋唐時期之詩詞選～～送杜少府之任蜀州

在永明[2]以來，詩歌聲韻格律的講求，發展到這時已接近成熟，詩歌體制的建立也較前有了進步。如：薛道衡的《豫章行》、盧思道的《從軍行》，以及庾信的《烏夜啼》，已粗具初唐七言律詩的規模。而楊廣的《江都宮樂歌》，在形式上比庾信的《烏夜啼》更接近唐代七律。由此可見，《江都宮樂歌》是唐代七律的橋樑之一。

### 作者介紹

隋煬帝楊廣（569年～618年），華陰（今陝西華陰）人，生於隋京師長安，是隋朝的第二位皇帝，一名英，小字阿摐[3]。是隋文帝楊堅、獨孤皇后的次子，在開皇元年（581年）立為晉王，開皇二十年（600年）十一月，勾結楊素讒陷兄楊勇，奪得太子之位，仁壽四年（604年）七月繼位。他在位期間修建大運河，開通永濟渠、通濟渠，加修邗溝、江南運河等，建設東都洛陽，開創科舉制度，親征吐谷渾，三征高句麗，因為濫用民力，造成天下大亂，直接導致隋朝的滅亡。618年在江都（今江蘇揚州）被部下縊殺。

隋煬帝少年好學，喜歡詩文。其文初學庾信。為晉王時，召引陳朝舊官、才學之士柳䛒、虞世南等100餘人。由於他曾親歷塞上，遠征遼東，故詩中描寫的自然景物和戎馬生活，也有其實踐的基礎。所做之詩詞全集：《獻歲燕宮臣詩》、《飲馬長城窟行》、《望海詩》、《正月十五日於通衢建燈夜升南樓詩》、《步虛詞》、《東宮春》等，也是一個文學家。

### 課文說明

【本詩】揚州[4]舊處可淹留[5]，臺榭[6]高明[7]復好游。

---

[2] 永明：是指六朝的南齊，在齊武帝蕭賾在位的時代。
[3] 摐：撞擊之意，音ㄔㄨㄤ。
[4] 揚州：古地名，今江蘇揚州。
[5] 淹留：停留，逗留。

## 中國詩詞卷

風亭[8]芳樹[9]迎早夏[10]，長皋[11]麥隴[12]送餘秋[13]。

淥潭[14]桂楫[15]浮青雀[16]，果下[17]金鞍[18]躍紫騮[19]。

綠觴[20]素蟻[21]流霞[22]飲，長袖[23]清歌[24]樂戲州[25]。

### 【翻譯】

揚州這舊日的地方，真是值得停留，高臺亭子明亮又適合遊玩。

風亭旁的芳樹迎接初夏的到來，長長的水邊高地上的麥田在秋末依然豐饒。

清澈的水潭上，桂木船槳劃動著繪有青雀的船隻，樹下金鞍裝飾的紫色駿馬躍動著。

---

[6] 臺榭：高臺和亭子，泛指樓臺等建築物。
[7] 高明：高敞明亮。
[8] 風亭：亭子，常建于風景優美之處。
[9] 芳樹：美麗的樹木。
[10] 早夏：初夏。
[11] 長皋：長長的水邊高地。
[12] 麥隴：麥田。．
[13] 餘秋：秋末。
[14] 淥潭：清澈的水潭。
[15] 桂楫：用桂木製成的船槳，這裡指船。
[16] 青雀：指船頭繪有青雀圖案的船。
[17] 果下：樹下。
[18] 金鞍：裝飾華麗的馬鞍。
[19] 紫騮：紫色的駿馬。
[20] 綠觴：綠色的酒杯。
[21] 素蟻：指酒面上的泡沫，因其細小如蟻，故稱。
[22] 流霞：比喻美酒。
[23] 長袖：指舞蹈者的長袖，也指舞蹈。
[24] 清歌：清亮的歌聲。
[25] 樂戲州：指揚州，因其繁華歡樂，故稱。

## 第三章、隋唐時期之詩詞選～～送杜少府之任蜀州

綠色的酒杯中,盛著泡沫如蟻的美酒,仿佛流動的霞光,長袖舞者伴隨著清亮的歌聲,在這歡樂的揚州盡情表演。

**作品賞析**

隋煬帝楊廣從未掌握南方應景詩～最講求修飾的宮廷體,也找不到他曾試做這類詩的痕跡。在使詩歌直接與宮廷生活聯繫起來方面,他發現帝王的尊嚴和缺乏美學的對立詩論相當合適。而在另一方面,柔美的南朝樂府詩及對美好生活的讚揚,也經常出現在他的作品裡。

隋煬帝大部分南方風格的詩與他的帝王詩一樣,表露了特定角色自覺的愛好。在這首詩,讀者可以看到將南方作為一個分離實體的意識,這與宮廷詩人關於南方就是天下的構想很不相同,隋煬帝是從外部觀察南方。

**問題討論**

一、請說出本詩主旨為何?

二、請找出本詩中寫景的詩句,並分析有何特色?

中國詩詞卷

## 第二節、初唐詩選

　　唐代詩歌分期，一般皆為：初唐、盛唐、中唐，以及晚唐等四個時期。本單元將盛唐歸入初唐而成為三個時期。本單元列舉：王勃〈送杜少府之任蜀州〉、張若虛〈春江花月夜〉、李白〈怨情〉、李白〈宣州謝朓樓餞別校書叔雲〉、杜甫〈夢李白〉、杜甫〈旅夜書懷〉、王維〈終南別業〉、孟浩然〈臨洞庭上張丞相〉，以及王昌齡〈出塞〉等九首賞析如下：

### 〈送杜少府之任蜀州[1]〉

**內容導讀**

　　〈送杜少府之任蜀州〉是一首送別詩，選自《全唐詩》卷五十六，本詩為五言律詩，第一、三、四聯對仗，語句流暢。這是王勃因為杜姓友人從長安赴蜀中任縣尉而寫成的著名送別詩。本詩不同於傳統的送別之作，傳統的送別詩不免黯然銷魂之情調，境界較為狹小，但王勃以「海內存知己，天涯若比鄰」之廣闊胸襟以超越時空的心靈，從大處著筆，展現地連千里、思接天際的豪放之境，異於凡俗，為「壯別」做好了的鋪墊，強化了離別之情的共鳴。

**作者介紹**

　　王勃（650年～676年），字子安，絳州龍門（今山西河津）人。隋代著名學者王通之孫，唐初詩人王績姪孫。幼時聰慧，六歲即能作文，雖為人恃才傲物，但其詩於清麗婉暢之中帶有雄放渾厚的氣象，其作以五言律詩與五言絕句為大宗，是個才學俱富的詩人，於初唐四傑中成就最高。他對初唐的華靡詩風極為不滿，「思革其弊」，所作詩歌雖未完全擺脫齊梁宮體詩的習氣，但已能凸破宮體詩的內容，開創

---

1. 唐人稱縣尉為少府；蜀州，猶言蜀地。

# 第三章、隋唐時期之詩詞選～～送杜少府之任蜀州

新的題材。

## 課文說明

【本詩】城闕輔三秦[2]，風煙望五津[3]。

與君離別意，同是宦遊人[4]。

海內存知己，天涯若比鄰[5]。

無為在歧路[6]，兒女共沾巾[7]。

【翻譯】長安的城闕護衛著京師，我遠望著長江上隱在風煙之外的五個渡口。我們兩人都是在外做官的人，和你分別真使人滿懷離愁。只要彼此都能夠視為知己，即使各在天涯海角也像是鄰居。不要在岔路口分手的時候，像小女兒似的含淚依依不捨。

## 作品賞析

這是一首送杜少府到蜀州上任的詩，為送別之作，卻不流為悲酸留歎語調。《全唐詩》在詩題上原無「送」字，據《文苑英華》補上。

本詩意境開闊，音調高亢爽朗，擺脫傳統送別詩的哀淒情調。首聯屬工對，頷聯則沒對仗，頸聯有對仗並有不必傷別之暗示，說明了為什麼會有離別之情，實在是由於「同為宦遊人」，因此感觸倍深。尾聯渾潤流轉，平易中見真情。

---

2. 城闕輔三秦：城闕，指長安；宮門前的望樓叫闕；輔，護衛；三秦，項羽分秦地為雍、塞、翟三國，合稱三秦。
3. 風煙望五津：風煙，指自然景色。五津，蜀中岷江有五個渡口，即白華津、萬里津、江首津、涉頭津、江南津；這裡是指杜少府赴任之地。
4. 宦遊人：為了做官而遠遊四方的人。
5. 天涯若比鄰：天涯，天際遙遠的地方；比鄰，近鄰。
6. 歧路：岔路，大路分出的小路；因古代送行，多在岔路的地方分手。
7. 沾巾：流淚多而沾濕衣襟。

俞陛雲《詩境淺說》:「首句言所居之地,次言送友所往之處,先將本題敘明。以下六句,接送友之句,一氣貫注,如娓娓清談,即行雲流水之妙。」

**問題討論**

一、請問本詩主要在說明什麼?

二、試舉例王勃將前人詩句化為自己的作品,請說明之。

三、〈送杜少府之任蜀州〉這首詩和傳統的送別詩比起來有何不同?

# 春江花月夜

## 〈春江花月夜〉

**內容導讀**

　　這首詩是樂府〈清商曲辭、吳聲歌曲〉舊題，據說是陳後主創製的，張若虛沿用此舊題，為樂府開拓新境，成為千古絕唱。詩人常在江月與人生短暫的映襯中，抒發渲染人間纏綿與離別相思之愁苦、遊子思鄉之感慨、思婦春閨之寂寞，表現出相當豐富的生命情調。本詩沿用陳隋樂府舊題來抒寫真摯感人的離別情緒和富有哲理意味的人生感慨，語言清新優美，韻律婉轉悠揚，完全洗去了宮體詩的濃脂豔粉。此詩以春、江、花、月、夜等題材，用優美流暢之語言來呈現出春江花月良宵的迷人景色，融「詩情」、「畫意」、「哲理」於一爐，明清以來一直受到詩論家的高度讚揚。

**作者介紹**

　　張若虛（約660年～720年），唐揚州人（江蘇揚州），曾任兗州兵曹。中宗神龍（705~707）年間，與賀知章、賀朝[1]、萬齊融、邢巨、包融等俱以文詞俊秀，名於京都，其與賀知章、張旭、包融並稱為「吳中四士」。玄宗開元時尚在世。詩二首，其中〈春江花月夜〉是一篇膾炙人口的名作。後人評價稱「張若虛〈春江花月夜〉用〈西洲（曲）〉格調，孤篇橫絕，竟為大家。李賀、商隱，挹其鮮潤；宋詞、元詩，盡其支流」，足見其非同凡響的崇高地位和悠悠不盡之深遠影響。

**課文說明**

　　【本詩】春江潮水連海平，海上明月共潮生[2]。灩灩[3]隨波千萬里，

---

1. 賀朝，《舊唐書》誤作賀朝萬，今正。
2. 「春江」二句：描述月亮從地平線昇起時，就像從浪潮中湧出一樣。
3. 灩灩：波光閃耀的樣子。

何處春江無月明。江流宛轉繞芳甸[4]，月照花林皆似霰[5]。空裡流霜不覺飛[6]，汀上白沙看不見[7]。江天一色無纖塵，皎皎空中孤月輪。江畔何人初見月，江月何年初照人。人生代代無窮已，江月年年只相似。不知江月待何人，但見長江送流水。白雲一片去悠悠，青楓浦[8]上不勝愁。誰家今夜扁舟子[9]，何處相思明月樓[10]。可憐樓上月徘徊，應照離人妝鏡臺。玉戶簾中卷不去，擣衣砧上拂還來[11]。此時相望不相聞[12]，願逐月華流照君。鴻雁長飛光不度，魚龍潛躍水成文[13]。昨夜閒潭夢落花[14]，可憐春半不還家。江水流春去欲盡，江潭落月復西斜。斜月沉沉藏海霧，碣石瀟湘無限路[15]。不知乘月幾人歸，落月搖情滿江樹[16]。

【翻譯】春天的江流潮水，與大海連成平面，明月由海上浮起，有如與潮水一同湧出。月兒的光芒映照在江面上，隨著波浪，閃亮而耀眼，迤邐有千萬里之遙，哪兒的春江沒有明亮的月光？

---

4. 芳甸：形容長滿芬芳花草的原野；郊外之地叫甸；甸，音ㄉㄧㄢˋ。
5. 霰：雪珠；用來形容潔白月光照映下的花朵；霰，音ㄒㄧㄢˋ。
6 空裏流霜不覺飛：月色如霜，故霜飛時就無從察覺。
7 汀上白沙看不見：洲上的白沙與月色融和，看不分明；汀，沙灘。
8. 青楓浦：一名雙楓浦，指送別之地。
9. 扁舟子：駕著小船離去的遊子；扁，音ㄆㄧㄢ。
10. 明月樓：思婦的閨樓。
11.「玉戶」二句：形容月光照進思婦的門簾，照在她的擣衣砧上，捲不走也拂不掉的樣子。
12. 相望不相聞：指遊子與思婦可共望月光，卻無法傳遞音信。
13.「鴻雁」二句：寫雁寫魚，乃是暗含二者皆不能代為傳信之意；鴻雁能遠飛，卻不能藉著月光幫我傳達情意；魚龍在深水裡躍動，也只在有限的範圍激起陣陣波紋。
14. 昨夜閒潭夢落花：敘述思婦夜中夢見花落閒潭，有美人遲暮的意思。
15. 碣石瀟湘無限路：碣石，指山名；瀟湘，二水名，均在湖南；碣石、瀟湘泛指天南地北，各在一方；無限路，指離人相距甚遠。
16. 落月搖情滿江樹：繚亂不寧的別離思念，伴隨著殘留的餘輝灑滿江邊樹林。

## 春江花月夜

　　江中流水曲折地繞過芳草叢生的郊野，月光照著花草森林，都像是晶瑩剔透的雪珠般澄澈。天際流下的水氣白霜，令人察覺不到它在飄揚，月光照得江畔小洲的白沙無法仔細看見。

　　江水和天空的顏色相近，連一點細小的塵埃也沒有，只有潔白明亮的圓月孤單地高懸空中。在江水邊岸上，是什麼人最早看見月亮的？江上高懸的月亮，又是在哪一年開始照耀著人呢？

　　人生世世代代，無窮無盡，而江上的月兒，年年看來都是相像的。不曉得江月等待著甚麼人，只見滾滾長江，傳送流水而不停息。

　　遊子如同連綿的白雲般，安閒暇適地飄離，思婦獨立青楓浦上，不勝牽記的愁緒。又是誰家的遊子，今夜獨乘小舟，哪兒又有人在明月懸照的小樓上彼此想念？可憐那小樓上來回移曳的月光，應該正照耀著離人的梳妝鏡臺。門簾捲不去月兒光影，同樣映在洗衣的砧石上，揮去它，但又來了。

　　遊子思婦互相遙望，卻無法親身相聚，我願追隨月光前去照耀著你。但擅於長飛的雁鳥不能隨著月光到達你的身邊，魚龍空自潛落躍起，激起陣陣波紋，也只能在原處浮動，無法為我傳遞訊息。昨天夜裡夢見花兒飄零在靜謐悠閒的水潭上，可憐春已過半還不能返家。青春隨江水流逝，將到盡頭，江水邊的落月，又要往西斜下。

　　斜月深隱沉靜，藏入海霧之中，碣石山與瀟湘水南北相隔，長途無限，如同你我。不知幾人能隨著月色歸來，只有那西落的月兒搖動著離情，月光灑滿了江邊的樹林。

**作品賞析**

　　此篇為描繪春江花月絢爛美麗的景致，抒發真切感人的離愁。詩題共五字，代表五種事物，有主有從，構成完整的詩歌形象。

　　春天是個美好卻虛幻的仿若轉眼即逝的季節，作者有感於此，因

## 中國詩詞卷

而此篇〈春江花月夜〉以凋謝的花朵、短暫的春色與月色，勾勒出作者強烈的孤寂之感。全詩寫景處清新脫俗，如「空裏流霜不覺飛，汀上白沙看不見。江天一色無纖塵，皎皎空中孤月輪。」然而寫情處卻十分黏滯、揮脫不去，如「玉戶簾中卷不去，擣衣砧上拂還來。」描寫月光用以寄情，皆是相當別致的寫法。

聞一多《唐詩雜論》：「更夐[17]覺的宇宙意識，一個更深沉更寂寥的境界。」實為確評。

**問題討論**

　　一、本詩對景物的描寫很能引人入勝，作者是如何描寫月光？請分析之。

　　二、本詩蘊含著豐富的人生哲理，表現了「夐絕的宇宙意識，一個更深沉的境界」，請賞析之。

　　三、本詩除了描寫一種春江的奇妙月景外，更是在抒發怎樣的情懷？

---

17. 夐：音讀ㄒㄩㄥˋ，指時間久遠。

# 怨情

## 〈怨情〉

### 內容導讀

　　李白的「怨情」，是一首描寫閨怨的五言絕句，本首詩歸類為閨怨詩，主要是描寫閨中美人幽怨的情態。首句寫美人「盼望」的心情，以「捲簾」表期望對方的到來，用具體動作來表達內心的渴望，第二句表失望而幽怨的愁緒，以「顰」字顯出美人的憂愁，第三句寫出愁緒累積至無法承受後的宣洩，以「淚痕」寫恨之深，末句點出了全詩之主旨「怨恨」，意指恨只有美人知道，使詩的意境餘韻未完。

### 作者介紹

　　李白（701年～762年），字太白，號青蓮居士。是中國唐朝詩人，有「詩仙」、「詩俠」之稱。據郭沫若的考證，李白生於碎葉城，屬唐安西都護府（今楚河州托克馬克市），後來遷至四川。唐玄宗天寶初年遊長安時，賀知章讀其詩作，嘆為天上謫仙人，於是向唐玄宗推薦，召為翰林供奉。李白的作品特色為浪漫奔放，飄逸率真，才華洋溢；詩句如行雲流水，想像豐富，文字間流轉自然，被公認為中國歷史上最傑出的浪漫主義詩人。有《李太白集》傳世。

### 課文說明

　　【本詩】美人捲珠簾[1]，深坐顰蛾眉[2]；

　　　　　但見淚痕濕，不知心恨誰？

　　【翻譯】美人捲起珠簾，縮身而坐在屋裏深鎖蛾眉；只見她臉上有濕潤的淚痕，不知心裏在怨恨誰？

### 作品賞析

---

1. 珠簾：用珍珠綴飾的簾子；捲珠簾有等待或盼望之意。
2. 深坐顰蛾眉：深坐，猶言縮身而坐；顰蛾眉，眉頭深鎖，音ㄆㄧㄣˊ。

## 中國詩詞卷

　　這是一首閨怨詩，詩人著重在女子幽怨情感的描繪，因而題為「怨情」。前三句都著重在描繪其哀怨之情態，直到末句才點出恨意。娓娓道來，情感層層遞進。

　　雖然此詩似乎著重在為末句「恨」的鋪陳，但事實上卻是愛得極深。首句「美人捲珠簾」破題，使單一的孤獨場景中，以具體的動作表現出豐富的愁緒。全詩雖寫怨情，卻無一怨字，但幽怨哀愁隱然充滿於字裡行間。怨而不怒，婉而成章，頗得風人之旨。雖有「恨」字，但那只是作者猜疑而已，因此用「不知」來交代。

　　章燮注云：「首句寫望，次句繼之以怨，然後寫出淚痕，深淺有序，信手拈來，無非妙筆。」

## 問題討論

　　一、本詩主要在描寫美人怎樣的愁緒？

　　二、請說明本詩如何層層推進美人盼望不得的愁，試分析之。

　　三、本詩為「閨怨」詩，請舉出同樣有閨怨詩句的作品來。

## 宣州謝朓樓餞別校書叔雲

## 〈宣州謝朓樓餞別校書叔雲〉

**內容導讀**

本詩為一首送別詩。宣州，即今安徽省宣城縣。南北朝之齊朝，南朝・謝朓為宣城太守，在郡城之北的陵陽山修建一樓，稱「高齋」。《宣城縣志》記載：謝朓「視事高齋，吟嘯自若，而郡亦治」。唐代時，為紀念謝朓，因而重建此樓，以其在郡署之北，改稱北望樓，或作北樓。人稱謝朓樓、謝公樓。

李白在此樓為族叔李雲餞別，因賦此詩。詩中有：「中間小謝又清發」之句，使謝公樓之聲名因此更為遠播。此詩有離別的情緒，也因為心中抱負未得如願而發愁。

**作者介紹**

李白，見同前。

**課文說明**

【本詩】棄我去者，昨日之日不可留；

亂我心者，今日之日多煩憂。

長風萬里送秋雁，對此可以酣高樓。

蓬萊文章建安骨[1]，中間小謝又清發[2]。

---

1 蓬萊文章建安骨：蓬萊，本指海上的仙山，為仙府，藏有幽經密錄，漢代官家著述和藏書之所，為東觀，又稱之為「老氏藏書室，到家逢萊山」；在這裏是指李白的族叔李雲是秘書省校書郎，故稱他的文章為「蓬萊文章」；建安骨，建安是東漢獻帝年號，曹操父子三人與王粲等七子，皆善詩賦，遒勁有古氣，號「建安體」，世稱「建安風骨」。
2 小謝又清發：世稱南朝謝靈運為大謝，謝朓為小謝；清發，指文章清麗發越的詩風。

## 中國詩詞卷

俱懷逸興壯思飛[3]，欲上青天覽[4]明月。

抽刀斷水水更流，舉杯銷愁愁更愁。

人生在世不稱意，明朝散髮弄扁舟[5]。

【翻譯】離我而去的是，昨天的時光無法挽留；擾亂我心思的，是今天的時光，使我十分煩憂。萬里的長風吹送走秋天的鴻雁，面對此景正可暢飲到酣醉在高樓。你的學問淵博，所作文章有如蓬萊宮中藏書那樣豐富多樣，剛健遒勁的建安風骨，而且你的詩風，也像謝朓那樣清麗發越[6]；我們的詩文都懷著壯志奮然欲飛，就像要飛上青天去攬取明月。想到壯志難酬，便抽刀切斷流水，水卻流得更快，舉起酒杯消愁，愁卻更加愁苦；人生在世要是不能稱心如意，不如明早悠閒地駕著小舟四海飄流。

**作品賞析**

本詩為一首送別詩。宣州，即今安徽省宣城縣。南朝齊之謝朓為宣城太守時，在郡城之北修建「高齋」，吟嘯自若。唐朝時，李白在此樓為族叔李雲餞別，因賦此詩。

此詩旨趣隱晦，各家說法皆不同，王夫之《唐詩評選》即評其：「興比超忽。」黃永武剖析道：「所說超忽無端，正指本詩忽起忽落，恣肆奇橫。吳北江更指首句說：『破空而來，不可端倪。』指第三句說：『再用破空之句作接，非太白雄才，那得有此奇橫？』又指抽刀句說：『抽刀句再斷。』」

全詩共分為三段：首段的第三、四句中用「送」、「酣」點出了餞

---

3 逸興壯思飛：逸興，飄逸的興致；壯思，豪壯的心思；飛，謂似欲飛上青天。
4 覽：同攬字，採摘之意。
5 散髮弄扁舟：散髮，表示閒適自在之意；弄，駕。扁舟，小舟。
6 發越，意指發揚播散。

## 宣州謝朓樓餞別校書叔雲

別,拉提出離別的愁緒。第二段,主要在稱讚校書叔雲的文章和才思,有如謝朓詩之清麗發越!末段再以離愁之情做為結尾。「人生在世不稱意,明朝散髮弄扁舟」兩句,是本詩的主旨,也可看出李白內心矛盾激烈時的自我排遣。

方東樹《昭昧詹言》評曰:「起二句發興無端,長風二句落入,如此落法,非尋常所知。」

## 問題討論

一、李白的詩風以浪漫聞名,在本詩中哪一詩句最能表現此風格?

二、本詩中有哪些字點出了餞別之意?

三、本詩中哪一段詩句是在借題抒發壯志未酬的感慨?

中國詩詞卷

## 〈夢李白〉

**內容導讀**

　　這是杜甫〈夢李白〉兩首五言古詩中的第二首。主旨是寫夢中情景，夢見李白來見杜甫之境，夢中之外，是在抒寫李白遷謫的感慨。

　　全詩共分三段，首段以「浮雲終日行」承接第一首〈夢李白〉而來，以「浮雲」起興，想念的人久久不來，但是情深意切，故夜裡進入夢中。第二段寫夢見李白告辭歸去的情景。第三段寫醒來後內心的激動，一方面為李白遭遇坎坷深表不平，另一方面則是在推崇李白一生的成就，所以將有「千秋萬歲名」。這篇〈夢李白〉之二是寫對李白遭遇的同情，與〈夢李白〉之一記夢詩上下關連但是不一樣，單純是杜甫對好友李白至情至性的表白心情，由此可見朋友之間真摯的情誼。

**作者介紹**

　　杜甫（712年～770年），字子美，號少陵野老，祖籍湖北襄陽（今湖北省襄樊市），生於中國河南省鞏縣（今鞏義市）。因他搭草堂居住在長安城外的少陵，所以稱他杜少陵、杜草堂。青年時代曾漫遊吳越、齊趙、梁宋等地，因而結識了李白、高適等著名詩人，杜甫與李白齊名，合稱為「李杜」。他以寫實與雄偉渾厚之筆法，開出新的風格，具體反映唐代社會由盛轉衰的過程，充分表達了安史之亂時，唐代社會各詩階層、各地區的真實圖畫，因此他的作品被稱為「詩史」，宋朝林亦之更說：「杜陵詩卷是圖經」。後人稱杜甫為「詩聖」、「詩史」。

# 夢李白

## 課文說明

【本詩】浮雲終日行，遊子久不至[1]；

三夜頻夢君[2]，情親見君意。

告歸常局促[3]，苦道來不易[4]；

江湖多風波，舟楫恐失墜。

出門搔白首，若負平生志[5]。

冠蓋滿京華[6]，斯人獨憔悴[7]！

孰云網恢恢[8]？將老身反累[9]！

千秋萬歲名，寂寞身後事[10]。

【翻譯】浮雲在天上飄動，遠遊的人久久不歸來；連續三個晚上夢見你來，足見你對我的情深真摯。夢中遇見的你總是匆匆離去，還苦苦地說：「我來見你真是不容易。」一路上江湖的風波多有不測，要當心舟楫會翻覆。看你出門搔著白頭為難的樣子，好像是辜負了自己平生的抱負。京城往來的都是達官貴人，只有你這樣愁苦憔悴不得志。

---

1. 「浮雲」二句：化用《古詩》「浮雲蔽白日，遊子不顧返」的詩意；杜甫和李白自天寶四年分別以來，已十四年了。遊子，指李白。
2. 頻：接連、連續。
3. 告歸常局促：指夢中李白經常匆促告辭歸去。
4. 苦道：再三訴說。
5. 若負平生志：彷彿跟平日的志向相違。
6. 冠蓋：比喻官僚、貴族、富貴者，是「借代」修辭。
7. 斯人：此人，指李白。
8. 網恢恢：《老子》第七十三章「天網恢恢，疏而不失。」原指天網廣大無垠，網孔雖大，卻從不漏失，用來比喻天理廣大無所不包。
9. 將老身反累：指李白將老時，反得罪被流放夜郎。
10. 「千秋」二句：美名可以流傳千年萬年，但那時已死去，魂魄寂寞，也無法彌補生前的悲涼。

# 中國詩詞卷

誰說天理廣大無所不包？你卻在將老時反受罪累。你的美名可以流傳千年萬年，但那時你已死去，魂魄寂寞，也無法彌補生前的悲涼。

## 作品賞析

　　本詩雖然題為〈夢李白〉，但內容主旨卻是抒寫李白被遷謫之慨。

　　夢中李白的幻影，給詩人的感觸相當深刻，每次醒來，總會越想越對李白的遭遇感到不平與憤慨，於是說出：「冠蓋滿京華，斯人獨憔悴！孰云網恢恢？將老身反累！」清朝浦起龍云：「次章純是遷謫之慨。為我耶？為彼耶？同聲一哭！」

　　此詩文字空靈虛活、氣勢雄健，用詞精鍊感人，且善用襯托與鋪墊技法，將情感寫得越發濃烈真摯。清徐增云：「子美作詩，腸回九曲，絲絲見血。朋友至情，千載而下，使人心動。」

## 問題討論

　　一、「冠蓋滿京華，斯人獨憔悴。」用了對比的筆法來顯現李白的失意，請你舉出本詩以外同樣是「對比」筆法的詩句。

　　二、本詩中哪段詩句可看出有「懷才不遇」之感慨情懷？

　　三、本詩中哪段詩句是寫夢中李白欲告辭歸去之景？

# 旅夜書懷

## 〈旅夜書懷〉

### 內容導讀

　　這是一首抒懷的五言律詩，抒發詩人孤寂飄泊之感。此詩情景相生，前四句主要是寫景，而後四句則是抒情。首聯寫近景，景中寓情，描寫個人的生命就像細草一樣渺小，如獨舟一般地孤寂。頷聯寫遠景，顯現遼闊的夜景，對比之下更顯得個人之渺小。頸聯因景色而生情，上句寫理想無法伸展，下句感嘆自己既老且病，該退休，此句是以反語來表意。末聯即情自況，借景抒懷，深深地表達出內心飄泊孤寂之感。

### 作者介紹

杜甫，見同前。

### 課文說明

　　【本詩】細草微風岸，危檣獨夜舟[1]。

　　　　　星垂平野闊[2]，月湧大江流[3]。

　　　　　名豈文章著[4]，官因老病休[5]。

　　　　　飄飄何所似？天地一沙鷗[6]。

　　【翻譯】岸邊的細草被微風輕拂著，船桅高高地直伸向夜空。在

---

1. 危檣：即高柱，船上高聳的桅杆。
2. 垂：一作臨。
3. 大江：指長江。
4. 名豈文章著：聲名因文章而顯著；這是謙退自抑之辭，也暗寓無奈之意；豈，豈因；著，著名。
5. 官因老病休：既有的官位應該因為年老多病而離休；因，一作「應」。休，指退休。
6. 沙鷗：水鳥也。

## 中國詩詞卷

這樣的靜夜裏，星光垂照下，平野顯得格外遼闊，月光映照在水面上，大江不斷地奔流。我的名聲，難道是因為文章而顯著的嗎？但年老多病，也應該辭官退休了。如今我飄飄不定，又像什麼呢？就像是飛翔在天地之間的一隻沙鷗吧！

**作品賞析**

　　這是一首述懷詩，詩人以廣闊的平野、江河和星月，反襯其顛沛無依的哀愴心情。此種以美好的景物反襯寫出哀傷情感的寫作手法，在古典作品中相當常見。王夫之《薑齋詩話》云：「情景雖有在心在物之分，而景生情，情生景，……互藏其宅。」

　　顛沛流離的身世、孤苦無依的無奈，皇城如此浩大，卻沒有地方是作者的容身之地。即使滿腔熱血，但也不得不被迫離去。縱然才高志遠又如何？此處沒有能識得他的伯樂啊！全詩從側面烘托當時朝廷政治的腐敗，以及詩人懷才不遇的憤慨。

　　俞陛雲《詩境淺說》：「此與李白之〈夜泊牛渚〉，同一臨江書感，一則寫高曠之意，一則寫身世之感，皆氣象干雲，所謂李杜文章，光焰萬丈也。」

**問題討論**

　　一、請找出本詩中有哪些詩句是「情景交融」或「即景抒情」的表現手法。

　　二、「星垂平野闊，月湧大江流」表現出怎樣的氣勢美感，試分析之。

　　三、「名豈文章著，官因老病休」，意指什麼？

## 〈終南別業〉

### 內容導讀

　　王維看盡仕途艱險，晚年好佛，當興致一來就獨自前往山中，這些快意只有自己知道。本詩在後四句一連舉了兩件勝事，一是順著流水往上走，到了水源盡頭的地方，卻坐看雲起；一是在山中遇見老人，與之談話甚歡，便忘了回家，毫無俗世的牽掛，以上這兩點，可看出絕處逢生的禪機與自由自在的禪趣，皆當禪理。

### 作者介紹

　　王維（701年～761年），字摩詰，祖籍山西祁縣，中唐詩人，外號「詩佛」。安史之亂爆發後，安祿山攻陷長安，玄宗出逃，王維未及追隨護駕，被叛兵所獲，安祿山脅迫給予官職。一日，安祿山於「凝碧宮」宴請部屬，王維私下寫了〈凝碧詩〉，中有：「萬戶傷心生野煙，百官何日再朝天？」之句。亂賊平定後，淪為安祿山屬官者皆定罪，王維之弟王縉請削己職為贖兄罪，同時王維乃因〈凝碧詩〉而減免其罪，並獲任太子中允，加集賢殿學士，後轉給事中、尚書右丞，故世稱「王右丞」。蘇軾評價王維的詩：「味摩詰之詩，詩中有畫；觀摩詰之畫，畫中有詩。」他以五言律詩和絕句著稱。王維的詩有兩種風格，前期大都反映現實，後期則以描繪田園山水為主，王維最擅長的也是田園詩。

### 課文說明

　　【本詩】中歲頗好道[1]，晚家南山陲[2]。
　　　　　興來每獨往，勝事空自知[3]。
　　　　　行到水窮處，坐看雲起時。

---

1. 道：指佛理。
2. 晚家南山陲：家，安家，作動詞用；南山，指終南山；陲，指邊緣地方。
3. 勝事：快意。

偶然值林叟[4]，談笑無還期。

【翻譯】中年以後，我頗喜愛佛理靜修，晚年就隱居在終南山的邊上。興致來的時候就獨自去走走，這其中的快意事，只有自己了解。當我走到流水的盡頭時，就坐下看雲霧升起。偶然也會遇到山林中的老人，談得開心時便忘了回家。

**作品賞析**

終南別業指的就是輞川別墅，為王維晚年隱居之地，此詩即是寫隱居意趣。

首聯言隱居緣起，中二聯寫不求人知的隱居情懷。全篇又以「行到水窮處，坐看雲起時」二句最為著名。當來到水的盡頭，不妨席地而坐，仰看藍天白雲。看似寧靜祥和，卻蘊含勃勃生機。詩中人物舉止閒適安逸，從容自得，蘊含無限禪意。

紀昀在評點方回《瀛奎律髓》時，評曰：「此種皆熔煉之至，渣滓俱融，涵養之熟，矜躁盡化，而後天機所到，自在流出」。

**問題討論**

一、本詩主旨為何？試分析之。

二、宋胡仔《苕溪漁隱叢話前集》曰：「《後湖集》云，此詩造意之妙，至與造物相表裏，豈直詩中有畫哉？觀其詩，知其蟬蛻塵埃之中，浮游萬物之表者也。」請試著賞析之。

三、現實生活中也處處能見禪理，請舉出兩項你所觀察到的富有禪味之生活事蹟。

---

4. 偶然值林叟：值，碰見；叟，老人。

# 臨洞庭上張丞相

## 〈臨洞庭上張丞相〉

### 內容導讀

　　這是一首登臨、干祿的五言律詩，表面是寫登臨的詩，描寫洞庭湖的景象，其實是比喻雙關，希望張丞相將之引入仕途，曲折的表達了急欲得到執政者的援引，以達出仕用世的急切願望。

　　前四句寫景，寫洞庭湖的景象，第一句點出登臨時間，第二句寫湖景的特殊氣象，第三、四句是歷來被視為狀寫洞庭湖的名句，「蒸」、「撼」兩動詞使洞庭湖更生動雄偉，具體描述了洞庭湖的雄偉壯闊之景；後四句抒情，以含蓄宛轉的方式點出「希望得到張丞相引入仕途」的主題，意在言外，曲折的透露渴望被援引的心情。

### 作者介紹

　　孟浩然（689年或691年～740年）是唐代（盛唐）著名的詩人，字浩然，出身自襄州襄陽（現為湖北襄陽），四十歲到長安應進士舉，失意而歸。孟浩然的詩與王維齊名，並稱「王、孟」。他的題材大多關於山水田園和隱逸生活、旅行等內容，以自然作為主要材料，渾融真樸、意境清遠，詩歌大部分為五言短篇。孟浩然繼陶淵明、謝靈運、謝朓之後，開啟盛唐田園山水詩派之先聲。

### 課文說明

　　【本詩】八月湖水平，涵虛混太清[1]。

　　　　　氣蒸雲夢澤[2]，波撼岳陽城。

　　　　　欲濟無舟楫[3]，端居恥聖明[4]。

---

1. 涵虛混太清：涵虛，水氣瀰漫。太清，天空。
2. 雲夢澤：古楚國之澤藪名；在湖北省長江南北，江南為夢，江北為雲，後世併稱雲夢澤。

坐觀垂釣者，徒有羨魚情[5]。

【翻譯】八月的湖水平靜，水氣瀰漫分不清水和天；水氣上蒸籠罩著雲夢澤，壯闊的波瀾撼動了岳陽城。想度過去可惜沒有舟船可乘，平日閒居在家，實在有愧於聖明的君王。坐著觀看別人垂釣，自己空有羨慕的心情。

## 作品賞析

這是一首干謁詩，為孟浩然希望進入政壇實現理想，贈詩給張九齡表述自我思想，希望能獲得引薦之詩。此詩標題，《四部叢刊》本作「臨洞庭」，章燮注本作「臨洞庭上張丞相」，今從《全唐詩》本。《新唐書・宰相表》：「開元二十一年（七三三）起復張九齡為中書侍郎，同中書門下平章事。」

「八月湖水平」這種「仄仄平仄平」的格律，在律詩中是十分罕見的。此詩的前半主要描寫洞庭湖壯麗的景象和磅礡的氣勢，後半則延伸此宏偉比喻抒發自己的政治熱情和希望。頷聯「氣蒸雲夢澤，波撼岳陽城。」為膾炙人口之名句，清人沈德潛《唐詩別裁集》：許為「雄闊」。宋曾季貍《艇齋詩話》：「老杜有〈岳陽樓〉詩，孟浩然亦有，浩然雖不及老杜，然『氣蒸雲夢澤，波撼岳陽城』，亦自雄壯。」

此詩抒發了經世致用的積極抱負，委婉含蓄，不落俗套，充滿藝術特色。

---

3. 舟楫：船；楫，舟旁撥水之具，長者為櫂，短者為楫。
4. 端居恥聖明：端居，閒居；聖明，指明主。
5. 「坐觀」兩句：垂釣者，指當朝執政的人物，即張丞相；徒，空有。《淮南子・說林訓》：「臨淵而羨魚，不如退而結網。」暗指自己羨慕得魚但無力結網，希望有人幫助自己「結網」，勿使出仕的願望成空，不然也是徒有從政的願望罷了。

## 臨洞庭上張丞相

**問題討論**

一、請問本詩的季節屬於哪一季？請舉出其它詩句和本詩的季節相同的詩句。

二、「大約一千多年前／中國有一位白首臥松雲的詩人／他想不想當大官發大財呢／這可是熱門話題／歷來詩評家紛紛從他的詩／用力推斷／結果給他甜美的掌聲超過半數。」請問上述是歌詠哪位詩人？

三、「坐觀垂釣者，徒有羨魚情」所要表達的心情為何？

# 中國詩詞卷

## 〈出塞〉

### 內容導讀

〈出塞曲〉是屬於鼓吹曲辭，古時軍中所用的樂歌，是一首詠邊塞的七言樂府詩。《西京雜記》云：「戚夫人善歌〈出塞〉、〈入塞〉、〈望歸〉之曲。」唐代的〈塞上曲〉、〈塞下曲〉兩首都是詠邊塞的樂府詩。王昌齡善寫邊塞詩，本詩即其邊塞名作。

本詩的主題是說明將士們長年征戰勞累，但是卻沒有成功確保和平，統帥的傑出與否實在脫不了關係。

### 作者介紹

王昌齡（698年～756年），字少伯，太原人，唐代詩人。在唐玄宗開元十五年（727年）登進士，補校書郎。開元二十二年（734年），中博學宏詞科。後來外調當汜水（今河南省滎陽縣）尉。750年被貶江寧丞，後又被貶龍標（今湖南省黔陽縣）尉。安史之亂後回鄉，被刺史閭丘曉所殺，身後十分淒涼。王昌齡是著名的邊塞詩人，擅長七絕，能用樂府歌辭表達戰士的壯志及思念親人的心情，能以簡短的篇幅概括極豐富的社會內容，成為當時樂府歌詞中的絕唱，因其善寫場面雄闊的邊塞詩，而有「詩天子」的美譽。

### 課文說明

【本詩】秦時明月漢時關[1]，萬里長征人未還。

但使龍城飛將在[2]，不教胡馬度陰山[3]。

---

1. 秦時明月漢時關：秦時代的月亮仍照著漢時的關塞；「秦」、「漢」字面上分屬「月」和「關」，在意義上互文足義，兼指秦漢月和秦漢關。
2. 但使龍城飛將在：但使，只要；飛將，指李廣；龍城，今漠北塔東爾河流域。
3. 陰山：在今內蒙古北部。

# 出塞

【翻譯】秦時代的明月仍照著漢代時候的關塞，但是自古以來出塞萬里去遠征的壯士，至今都還沒回來。只要戍守邊疆的飛將李廣還在，就不會讓胡人的兵馬度過陰山來。

## 作品賞析

第一句即點題，是全篇最凸出的筆法，以秦漢的關塞明月起興，將眼前的關、月推移到千年前的萬里外的時空，形成一種蒼茫的意境，同時也點出下一句，說明世世代代必須為征戰犧牲所造成的悲劇，因為萬里長征的壯士們，至今仍未歸來。第三、四句說明希望國有良將出現，讓邊境安寧，以結束此種千年悲劇。此詩悲涼之中有壯語，沈德潛說：「『秦時明月』一章……蓋言師勞力竭，而功不成，由將非其人之故。得飛將軍備邊，邊烽自熄。」王昌齡善寫邊塞詩，此詩尤為稱著。明王世貞《全唐詩說》：「李于鱗言唐人絕句，當以『秦時明月漢時關』壓卷，余始不信，以少伯集中有極工妙者，既而思之，若落意解，當別有所取，若以有意無意，可解不可解間求之，不免此詩第一耳。」

詩人從描寫景物入手，首句勾勒出一幅冷月照邊關的蒼涼景象。次句「萬里長征人未還」，雖屬虛指，卻凸出了空間遼闊，整句使人聯想到戰爭給人帶來的災難，表達了詩人悲憤的情感。

全詩寫景造意凝練，表現了詩人希望起任良將，早日平息邊塞戰事，使人民過著安定的生活。明朝李攀龍、王世貞視此篇為唐人絕句的壓卷好詩，可當之無愧。

## 問題討論

一、本詩的主題在說明什麼？試賞析之。

二、「秦時明月漢時關」運用了「互文足義」的手法，請你舉出本詩以外，有什麼詩句也使用了這樣的筆法？

三、「但使龍城飛將在，不教胡馬度陰山。」此句的意指為何？

中國詩詞卷

## 第三節、中唐詩選

本單元列舉：韋應物〈滁洲西澗〉與柳宗元〈漁翁〉兩首賞析如下：

### 〈滁洲西澗[1]〉

**內容導讀**

滁州，即今安徽省滁縣。西澗，在滁縣城西，俗名上馬河。這是一首寫景的七言絕句，韋應物和王維的詩在造景上特別清麗，詩有繪畫性，寫來如詩如畫，就像是「詩中有畫，畫中有詩」，不僅引導人進入一幅優美的畫境中，同時也寄寓詩人的思想。首句直接點出俯視的景象，最愛西澗旁的幽草，次句寫誘人的黃鶯兒來映襯作者首句說的「獨」愛，表現出詩人恬淡的生活情調，第三句寫春天傍晚雨急水漲的景象，應是已提供了舟行橫渡極佳的條件，但是到了末句卻說舟船空自擺著，一個人也沒有，表現出一種甘於平淡的胸懷。

**作者介紹**

韋應物（737年～792年），京兆長安（今陝西西安）人。早年擔任玄宗的三衛郎，豪縱不羈，橫行鄉里，故使鄉人過得非常辛苦。後來悔悟，勤奮苦讀，應舉中進士。永泰時任洛陽丞，授京兆功曹等職。曾任滁州、江州刺史。受陶潛影響甚深，故其詩之藝術風格屬於王、孟田園詩派，其詩用語簡淡，少雕飾，氣韻澄澈。不僅作品數量多，藝術成就也很高。後世以陶、韋並稱。

**課文說明**

【本詩】獨憐幽草澗邊生[2]，上有黃鸝深樹鳴[3]；

---

1. 滁州：今安徽滁縣；此為作者任滁州刺史時所作。
2. 獨憐：特別喜愛。

## 滁洲西澗

春潮帶雨晚來急，野渡無人舟自橫[4]。

【翻譯】我獨獨喜愛生長在西澗旁的幽草，上面有黃鸝鳥在枝葉繁茂的樹叢中鳴叫著。春天的傍晚，潮水挾帶著急雨襲來，顯得水位高了，這時，荒野的渡頭一個人也沒有，只有小舟獨自橫躺在水邊。

## 作品賞析

這是山水詩的名篇，也是韋應物的代表作之一。本詩第一、四句，偏重視覺形象之描繪，是靜態之詩境；第二、三句，則專寫聽覺形象之浮現，純然動機之演示。靜中取動，更能體味閒靜寥落之感。

王阮亭《萬首絕句選‧凡例》云：「元趙章泉、澗泉選唐詩絕句，其評注多迂腐穿鑿，如韋蘇州〈滁州西澗〉一首：『獨憐幽草澗邊生，上有黃鸝深樹鳴。』以為君子在下，小人在上之象。以此論詩，豈復有風雅耶？」明敖英《唐詩絕句類選》稱賞本詩說：「沈密中寓意閒雅，如獨坐看山，澹然忘歸。」

全篇以「自」字點睛，寫郊外野興天趣，設色清麗，音調圓潤，壯景如繪。宋顧樂於《唐人萬首絕句選》評：「寫景清切，悠然意遠，絕唱也。」

## 問題討論

一、本詩表現出的「詩中有畫」之意境是最引人入勝的地方，請舉出其他有同樣表現手法的詩句來。

二、本詩中的「獨」和「自」用來強調這首詩的對比性，前兩句有對比的手法，後兩句也有對比，請舉出其他同樣有對比性的詩句來。

三、前人曾以「踏花歸去馬蹄香」來作畫，以幾隻蝴蝶繞著馬蹄而飛，畫出「香」字。試找出本詩中「詩中有畫」之處。

---

3. 黃鸝，黃鶯的別稱；深樹，枝葉繁茂的樹。
4. 野渡：無人管理的渡口。

# 中國詩詞卷

## 〈漁翁〉

### 內容導讀

這是一首七言古詩的漁歌，題作「漁翁」是取首句前二字為題，藉歌詠漁翁，寄託作者的胸懷和品格。詩題是詠漁翁，其實是藉江上風光，寄託作者曠達的胸懷，簡短而優美，與中唐張志和的〈漁歌子〉「青箬笠，綠簑衣，斜風細雨不須歸」，含有濃厚的詩趣，前後輝映，而其中又是中間一聯最為特別。明王文祿《詩的》一書中，評這首〈漁翁〉詩為「氣清而飄逸」。

### 作者介紹

柳宗元（773年～819年），字子厚，唐代河東郡（今山西省永濟市）人，世稱柳河東。唐代著名文學家、思想家，唐宋古文八大家之一，名篇有〈永州八記〉等，其著作經後人輯為三十卷，名為《柳河東集》。他的詩在詠農村澹遠閒雅時，如陶淵明；寫山水景物之雕琢，如謝靈運。柳宗元與韓愈同為中唐古文運動的領導人物，並稱「韓柳」。

### 課文說明

【本詩】漁翁夜傍西岩宿[1]，曉汲清湘燃楚竹[2]。

煙銷日出不見人，欸乃一聲山水綠[3]。

迴看天際下中流，岩上無心雲相逐。

【翻譯】漁翁在夜晚的時候，傍著河西邊的岩石歇宿。拂曉，他汲取湘江的水，又用楚竹來燒煮。炊煙消散、太陽出來，就已不見他的人影，只聽得欸乃一聲櫓響，忽見山青水綠。回身一看，他已駕舟行至

---

1. 西岩：指永州的西山。
2. 湘：湘水，又稱湘江，是長江中游南岸重要支流。
3. 欸乃：船槳聲。

# 漁翁

天際之下河流中央，岩上的白雲無心地相互追逐著。

## 作品賞析

　　本詩首句即點出歌詠的人物，事件的時間和地點。次句說明漁翁汲「湘水」，燒「楚竹」做早飯，令人聯想到有地緣關係的屈原，也象徵作者人格的高潔。第三、四句描寫隨著時間的進行，太陽升起後炊煙便消散了，但已不見漁翁的人影，只聽得見一欸乃櫓聲，此時忽然發現碧綠的山水就呈現在眼前，充滿了視覺與聽覺的感受，「綠」字將靜態的畫面形容得鮮活起來。第五、六句表述了作者嚮往自由自在的悠閒意境。

　　蘇軾云：「詩以奇趣為宗，反常合道為趣。熟味之，此詩有奇趣。然其尾二句，雖不必亦可。」《漁翁》中這種與自然山水融合為一的生活，其實只是柳宗元所嚮往的一種理想生活狀態，正因為它是一種理想，濾去了現實生活中的種種痛苦和悲哀，因此才顯得這樣清麗脫俗，這樣空靈沖淡，才具有這樣久而不衰的藝術魅力。

## 問題討論

　　一、本詩的第二句「曉汲清湘燃楚竹」中所說的「湘」、「楚」有何用意？

　　二、請找出本詩中有「視覺」與「聽覺」的句子。

　　三、蘇東坡認為「迴看天際下中流，岩上無心雲相逐」這兩句「雖不必，亦可。」其理由為何？

## 第四節、晚唐詩選

本單元列舉：杜牧〈贈別之二〉與李商隱〈夜雨寄北〉兩首賞析如下：

### 〈贈別之二〉

**內容導讀**

這是一首贈別的七言絕句，主要是抒寫惜別之情，一般的別詩，有送別、贈別、留別三種，而贈別也就是送別。此首〈贈別〉是杜牧離開揚州時，寫詩送給妓女的惜別詩，描繪與她在筵席上難分難捨的情懷。言昔日的多情，如今反似無情的樣子。

**作者介紹**

杜牧（803年～852年）字牧之，號樊川，京兆萬年（今陝西西安）士族。晚唐著名詩人和古文家。推崇杜甫詩歌，杜牧的詩風華美但不堆砌麗辭佳句，其詩冶蕩甚於元稹、白居易，但風骨在元、白之上，藝術技巧很高，擅長長篇五言古詩和七律。杜牧詩在晚唐成就頗高，後世稱為「小杜」，以別於盛唐杜甫；又與李商隱齊名，人稱「小李杜」。

**課文說明**

【本詩】多情卻似總無情[1]，唯覺尊前笑不成[2]。

蠟燭有心還惜別[3]，替人垂淚到天明。

【翻譯】原本多情的你，如今離別時反而裝得像無情的樣子，只

---

1. 卻似：反而像是。
2. 尊：一作樽，酒杯。
3. 蠟燭有心：「有心」二字雙關：一指蠟燭本身有心，一喻情人有心。有心，有情意。

## 贈別之二

是察覺到妳在酒杯前無法強顏歡笑。蠟燭有心還珍惜離別的情意，替離別的人們流淚直到天明。

**作品賞析**

　　首句抒發其惜別之情，表明離別時內心的不捨和千頭萬緒的感情，言昔日的多情，到了離別卻反似無情的樣子，真切表達出離人不捨的心情。第二句則是說離別時內心的悲苦，多情卻造成了「笑不成」的痛苦，離別時想強顏歡笑，然臨別不免為離情所困，歡笑不起來，「多情」之深由此可見。第三、四句借物擬人，「有心」一語雙關，一方面指燭芯，一方面指情人的心；「到天明」則點出了因不忍離去，餞別時間之長，也描寫了女子的多情，愈覺自己的不忍離去。本詩首句精妙於翻疊，次句重在承接，三句佳於象徵，四句巧於轉化，前半以似無情襯托多情，深情幽怨，全從側面顯示；後半以燭為喻，語意極其新鮮而又巧妙，所以一直為人所傳誦。

　　黃永武先生說：「將烈火一般的離愁，濃凝成一個譬喻，達到了以簡單來表現千頭萬緒的高妙效果，是本詩成功之處。」明楊慎《升庵詩話》引述宋人評杜牧之詩，稱其「豪而艷，宕而麗」，信然。

**問題討論**

　　一、「蠟燭有心還惜別，替人垂淚到天明」，「有心」一語雙關，請問是指什麼？

　　二、承上題，請舉出其他詩同樣有雙關修辭的詩句。

　　三、請舉出其他詩同樣屬於「送別」情意的詩句。

中國詩詞卷

〈夜雨寄北〉

**內容導讀**

　　這是一首思念家人（一說友人）的七言絕句。當時李商隱的家在河內，即今河南北部，所以說是「寄北」。清李鍈《詩法易簡錄》云：「就歸期、夜雨等字觀之，前人有以此為寄內之詩者，當不誣也。」這首詩是他在四川遇到夜雨而思家的心情，於是寫了一首詩寄給住在河內的妻子，題作「夜雨寄北」。

**作者介紹**

　　李商隱（813年～約858年），字義山，號玉谿生、樊南生。晚唐詩人。原籍懷州河內（今河南沁陽），祖輩遷滎陽（今河南鄭州），出身於沒落的小官宦家庭。其詩構思縝密，深情綿邈，辭藻華麗，對偶工巧，多哀感纏綿之豔詩，藝術成就很高，堪稱晚唐最著名的詩人之一，與杜牧合稱「小李杜」，與溫庭筠合稱為「溫李」。

**課文說明**

　　【本詩】君問歸期未有期，巴山夜雨漲秋池[1]。

　　　　　何當共剪西窗燭[2]，卻話巴山夜雨時[3]？

　　【翻譯】你問我幾時回來，但我的歸期還沒有一定呢！今晚巴山一帶正下著雨，池塘都漲滿了秋水。哪一天，才能和你共坐在西窗下剪燭談心，卻說著今晚巴山夜雨的情景呢？

**作品賞析**

　　首句的「君問歸期」是問，「未有期」是答，藉一問一答的形式，

---

1. 巴山：泛指四川的山。
2. 何當：指哪一天。
3. 卻話：重談。

## 夜雨寄北

　　婉轉地表達彼此情意的真切,「未有期」點出相見無期之憾,也說明了相思之情沒有窮盡的時候。詩中連續兩次都出現「巴山夜雨」四字,除了點明主題與客居的地點外,另一方面也是強調主旨所在,首句似示無情,但第三句馬上拉回情意;第二句寫「巴山夜雨」,第四句則馬上呼應「卻話巴山夜雨時」。第三、四句除了透過夜雨來表達對愛人思念與迷茫的心情,同時也寫對於未來的期待,期望未來會面之時,除了「共剪西窗燭」之樂,也要重提今晚思念之情。

　　此篇〈夜雨寄北〉選自《李義山詩集》,是李商隱膾炙人口的抒情短章。「君問歸期未有期」這一句有問有答,跌宕有致,流露出詩人留滯異鄉、歸期未定的愁思。傅庚生《中國文學欣賞舉隅》:「歸期不敢預定,今日在巴山聽夜雨,緬念將來,何日當可與君相晤,共剪燭於西窗,轉更閒敘今日夜雨時情景耶?此懸想將來之能,卻話今日,虛實顛倒,明縱而暗收,蓋遙企於西窗剪燭之樂,正以見巴山夜雨之苦,若微波之漪漣,往復生姿也。」一個「共」字,說明再聚之樂,情誼十分和諧,也暗示時間之滯久。桂馥《札樸・卷六》評說:「眼前景反作後日懷想,此意更深。」

　　此詩讀來深切委婉,含蓄雋永,虛實相生,前後呼應,情景交融,構成完美的意境。

**問題討論**

　　一、李商隱這首詩中,令他思念不已的對象是誰?

　　二、這首詩描寫怎樣的心境,試分析之。

　　三、溫庭筠〈送人東遊〉詩:「何當重相見,樽酒慰離顏」中,和李商隱這首詩有何相似之處?

中國詩詞卷

## 第五節、晚唐五代詞選

　　本單元列舉：李白〈菩薩蠻〉、溫庭筠〈夢江南〉、韋莊〈菩薩蠻〉、馮延巳〈謁金門〉，以及李煜〈虞美人〉等五首賞析如下：

### 〈菩薩蠻[1]〉

**內容導讀**

　　此首〈菩薩蠻〉，是較早出現的詞，作者不知？自明胡應麟以來，不斷有人提出質疑，認為它是晚唐五代人托名李白所作，在此姑且繫於李白名下。就內容而言，為懷人詞，寫行人久久不得歸鄉，思婦在家殷切盼望的心情。

**作者介紹**

李白，見前。

**課文說明**

【本詞】平林漠漠煙如織[2]，寒山一帶傷心碧，
　　　　暝色入高樓[3]，有人樓上愁。
　　　　玉階空佇立[4]，宿鳥歸飛急。
　　　　何處是歸程？長亭更短亭[5]。

【翻譯】薄霧如煙，籠罩著無邊的樹林，清冷的山上，還留下一

---

1. 菩薩蠻：唐教坊曲名，後用為詞牌。
2. 平林漠漠煙如織：漠漠，形容霧氣蒼茫的樣子；煙如織，指夕暮時分煙霧濃密之狀。
3. 暝色入高樓：暝色，暮色；入，侵入。
4. 佇立：久立；音，ㄓㄨˋ。
5. 亭：古時設在大道邊供旅行者休息、避風暑的地方，由於各亭之間距離長短不一，所以有「長亭」、「短亭」之分。

## 菩薩蠻

派惹人傷感的翠綠蒼碧。暮色已經降臨高樓，獨在樓上的人心中泛起陣陣憂愁。在臺階上徒勞無益地久久站立，看見鳥兒匆忙飛回棲宿。歸路在哪裡？遙遠的道路一程又一程。

### 作品賞析

全詞一開始就藉著蕭索蒼鬱的晚景，表現出蒼茫的悲壯感，景物也都帶上了傷感憂愁。

詞的上片寫詞人登高遠望所見之景。詞人在惆悵憂傷之際登高遠眺，把滿腹愁緒消融於開闊的景象中。正如梁武帝為遊子（蕩子）之婦所寫的《蕩婦秋思賦》寫道：「登樓一望，唯見遠樹含煙。平原如此，不知道路幾千。」平林含煙，平野的樹叢茫茫，就像人一片茫然的心情；寒山凝碧，青山也黯然神傷。上片末尾直接點出「愁」字，下片點明「歸」字，「空」亦從此「愁」字來。

下片借景抒情，詞中人在暮色中登樓遠望，濃濃的暮色籠罩大地，詞人心中的愁緒也跟著增加，不論是思婦或遊子，思歸的情懷都已經相當高漲，更何況還有著飛鳥急急回歸宿林，以及連綿不斷的長亭、短亭，在無盡的遠路中，將愁緒推到了最高點。「宿鳥歸飛急」寫出空間動態。鳥歸人不歸，故云此首望遠懷人之詞，寓情於境界之中。作者想到自己飄泊的一生，便忍不住地感嘆：「何處是歸程？」希望像鳥兒一樣可以歸巢，但卻不得如願。在末句便將心中的愁緒轉向客觀景物，「長亭更短亭」，更是語帶象徵。此詞景物相融人景合一，乃詞人之妙筆。

### 問題討論

一、這首詞是在表達怎樣的愁緒？

二、「玉階空佇立，宿鳥歸飛急」，請分析這兩句心境為何？

三、承上題，在你過去的生活經驗裡，有沒有類似的感悟，並說說你的看法？

中國詩詞卷

## 〈夢江南〉

**內容導讀**

　　這首詞是寫女子盼望愛人歸來的痴情，作者用一連串的動作性詞語：「獨倚」、「望」、「腸斷」，將思婦的靜態的情緒動作化，尤其是「望」字總領全篇，襯以淒涼的背景，將抽象難言的細膩情愁具體生動地描繪出來。

**作者介紹**

　　溫庭筠（812年～870年），本名歧，字飛卿，太原祁縣（在山西）人。為晚唐著名詩人、詞人。出身於沒落的貴族家庭，為唐初宰相溫彥博裔孫。溫庭筠為文學史上第一個大力填詞的作家，另一方面，又精通音律，「能逐弦吹之音，為側豔之詞」，在詩與詞方面皆有極大的貢獻，也是晚唐華美文學之代表，詩與李商隱齊名，時稱「溫李」。其詩多表現個人之淪落不遇和青樓豔情，辭藻華麗。

**課文說明**

　　【本詞】梳洗罷，獨倚望江樓[1]。

　　　　　過盡千帆皆不是，斜暉脈脈水悠悠[2]，腸斷白蘋洲[3]。

　　【翻譯】梳理好妝，獨自倚靠在望江樓，兩眼凝望著江面。眼前過去了千船萬帆，都不見心上人的影兒。從到了黃昏時，只看見夕陽的餘輝和悠悠的江水；這是令人柔腸寸斷的白蘋洲頭。

**作品賞析**

---

1. 望江樓：泛指江邊高樓。
2. 斜暉脈脈水悠悠：脈脈，含情欲吐的樣子；悠悠，悠遠的樣子。
3. 腸斷白蘋洲：腸斷，喻傷心之極；白蘋洲，生滿白蘋的水中沙洲，古詩詞中常用來代指分手的地方。

# 夢江南

本詩小詞以簡明的筆法寫盡了深情之痴與真切。全詞描寫一個倚樓獨望的女子等待郎君的船隻，卻怎麼盼也盼不到，只能痴痴地倚坐望江樓，腸斷於白蘋洲。本詩不同於作者一貫的風格，詞風清遠幽深，雖然內容仍是述說離情別緒，但它凸破了閨房限制，以悠悠水流與日漸暗沉的斜暉光做為背景，傳達了思女對郎君久未歸的悵惘心緒，語言之簡潔在同一題材的早期詞作中具有一定的代表性。

首句「梳洗罷，獨倚望江樓」交代了時間、地點和人物，同時也點出了離人歸來的路線。後二句「過盡千帆皆不是，斜暉脈脈水悠悠」由景入情，雋永含蓄。「過盡」句形容江上船隻之多，「皆不是」則由原本的殷切熱望轉至失望，由前面船隻之多適足以反映失望之深，使人領會思婦的心情。至於「斜暉脈脈水悠悠」，時近黃昏，江面上只剩下斜陽的餘暉含情脈脈，靜靜的江水悠悠東流，以景喻情，寫女子遙望時間之長，相思之情如江水無盡無休，著力渲染思婦的離愁。最後整首詞以「腸斷白蘋洲」一句作結。古人常把「白蘋洲」作為送別之地的替代詞。孟浩然〈送元公之鄂渚尋觀主張驂鸞〉詩云：「贈君清竹杖，送爾白蘋洲。」趙微明〈思歸〉詩云：「猶疑望可見，日日上高樓。惟見分手處，白蘋滿芳洲。」

此詞風格疏淡，在多施濃彩的溫詞中別具一格。唐圭璋先生在其《唐宋詞簡釋》中評說：「溫詞大抵綺麗濃鬱，而此首空靈疏蕩，別具丰神。」

## 問題討論

一、「過盡千帆皆不是」傳達了怎樣的心境？試分析之。

二、從「梳洗罷」至「腸斷白蘋洲」之間的情緒轉換，試分析之。

三、本詞中的「思婦」，為什麼要先「梳洗」，再「獨倚望江樓」呢？

# 中國詩詞卷

## 〈菩薩蠻〉

**內容導讀**

這是作者在唐末戰亂之時離開中原，流落江南，鋪寫江南遊子在春日裡的所見所思，碧於天的江南之春的景色，包含江南水鄉的風光美、人物美，深深地表達詞人對江南水鄉的依戀之情，但同時也抒發了詞人飄泊難歸的愁苦之感。

**作者介紹**

韋莊（836年—910年），字端己，杜陵（今陝西省長安市附近）人，詩人韋應物的四代孫，唐朝花間派詞人，詞風清麗，有《浣花詞》流傳。

韋莊工詩能詞，其詞與溫庭筠齊名，二人同為花間派的代表作家，號稱溫、韋。但兩人的風格不同，溫飛卿詞多泛寫宮女歌妓，開後世香豔小詞之蹊徑，為「花間鼻祖」，濃豔麗密，刻劃精工；如「懶起畫娥眉」，「新貼繡羅襦」等多屬客觀錄象式，好比無明顯個性與生命之美人圖，缺乏一己之真情感。韋端己之作則皆出於實際切身之體驗，其詞以意為主，以情感真摯明白吐露見長，不求辭藻點綴，多用清疏淡遠之白描手法刻畫纏綿婉轉之深情，所寫的多是真情實景，呈現陽剛之美。詞學研究者鄭騫先生以為：婉約派多自溫出，豪放派多自韋出。韋詞開李煜、蘇軾、李清照等抒情詞之先河，在詞史上之影響不容忽視。

**課文說明**

【本詞】人人盡說江南好[1]，遊人只合江南老[2]。

春水碧於天[3]，畫船聽雨眠。

---

1. 江南：泛指長江以南地區，在此尤指江、浙一帶。
2. 只合：只應；合，應該。

## 菩薩蠻

爐邊人似月[4]，皓腕凝霜雪[5]。

未老莫還鄉，還鄉須斷腸[6]。

【翻譯】人人都說江南好，到江南客居的遊子，該在這裡終老一生。這裡的春水比天空還要澄澈碧綠，在畫船中聆聽滴答雨聲便悠然進入了夢鄉。酒店裡的女子像天邊月亮的柔美，一雙玉腕像霜雪一樣潔白。如果還沒到老時不要回家鄉，如果回鄉必定傷心斷腸。

## 作品賞析

韋莊〈菩薩蠻〉共五首，本詞為第二首，採用白描手法，抒寫遊子春日所見所思。

「春水碧於天，畫船聽雨眠」二句的寫景頗有特色。它具體描繪出「江南好」的內容，「春水碧於天」是形容江南自然景色之美，詞人筆下的春景清朗明媚，運比喻之修辭技巧，不但寫出「春水」的特點，也寫出了詞人的獨特感受；次句「畫船聽雨眠」是寫江南生活情趣之美，從局部著墨，寫出了江南水鄉的春雨聲韻，也流露出詞人的生活情趣。「爐邊人似月，皓腕凝霜雪」，是描寫女子之美。「未老莫還鄉，還鄉須斷腸」，已在這首詞起了跌宕變化，尤其是「莫還鄉」道出了無限鄉情。

這首作品是寫當時唐朝將滅亡之際，中原地區一片戰亂，烽火連天，作者為避難而離開中原，流落江南。如果當時還鄉，只能是目擊離亂，令人斷腸，故暫不還鄉。作者有家難歸，思戀故土而愁腸百結，所以在此藉歌頌江南美好的同時來抒發思鄉之情，寄託對中原故鄉「不堪回首」的歎惋。所謂「江南好」，只不過是他人勸慰之語，並非作者

---

3. 碧於天：一片碧綠，勝過天色。
4. 爐邊人似月：意謂酒家少女像月兒一樣美；爐邊，指酒家。
5. 凝霜雪：像霜雪凝聚那麼潔白。
6. 須：應；斷腸，形容非常傷心。

親言。「未老」二字正反映古人所謂「落葉歸根」，中國人這種濃得化不開的故土情結是根深蒂固的，未老尚可忍受思鄉之痛，但當年華日漸老去，故鄉是最終的歸宿。縱觀全詞，雖借他人之口極言江南美好，但也只不過是以樂景陪襯哀情，更凸出詞人哀傷之極、思鄉之切！

**問題討論**

　　一、全詞用了什麼修辭技巧來描繪江南的種種勝景？

　　二、清人陳廷焯評析：「一幅春水畫圖，意中是鄉思，筆下卻說江南風景好，真是淚溢中腸，無人省得」。表象看似愉快之語，卻又傳達出斷腸的哀愁之感，此說用來評說本詞再為貼切不過。請分析之，並說說自己的看法。

　　三、承上題，末兩句的「未老莫還鄉，還鄉須斷腸」，這兩句詞表達了無限的憂鬱感傷，其原因為何？試分析之。

# 謁金門

## 〈謁金門〉

**內容導讀**

　　這首詞寫古代貴族婦女春日獨處，思念外出未歸的愛人，寂寞無聊地倚著欄杆、閒引鴛鴦、手挼紅杏，描寫那位「終日望君君不至」的女子，她的心情一如被吹皺了的春水般，無法平靜。上片寫春心，下片寫癡情。全詞由景入情，然後再以情景交融的方式描寫，用語清新自如。作者一開頭就把特定環境中的春天景色用特寫的鏡頭轉到讀者的面前，如「風乍起，吹皺一池春水」，在詞的一開頭，便緊緊抓住人們的視線，給人別開生面之感。但它的妙處不僅僅在於寫景，而在於它以象徵的手法，把女子不平靜的內心世界巧妙的揭示出來。

**作者介紹**

　　馮延巳（903年～960年）是五代時期的重要詞人，字正中，又名延嗣，廣陵人。南唐時官至宰相，學識相當淵博，是南唐詞人中寫詞較多的一位。馮延巳詞風清麗，多寫男女之閨情離思，刻畫人物內心極為細緻，風格清新秀美，無浮豔輕薄之習，有很高的藝術成就。被認為開創「以景寫情」的手法，對李煜影響很大。馮延巳、李煜被認為直接影響了北宋以來的詞風。有「吹皺一池春水」的名句。

**課文說明**

　　【本詞】風乍起，吹皺一池春水。

　　　　　閒引鴛鴦香徑裡，手挼[1]紅杏蕊。

　　　　　鬥鴨闌干獨倚[2]，碧玉搔頭斜墜[3]。

---

1. 挼：兩手揉搓；音，ㄋㄨㄛˊ。
2. 鬥鴨：鬥鴨之戲，與鬥雞相似，以供豪家娛樂者。
3. 碧玉搔頭：一種玉製的簪子，古代女子插髮的首飾；搔頭，髮簪別名，漢武帝過李夫人，嘗就其頭上之玉簪取以搔頭，故名。

終日望君君不至，舉頭聞鵲喜[4]。

**【翻譯】**一陣春風凸然吹來，池水蕩起陣陣漣漪。她在花香瀰漫的小徑，手搓著紅杏的花蕊，清閒地引逗水中的鴛鴦嬉戲。獨自倚靠欄杆，觀看水中鴨子追逐相鬥；頭上斜插的碧玉搔頭，都快要斜墜下來了。整日盼望郎君你呀，郎君卻總是不歸，抬頭聽見喜鵲叫，想必是有好消息，頓時感到歡欣。

## 作品賞析

全詞是描寫一位女子懷著愁緒，等待心上人回來的情景。

「風乍起，吹皺一池春水」兩句是雙關語，表面寫景，實際寫情，用詞隱微，卻道出了思念、盼望的心情，句子給人印象深刻，將為思念所苦的女子心態表露無遺。一個「皺」字完美寫出一池春水因微風拂過而在瞬間泛起層層漣漪的生動景象。

全篇以人物的動作、細節揭示內心世界，這是馮延巳詞的一大特色，也是這首閨情詞歷久傳誦不衰的原因所在。

## 問題討論

一、這首詞的風格為何?試分析之。

二、這首詞一開始由景入情，然後再以景寓情，把情和景融合在一起，試分析詞中女子在這其中的心理過程為何?

三、唐中主李璟曾戲問馮延巳:「吹皺一池春水，干卿底事」?請問馮延巳作何回應?

答：延巳對曰:「未如陛下『小樓吹徹玉笙寒』特高妙也。」李璟悅。[5]

---

4. 聞鵲喜：喜鵲，鳥名；腹白，頭背黑色，有紫綠色光澤，尾長約六、七寸。古人以喜鵲噪叫為喜兆。
5 見《南唐書》：本題為文學史上一個較冷僻的典故，故列出答案，以共學生參考。

# 虞美人

## 〈虞美人[1]〉

### 內容導讀

　　春花、秋月，本皆人間至美之物，也是宇宙的永恆，然而對後主來說，「何時了」卻透露著無常的深悲，在不盡的往事中，後主不禁黯然了。「又東風」表示被囚禁又過了一年，那故國之思的哀愁不斷地啃噬著他的內心。良辰依舊，美景還在，只是人事都已全非，最後以「問君能有幾多愁，恰似一江春水向東流」作結，這樣的愁緒就像那滔滔不盡的一江春水向東流去，永遠也停止不了。本詞直抒胸臆、自然，以問的方式開頭，然後再以答作結，再接著一個九字的「恰似一江春水向東流」長句，彷彿把詞人心中的哀愁如江水一樣奔湧而下，獲得盡情的宣洩，也表達了國家破滅的悲愁，就像長江一樣大而長，且是無窮無盡的。

### 作者介紹

　　李煜（937 年～978 年），或稱李後主，為南唐的末代君主，祖籍徐州。李煜本名從嘉，字重光，中主李璟第六子，號白蓮居士、蓮峰居士等。政治上毫無建樹的李煜在南唐滅亡後被北宋俘虜，在 978 年 7 月，被宋太宗賜藥酒毒死。李煜的詞作特色可以開寶八年區分為前後兩期，前期生活美滿，又有大、小周后侍候，所以作品帶有宮體色彩，而後期遭受亡國之痛，由歡愉轉為抒寫亡國悲痛、人生感慨，李煜因此際遇讓他成就了不少佳作，成為中國歷史上首屈一指的詞人，被譽為「詞中之帝」，千古流傳。王國維《人間詞話》評說：「詞至李後主而眼界使大，感慨遂深。」誠哉此言！

### 課文說明

　　【本詩】春花秋月何時了[2]？往事知多少！

　　　　　小樓昨夜又東風[3]，故國不堪回首月明中。

---

1. 〈虞美人〉：唐教坊曲名，後用為詞牌；又名〈一江春水〉、〈虞美人令〉、〈玉壺冰〉、〈憶柳曲〉。
2. 了：了結，完結。

## 中國詩詞卷

雕闌玉砌應猶在[4]，只是朱顏改[5]。

問君能有幾多愁[6]？恰似一江春水向東流。

**【翻譯】** 春天的花秋天的月啊，什麼時候，你才不再出現？看見春花與秋月，過去的賞心樂事就歷歷在目。昨夜東風吹進小樓，月色明朗如同白晝。我思想起江南故國，卻讓人不堪回首。當年雕刻的欄杆，美玉砌成的臺階等宮殿建築，應該都還存在，只是國家破滅，宮中人物原本朱紅的顏面，都改變了。要問我有多少憂愁？就像一江春水永遠滾滾的東流一般。

### 作品賞析

〈虞美人〉是李煜的代表作，為李煜被俘之後第二年所寫的作品，也是李後主的絕命詞。寫下這首〈虞美人〉後不久，宋太宗恨其言「故國不堪回首月明中」，恐有復國之心，而以牽機藥賜死。

作者將心情托於詞裡行間，充分寫出了李煜在亡國後，內心悵然哀傷的感受。詞人竭力將往昔美景與今日悲情對比融為一體，把壓抑於心的悲愁傾瀉，凝成最後的千古絕唱：「問君能有幾多愁？恰似一江春水向東流。」

全詞不加藻飾，不用典故，純以白描手法直接抒情，寓景抒情，通過意境的創造以感染讀者，完美體現了李煜詞的藝術特色。

### 問題討論

一、本詞以什麼來表達綿延不斷的愁緒？

二、本詞中的哪一句讓宋太宗認為有「東山再起」之意圖？

三、本詞中哪一句可看出李煜有無窮無盡的悲愁？

---

3. 東風：春風。
4. 雕闌玉砌：雕飾的欄杆與玉砌的臺階，形容宮殿之富麗。
5. 朱顏：紅潤的容顏，此處指李煜自己，亦可泛指人、物兩項。
6. 問君：自我設問；君，指詞人自己。

# 第四章、宋元時期之詩詞曲選

本單元將分成：宋詩選、宋詞選，以及元詩選、元詞選、元曲選等說明如下：

## 第一節、宋詩選

本單元列舉：王安石〈泊船瓜洲〉、蘇軾〈題西林壁〉、蘇軾〈和子由澠池懷舊〉、歐陽脩〈戲答元珍〉、陸游〈遊山西村〉，以及文天祥〈過零丁洋〉等六首賞析如下：

### 〈泊船瓜洲[1]〉

**內容導讀**

這是一首抒寫懷鄉的七言絕句，透過對春天的描繪，表達詩人做官的無奈心情與急欲回歸故鄉的渴望。

本失是王安石第二次奉詔入京為相，船停泊在瓜洲渡口，遙望金陵老家時所寫。前二句寫前往北方的行程，因依戀老家而頻頻回顧，表現出不願赴任的心理。第三句「綠」句字下得絕佳，王安石把原本的春風又「到」江南岸反覆吟誦之後不甚滿意，於是提筆修改成春風又「綠」江南岸，不但把江南一片翠綠的春景具體而鮮明的呈現在眼前，也表現出王安石內心充滿努力進取，活潑盎然的喜悅心情，讓整首詩的色彩都鮮明生動了起來。一般「春草」在詩詞曲中通常是「思歸」的象徵，所以引起末句「何時還」的情感，以回應第二句「遙望鍾山」的詩意。

---

1. 泊船：停船靠岸。

## 中國詩詞卷

### 作者介紹

　　王安石（1021 年～1086 年），字介甫，號半山，諡號文，封荊國公，臨川鹽阜嶺（今江西省撫州市臨川區鄧家巷）人，是北宋傑出的政治家、文學家、思想家，也是唐宋古文運動八大家之一。王安石出生於中下層官宦家庭，從小即有壯志，常以天下為己任。歐陽脩稱讚王安石：「翰林風月三千首，吏部文章二百年。老去自憐心尚在，後來誰與子爭先。」有《王臨川集》等傳世。詩詞曲亦所擅長，〈泊船瓜洲〉裡：「春風又綠江南岸，明月何時照我還。」之名句流傳尤廣。他晚年所寫有關湖光山色的小詩，構思新穎，語言千錘百煉，自成一家，對宋詩發展起了相當大的推動作用。

### 課文說明

　　【本詩】京口瓜洲一水間[2]，鍾山只隔數重山[3]。

　　　　　　春風又綠江南岸[4]，明月何時照我還[5]？

　　【翻譯】京口和瓜洲中間只隔著一條長江，遙望鍾山也僅相隔幾座山頭的距離。溫暖的春風再次吹綠了長江兩岸的美景花草，明亮的月光什麼時候才能照著我回到鍾山的家園呢？

### 作品賞析

　　此首七絕即景生情，通過對春天景物的描繪，表現了詩人此番出來做官的無奈和急欲回歸江寧的願望，是一首抒寫鄉愁之詩。

　　首句「京口瓜洲一水間」寫瞭望景色，次句「鍾山只隔數重山」

---

2. 京口：在長江南岸，今江蘇鎮江市。瓜洲：今江蘇揚州市南，長江北岸渡口。
3. 鍾山：今南京紫金山，是王安石在江寧（南京市）的住處，在長江南岸。
4. 綠：本是形容詞，這裏作動詞用，有「吹綠了」的意思。
5. 何時：什麼時候。

## 第四章、宋元時期之詩詞曲選～～泊船瓜洲

則暗示詩人歸心似箭的心情。然而最有名的則是第三句「春風又綠江南岸」，讓人至今仍津津樂道。洪邁《容齋續筆》：「吳中士人家藏其草。初云『又到江南岸』。圈去『到』字，注曰『不好』。改為『過』，復圈去而改為『入』。旋改為『滿』。凡如是十許字，始定為『綠』。」足見王安石之用心。

**問題討論**

　　一、請問本詩主要在描寫什麼？試描述之。

　　二、「紅杏枝頭春意鬧」中的「鬧」字和本詩中哪個字的作用最為相近？

　　三、請舉出其他詩中，同樣為懷鄉思歸的詩句。

中國詩詞卷

## 〈題西林壁[1]〉

**內容導讀**

　　廬山位於長江中游南岸江西省九江市南，因廬山三面臨水，煙雲瀰漫，千巖萬壑，所以從不同角度所看到的廬山，形態各有不同，人在山中難以窺得全貌。

　　蘇軾遊廬山後，寫〈題西林壁〉，是一首哲理詩，通過描寫廬山變化多姿的面貌，並借景喻理，用通俗的語言深入淺出地表達哲理，指出觀察問題應客觀全面，如果主觀片面，只能得到扭曲過後片面的事實。

**作者介紹**

　　蘇軾（1037年～1101年），字子瞻，一字和仲，號東坡居士，眉州眉山（今四川眉山市）人，是北宋傑出的文學家、書畫家。他出身於一個有高度文化修養的家庭，其父親蘇洵及弟弟蘇轍都是當時著名的文學家，三人合稱三蘇，也都是唐宋古文運動的八大家，母親也知書識文。蘇軾是中國數千年歷史上被公認文學藝術造詣最傑出的大家之一，其詩，詞，賦，散文，成就均極高，堪稱宋代第一，且善書法和繪畫，是中國文學藝術史上罕見的全才。其散文與歐陽脩並稱歐蘇；詩與黃庭堅並稱蘇黃；詞與辛棄疾並稱蘇辛；書法名列「蘇、黃、米、蔡」，是北宋四大書法家之一，並稱「宋四家」，也能畫竹，善作枯木怪石，其畫則與其表哥文同（字與可，人稱「文湖州」）開創了湖州畫派。

**課文說明**

　　【本詩】橫看成嶺側成峰，遠近高低各不同。[2]

---

1. 西林：西林寺，一名乾明寺，在江西省九江市南廬山上。
2. 高低：從高處或低處看山。

## 題西林壁

不識廬山真面目，只緣身在此山中。

【翻譯】橫看是連綿的山嶺，側看就成了陡峭的山峰；從遠近高低的角度看，山的姿態都不同。我不了解廬山真正的面目，只因為自己置身在此座山中。

## 作品賞析

開頭兩句「橫看成嶺側成峰，遠近高低各不同」，實寫遊山所見，眼前層疊變化、千姿百態的廬山風景，橫看是連綿的山嶺，側看又成了陡峭的山峰。隨著觀看山嶺位置高、低、遠、近的不同，看到的景色也隨之變化。後兩句寫從中領悟的道理，描述在廬山中，根本無法看清整個廬山的全貌。道出了人身處事物之中，往往無法看清它的本質或真相，暗喻「當局者迷」的意涵。第三句由景到理，究竟廬山的真面目為何？是嶺？是峰？簡直令人迷惑而不明真相。第四句點出了原因，即「旁觀者清，當局者迷」，也就是本詩哲理所在。如《野叟曝言·第四七回》：「善作詩兮只一家，真屬夫子自道；待野拙細細解出，方見廬山真面目也！」

此詩語淺意深，借物寓理，淡泊中見真理。要明白事物真相與全貌，就必須超越狹小的範圍，單一角度，擺脫主觀成見。

## 問題討論

一、本詩中說的「遠近高低各不同」中，蘊藏了什麼哲理，試分析之。

二、「以理為詩」是宋詩的特色，宋詩中有很多詩句符合這個特色，請舉出實例。

三、本詩中哪兩句表現出「因果關係」？

中國詩詞卷

〈和子由澠池懷舊〉

**內容導讀**

　　宋仁宗嘉祐元年（1056年），蘇洵帶領蘇軾、蘇轍至京應考，途中路過澠池縣，寄宿於奉閑和尚居室，並在壁上題詩。嘉祐六年（1061年），蘇軾前往鳳翔任官，途中再經澠池，獲弟蘇轍〈懷澠池寄子瞻兄〉詩，蘇軾即和其詩韻寫了這首〈和子由澠池懷舊〉。本詩以懷舊為題材，抒寫人生無常的慨歎，並以昔日的坎坷艱難與弟共勉。

**作者介紹**

蘇軾，見同前。

**課文說明**

　　【本詩】人生到處知何似？應似飛鴻踏雪泥[1]。

　　　　　泥上偶然留指爪，鴻飛那復計東西！

　　　　　老僧已死成新塔[2]，壞壁無由見舊題[3]。

　　　　　往日崎嶇還記否[4]？路長人困蹇驢嘶[5]。

　　【翻譯】人在生命的旅途中到處飄泊，像什麼呢？就像天上的飛鴻停落在雪地上。雪地上偶然留下了鴻雁的爪跡，等鴻雁飛走了，哪裡還計較爪印留在何方呢？當年相遇的老和尚已經去世了，就在新建的納骨塔中，僧舍牆壁壞了，再也看不到舊時所題的詩句。還記得當

---

1. 雪泥：指下雪後泥濘的地面。
2. 新塔：建塔以安放僧人遺體。
3. 老僧二句：作此詩時，蘇軾赴鳳翔，過澠池，奉閑已死，僧舍壁壞，舊題無存；蘇轍《懷澠池寄子瞻兄》詩注：蘇軾兄弟往年應舉，宿縣中僧舍，題寺老和尚奉閑之壁。
4. 「往日」二句：作者追憶上次騎驢到澠池之事。
5. 蹇驢：跛足的、累壞的驢子。

## 和子由澠池懷舊

年走在這崎嶇路上的情景嗎？路途遙遠，人很困乏，驢子也累得聲聲哀叫。

## 作品賞析

　　這首詩前半議論，後半追憶敘事，是一首應答的七言律詩。首聯以「人生到處知何似？應似飛鴻踏雪泥。」二句，以問答法點出生命易逝而短暫的哲學思想。領聯在說明人不應該執著眼前的物質表象，才能擁有自由曠達的人生，因為人生本來就充滿了偶然與不確定性的特質，告訴人應當心胸開闊。頸聯的「老僧已死成新塔，壞壁無由見舊題」二句，已具體說明了生命短暫的實例，也從對人生的感嘆轉換為懷舊。尾聯仍是追憶，「往日崎嶇還記否？」說明了往日的艱難情境，更能反襯出今日重來時的快意，從而展現出對生命較豁達的人生觀。

　　「人生到處」四句單行入律，不斤斤計較字面對仗，似古風，卻充分體現出屬於蘇軾的行文理趣。紀昀曾評道：「前四句單行入律，唐人舊格；而意境恣逸，則東坡之本色。」

　　蘇軾一生在當官與流浪中浮沉，但他卻沒有因為人生的不得意而悲觀消極，反倒更顯心胸曠達、隨遇而安、坦蕩率真。「泥上偶然留指爪，鴻飛那復計東西？」人的一生行蹤就像是那雪泥鴻爪一般，痕跡隨時不復可尋。因此所有的一切又有什麼好去計較的呢？不如敞開胸懷，退一步海闊天空。

　　此詩哲理蘊味濃厚，任真自然，見識寬廣。王國維評曰：「東坡之詞曠。」

## 問題討論

一、請分析本詩中所要表達的哲理為何？試詳述之。

二、承上題，本詩中可看出具有「哲理化」特色的詩句是哪一句？

中國詩詞卷

## 〈戲答元珍[1]〉

### 內容導讀

　　景祐三年（1036），歐陽脩因寫信給司諫高若訥，指責他在范仲淹與呂夷簡的鬥爭中不能主持正義，而觸怒了朝廷，被貶為夷陵縣令。歐陽脩時任峽州夷陵縣令，藉眼前景物來抒懷，這篇便是他以自嘲方式來排遣內心苦悶的詩，它反映了自己遭遇遷貶之後，平靜孤處的落寞。

　　歐陽脩以〈戲答元珍〉的發端自負，其《筆說・峽州詩說》云：「『春風疑不到天涯，二月山城未見花。』若無下句，則上句何堪？既見下句，則上句頗工。」上句是果，下句是因，同時引起了下文。

### 作者介紹

　　歐陽脩（1007年～1072年），字永叔，號醉翁、六一居士，諡文忠，中國吉州永豐（今屬江西）人，為北宋傑出文學家和文壇領袖，唐宋古文八大家之一。他四歲喪父，由其母鄭氏教養，因家貧買不起文具，母親便用蘆荻畫地教他識字。主張文章應「明道」、「致用」，提出：「國之文章，應於風化；風化厚薄，見乎文章。」反對宋初以來的靡麗、險怪的西崑文風。歐陽脩是北宋古文運動的領袖，積極培養後進，其散文說理暢達，抒情委婉。詩風與其散文近似，語言流暢自然。其詞風則婉麗著稱，承襲南唐餘風。

### 課文說明

　　【本詩】春風疑不到天涯，二月山城未見花[2]。

　　　　　殘雪壓枝猶有橘，凍雷驚筍欲抽芽。

　　　　　夜聞歸雁生鄉思，病入新年感物華[3]。

---

1. 元珍：丁寶臣，字元珍，宋仁宗景祐元年進士，時官峽州判官。
2. 天涯：邊遠的地方；山城：指歐陽修當時任縣令的峽州夷陵縣。

## 戲答元珍

曾是洛陽花下客[4]，野芳雖晚不須嗟[5]。

**【翻譯】**我懷疑春風吹不到這邊遠的山城，因為二月仍不見花開。還沒融盡的積雪壓彎了樹枝，枝上還掛著去年的橘子；在寒天的春雷震動下，催促著竹筍趕快長出嫩芽。夜間聽到歸雁的鳴聲時，特別興起我無窮的鄉思；久病直到新春，眼前的景物使我感慨。我曾在洛陽盡情地欣賞各色的牡丹花，這裏的野花即使開得晚，也不須要感傷嘆息啊！

## 作品賞析

本詩上半篇寫夷陵山城的不良環境，但實際上卻是作者暗指政治環境的不善。歐陽脩自評首聯：「若無下句，則上句何堪？既見下句，則上句頗工。」許印芳釋：「起句妙在倒裝，若從未見花說起便是凡筆。」

下半篇則是寫出作者極為矛盾的心情，表面上說他曾在洛陽做過留守推官，見過盛名蓋天下的洛陽牡丹，即使見不到此地晚開的野花，也不需嗟歎了，但實際上卻充滿著一種無奈和淒涼。

全詩含蓄蘊藉，耐人尋味，情感跌宕起落，章法謹嚴有序。陸貽典云：「句法相生、對偶流動，歐公得意作也。」

## 問題討論

一、請描述本詩每聯所呈現的內容，試分述之。

二、「春風疑不到天涯，二月山城未見花」二句，是否有藉著鮮明的時間意識表達對生命的感懷？

---

3. 物華：美好的景物。
4. 洛陽：今河南洛陽市，宋為西京。
5. 嗟：嘆息。

# 中國詩詞卷

## 〈遊山西村[1]〉

### 內容導讀

　　山西村並不在山西，而是在浙江紹興的一個山村。本詩為南宋愛國詩人陸游的作品，是一首描寫田園生活的七言律詩。當時他已罷官，內容是描寫歸鄉後，遊山西村時所見景象。首聯描寫農村豐收時，以豐盛的酒肉款待客人之景；頷聯描寫山村的地形和景致；頸聯寫村裡的生活情況，上句寫歡樂的迎神賽會，下句敘述村民的純樸與熱情；尾聯寫希望日後能常常感受村中的歡樂之情。

### 作者介紹

　　陸游（1125年～1210年），字務觀，號放翁，為南宋詩人、詞人，越州山陰（今浙江紹興）人。他出身於一個由「貧居苦學」而仕進的世宦家庭，自幼好學不倦，自稱「我生學語即眈書，萬卷縱橫眼欲枯」。十七八歲開始有詩名，二十九歲到臨安參加進士考試，名列第一。出生次年，金兵攻陷北宋首都汴京，他於襁褓中即隨家人顛沛流離，因受社會及家庭環境影響，自幼即立志殺胡（金兵）救國，為有名的愛國詩人。其詩在藝術風格上的特色是熱情洶湧、雄渾奔放，無論是煉字琢句，或是用典對仗，都能做到自然工妙，故有「小李白」之稱。

### 課文說明

　　【本詩】莫笑農家臘酒渾[2]，豐年留客足雞豚[3]。

　　　　　　山重水複疑無路，柳暗花明又一村。

　　　　　　簫鼓追隨春社近[4]，衣冠簡樸古風存。

---

1. 山西村：今浙江省紹興市鑑湖附近。
2. 臘酒：臘月釀造的酒；臘：臘月，指陰曆十二月。
3. 雞豚：指豐盛的菜肴；豚：小豬。

## 遊山西村

從今若許閒乘月⁵，拄杖無時夜叩門⁶。

【翻譯】不要取笑農家臘月釀造的酒粗糙，在豐收的時節招待客人的，盡是豐盛的菜餚。一重又一重的山巒，一道又一道的溪水，本以為已沒有道路似的，但眼前出現柳樹蓊鬱、繁花盛開，又是一座山村。耳邊傳來吹簫打鼓的聲音，應是春社將近；村民的衣帽樸實無華，還保存誠懇待人的上古風氣。從此以後，如果允許我空閒時趁著月夜來拜訪，我會手扶著拐杖，隨時登門造訪。

## 作品賞析

此首是七言律詩，為記遊的抒情詩。

作者寫出豐收之年農村一片寧靜、歡悅的氣象，層山秀水，景中寓理。最為人所稱道的地方在中間兩聯，對仗工整，善寫難狀之景，圓潤流轉。且全詩無一「遊」字，但卻句句寫出遊意。方東樹《昭昧詹言》：「以遊村情事作起，徐言境地之幽，風俗之美，願為頻來之約。」

全詩讀來富有鄉村野趣，自然樸實又蘊含飽滿的詩意。

## 問題討論

一、本詩具體地刻畫了山村的景色，把客觀的景物和主觀的感覺巧妙地結合。呈現出怎麼樣的氣氛感受？

二、本詩中呈現的季節為哪一季？

---

4. 春社：古時春天祭祀土地和五穀神的日子，要吹簫打鼓舉行集會。
5. 乘月：和「趁月」同。
6. 拄杖：扶杖；無時：隨時。

## 中國詩詞卷

### 〈過零丁洋[1]〉

**內容導讀**

　　這是一首抒懷明志的七言律詩，是文天祥在兵敗被俘，過零丁洋時的感慨，透過詩篇表明誓死報國的心志。內容描寫個人入仕、報國的往事，說明國家的破碎以致處於艱辛的困境，在詩中深切地表達了自己悲痛的感觸，最後並表明自己隨時願意以身殉國，堅定地反應其抗元愛國的心志，也要讓勸降的張弘範能知難而退，具有高度的概括性與感染力，直抒胸臆，呈現一股沉鬱悲壯之正氣，感人至深。

**作者介紹**

　　文天祥（1236年～1283年），字履善，一字宋瑞，號文山，南宋末期吉州廬陵（今江西吉安縣）人，漢族民族英雄，二十歲舉進士第一。他起兵抗元，在自己的創作道路上有了明顯的轉折，此後的作品，大都記述他抗元的經歷，抒發以忠肝義膽堅決反抗民族壓迫者的鬥爭精神。文天祥以忠烈名傳後世，受俘期間，元世祖以高官厚祿勸降，但他寧死不屈，從容赴義，生平事蹟被後世傳頌和稱許，與陸秀夫、張世傑合稱為「宋末三傑」。文天祥是宋代末年的政治家，又是卓有成就的愛國詩人，有《文山全集》，其詩、詞、文都有很高的成就。

**課文說明**

　　【本詩】辛苦遭逢起一經[2]，干戈寥落四周星[3]。
　　　　　山河破碎風飄絮[4]，身世浮沈雨打萍。
　　　　　惶恐灘頭說惶恐[5]，零丁洋裏嘆零丁。

---

1. 零丁洋：即伶仃洋，在廣東中山縣南珠江口。
2. 遭逢：際遇、遇合；起一經，言攻讀儒家經典而被朝廷錄用。
3. 干戈：古代武器，此指戰事；寥落：南宋無力反抗，戰事已稀稀落落；四周星：已經歷四年。
4. 絮：柳絮。

## 過零丁洋

人生自古誰無死？留取丹心照汗青[6]。

【翻譯】我辛苦參加科舉考試，得以儒學考取進士，步入仕途，四年來南宋無力抗元，戰爭總是稀稀落落。祖國山河破碎，就像飛絮被風吹散，在半空飄零。我的人生也動盪不定，如同水中浮萍遭受風雨吹打。想起當年敗退惶恐灘頭，心中有說不盡的惶恐；現在兵敗被俘押在零丁洋裡，只能感嘆孤苦伶仃。自古以來，有誰能免除一死？我只想留下赤誠的忠心，照耀史冊。

### 作品賞析

這首詩是文天祥兵敗被俘後誓死明志的述志詩。

前三聯詩人極力鋪寫國破、家亡、兵敗、被俘的經歷，將家國之恨、哀怨之情以血淚堆砌的字句完整呈現。最後一句卻言：「人生自古誰無死？留取丹心照汗青！」用磅礴高亢的氣勢做了總結，表現作者強烈的民族氣節與成仁取義的生死觀。讀來令讀者由悲而壯，由鬱而揚。實為一曲驚天地、泣鬼神，永垂不朽之悲壯詩歌。

### 問題討論

一、本詩中哪一段是以地名結合感受，語意雙關？

二、本詩中哪一段表現了正義凜然的愛國精神意志？

三、本詩中的「干戈」指戰爭，「汗青」指史冊，請問這使用了何種修辭技巧？

---

5. 惶恐灘：在江西萬安縣，是著名的贛江十八灘之一，因為水流湍急，故名。
6. 汗青：古人寫字於竹簡上，先用火烤竹簡使之出汗乾燥，方便書寫，稱汗青；後來借代為史冊。

# 第二節、宋詞選

本單元列舉：歐陽脩〈玉樓春〉、晏幾道〈臨江仙〉、柳永〈雨霖鈴〉、蘇軾〈定風波〉、周邦彥〈解連環〉、李清照〈醉花陰〉、李清照〈聲聲慢〉、辛棄疾〈水龍吟〉、蔣捷〈虞美人〉，以及姜夔〈揚州慢〉等十首賞析如下：

## 〈玉樓春〉

**內容導讀**

這是一首別後相思惜別詞，是作者在離別的宴席上觸發對男女離情的看法，極富人生哲理。如本詞中的「人生自是有情癡，此恨不關風與月。」風月本是和人無關的，而人往往將自己的情感投射於風月，卻又怨風月。作者是先把自己置身於情癡之中，撇開風月之後，再轉身回到感情中去，這正是人生的自有情癡，不關於風與月。此二句雖是理念上的思索，卻是真正透過了理念的傳達後，才更顯得深情之難解。

**作者介紹**

歐陽脩，見前。

**課文說明**

【本詞】尊前擬把歸期說[1]，未語春容先慘咽[2]。

人生自是有情癡，此恨不關風與月[3]。

離歌且莫翻新闋[4]，一曲能教腸寸結[5]。

---

1. 尊：酒杯。
2. 春容：指春日的容顏，本是歡愉之意，由於歸期已定，知道離別在即，不禁傷悲；慘咽：傷悲哽咽。
3. 恨：指離恨；風與月：即自然景物。
4. 翻：演奏新曲；闋：曲調名，音樂一曲終了曰闋；音ㄑㄩㄝˋ。

# 玉樓春

直須看盡洛城花⁶，始共春風容易別。

**【翻譯】** 在離別的宴席上準備說出歸期，話還沒有說出口，伊人的春容已經慘淡落淚，害我也嗚咽傷情。痴情是人的本性，這和風月並沒有關係。莫再演唱新的離別歌了，一曲就已夠教人愁腸寸斷。也許要到了看盡遍地迎風招展的洛陽牡丹花後，才能從容和春風告別。

## 作品賞析

此詞為歐公離開洛陽時所作，抒其對京城之深情，於委婉的抒情中表達了一種人生的哲理。劉逸生評曰：「歐陽脩這首詞，居然從兒女柔情中提出帶有哲理的大問題，不能不說是大膽的嘗試」。

離別是人們感情生活中的一件大事，自古以來就為文人騷客吟詠不已。本詞上片首兩句貼切的描摹出詞人面臨和親友別離的內心淒涼。「擬把」、「未語」二詞，蘊含了多少不忍說出的惜別之情。然而，詞人並沒有沉溺於一己的離愁別緒不能自拔，而是由己及人，將離別一事推向整個人世的共同主題：「人生自是有情痴，此恨不關風與月。」詞的下片以白描手法翻進一層，作者由人生的思考回到別離的現實。以二句「直須看盡洛城花，始共春風容易別。」寄寓了詞人對美好事物的愛戀與對人生無常的悲慨。

王國維《人間詞話》謂其：「於豪放之中有沉著之致，所以尤高」。劉熙載亦云：「馮延巳詞，晏同叔得其俊，歐陽永叔得其深」。

## 問題討論

一、本詞主要在傳達什麼哲理？

二、本詞中的「人生自是有情痴，此恨不關風與月。」一段，請說說你的看法。

三、若你面對本詞中的情境時，你會如何看待？

---

5. 腸寸結：形容內心悲痛。
6. 直須：直到；洛城花：特指牡丹花；在宋代，洛陽牡丹甲天下，故逕以「花」指牡丹。

# 中國詩詞卷

## 〈臨江仙〉

### 內容導讀

　　這首是作者對歌女的思念之詞。本詞分上下片來看，上片描寫在現實的情景中，透露出內心的寂寞冷清，其「去年春恨卻來時」可見詞人心中的孤獨感。下片敘述憶起昔日小蘋初見，她身穿心字羅衣，藉由音樂傳達豐富情感，今日的明月曾照著伊人歸去，但現在已物換星移。「當時明月在，曾照彩雲歸」這一名句，更顯出詞人的孤獨寂寞之情，也含蓄地表達詞人心中想見心上人的惆悵。

### 作者介紹

　　晏幾道（1038年～1110年），北宋詞人。字叔原，號小山，撫州臨川文港鄉（今屬南昌進賢縣）人，晏殊的幼子。晏幾道能文章，尤工樂府，其風格大多是多愁善感，可能與他晚年家道中落有關，在政治上沒有地位，詞與晏殊齊名，號稱二晏，有《小山詞》傳世。他在《小山詞・自序》回憶說：「追惟往昔過從飲酒之人，或壠木已長，或病不偶。考其篇中所記悲歡離合之事，如幻如電，如昨夢前塵，但能掩卷憮然，感光陰之易遷，嘆境緣之無實也！」

### 課文說明

【本詞】夢後樓臺高鎖，酒醒簾幕低垂。
　　　　去年春恨卻來時。落花人獨立，微雨燕雙飛。
　　　　記得小蘋初見[1]，兩重心字羅衣[2]。
　　　　琵琶弦上說相思。當時明月在，曾照彩雲歸[3]。

【翻譯】當我夢覺酒醒之時，只見簾幕低垂，樓臺緊鎖的景象。

---

1. 小蘋：歌女名。
2. 心字羅衣：繡有雙重「心」字圖樣的衣服。
3. 彩雲：指小蘋。

# 臨江仙

去年春天的離恨又重新回到我心頭。我獨自孤寂地看著花落紛飛，微雨中看見雙燕歡樂齊飛。記得第一次與小蘋初識時，她身穿心字羅衣。她彈弄著琵琶，絃聲傳送著相思情意。當年掛在天空的明月，它曾照著彩雲似的她歸去。

## 作品賞析

〈小山詞‧自序〉：「初時沈廉叔，陳君龍家有歌女蓮、鴻、蘋、雲，以清謳娛客。每得一詞，即付之歌唱，持酒聽之，為一笑樂。後君龍臥病，廉叔去世，諸女亦流轉於人間。」

此篇華腴中帶有愁恨，起首二句「寂寞」，將人去樓空的索寞景象，以及年年傷春傷別的淒涼懷抱深刻描繪。其中「落花人獨立，微雨燕雙飛」兩句，本是五代翁宏〈春殘〉之詩句，作者於此處借用，彌見其精，的確是詞中雋語。下片就上片寂寞孤獨之情，言其初見小蘋之情景，巧妙化用李白詩句，表現出作者對舊歡的悵然之慨，讀來淡語有味。

全詞用語清新俊逸，意象空靈，情景交融，情感深婉悠遠，不愧為北宋婉約詞之代表篇章。陳廷焯評曰：「既閑婉、又沉著，當時更無敵手」。

## 問題討論

一、本詞所追憶的對象為何人？

二、請分析本詞的內容結構。

三、全詞融情於景，情景真切，請你也試著練習寫出一篇這樣的詞文。

中國詩詞卷

## 〈雨霖鈴[1]〉

### 內容導讀

　　這是一首寫情人離別之情景，敘寫情人離別時，難分難捨的惆悵之情，也傳達出作者屢遭磨難又懷才不遇的坎坷身世。上片寫離別的情態，下片寫離別是自古以來的傷心事，因自古以來感情豐富的人最害怕離別，本詞寫出了別時的愁緒與情境，以離情為主軸。詞作特點善於點染，加上綿密渾成的寫作手法、雅俗共賞的特點，使此一作品更加深刻動人，其「今宵酒醒何處？楊柳岸，曉風殘月」，更是千古傳誦的名句。

### 作者介紹

　　柳永（987年～1053年），本名三變，字景庄。後改名永，字耆卿。排行第七，又稱柳七，他與張先齊名，並稱張柳。崇安（今福建省武夷山市）人。早年屢試不第，於是浪跡於娼樓酒館，以「白衣卿相」自居，與歌女樂工之間的交往頻繁。景祐元年（1034年），才賜進士出身，那時已是年近半百，但仕途坎坷，官至屯田員外郎又稱柳屯田。他的詞作極佳，精通音律，作品流傳甚廣，有「凡有井水處，即能歌柳詞」之說。其《樂章集》一卷流傳至今。描寫羈旅窮愁的，如〈雨霖鈴〉、〈八聲甘州〉，唱出不忍的離別之情，難收的歸思，極富感染力。

### 課文說明

【本詞】寒蟬淒切，對長亭晚，驟雨初歇。

都門帳飲無緒。方留戀處、蘭舟催發。

執手相看淚眼，竟無語凝噎。

念去去、千里煙波，暮靄沉沉楚天闊。

多情自古傷離別，更那堪、冷落清秋節！

今宵酒醒何處？楊柳岸、曉風殘月。

---

1. 雨霖鈴：唐代教坊曲名，後用為詞調。

## 雨霖鈴

此去經年，應是良辰好景虛設。

便縱有、千種風情，更與何人說！

**【翻譯】**秋後的蟬兒叫得淒涼悲切，面對著長亭，正是傍晚時候，一陣急雨剛停止。在京都城外設帳餞行的筵席，飲宴全無心緒。正依戀不捨，划蘭舟的船夫已催促著要出發了。我們握手相看流滿淚水眼兒，哽咽著竟說不出話語。想起即將前往的南國，是在煙波浩渺的千里之外，暮氣沉沉的楚地天空非常遼闊。自古以來，多情的人們都為離別傷感，更何況在冷落蕭條的清秋時節分手。今晚酒醒的時候，不知船兒行已到何處？應該是到了楊柳岸邊，曉風陣陣，以及一彎殘月在上頭。你此次一離去，年復一年，一切良辰美景應該都是枉然空設。即便有千萬種風情，我要向何人訴說分享呢？

## 作品賞析

柳永擅長寫離別的長調，此詞是告別京都戀人之作，甚為感人，為柳永著名的代表作。詞中以淒涼、冷落的秋天景像渲染出離情別緒。

上片寫臨別情景，記述送別之景，從日暮雨歇到執手告別，依次層層描述離別的場面和雙方惜別的情態。下片從「念去去」起，有近中遠三層的推想，設想別後心情，虛實相生，淋漓盡致。全詞情景兼融，鋪敘自然。巧妙運用點染之筆，注重層次變化，由表入裏描寫離情，結構嚴謹，渾然一體，藝術境界極高。

劉熙載《藝概》評曰：「詞有點染，耆卿《雨霖鈴》念去去三句，點出離別冷落；今宵三句，乃就上三句染之。點染之間，不得有他語相隔，否則警句亦成死灰矣。」

## 問題討論

一、試分析本詞中詞人的心境與你個人的看法。

二、自古以來，離別總令多情人傷感，相信你也一定有這樣經驗，你是以什麼態度看待離別？

三、本詩的藝術特點為何？試詳述之。

# 中國詩詞卷

## 〈定風波[1]〉

　　三月七日，沙湖[2]道中遇雨，雨具[3]先去，同行皆狼狽[4]，余獨不覺。已而遂晴，故作此。

### 內容導讀

　　這首詞選自《東坡樂府》，是作者貶謫黃州第三年所作的。元豐二年，蘇軾作詩諷刺新法，遭到彈劾，被誣入獄，拘於烏臺，世稱「烏臺詩案」，從死刑中好不容易才獲得赦免。後來，蘇軾在一次外出遇雨時，抒發自己看待人生旅途中風風雨雨的態度，表現出安時處順、超然物外的人生哲理，可看出他豁達的人生觀。

### 作者介紹

蘇軾，見前。

### 課文說明

【本詞】莫聽穿林打葉聲[5]，何妨吟嘯且徐行[6]。

　　　　竹杖芒鞋輕勝馬[7]，誰怕？一蓑煙雨任平生。

　　　　料峭春風吹酒醒，微冷，山頭斜照卻相迎[8]。

　　　　回首向來蕭瑟處[9]，歸去，也無風雨也無晴。

---

1. 定風波：唐玄宗時教坊曲名，後用為詞調，一作《定風波令》。
2. 沙湖：在今湖北黃岡東南三十里。
3. 雨具：拿雨具的人先離去了。
4. 狼狽：指進退困窘之態。
5. 穿林打葉聲：指風穿林、雨打葉的聲音；形容急風勁雨。
6. 吟嘯：吟詩長嘯；徐行：緩步前行。
7. 芒鞋：草鞋。
8. 斜照：傍晚時西斜的落日。
9. 蕭瑟處：指遇雨之處；蕭瑟：風吹草木之聲也。

## 定風波

【翻譯】不要在意雨點穿過樹林敲打葉子的聲音，不妨吟唱呼嘯，緩緩散步向前行。拿著手杖，穿著草鞋，比騎馬還要輕快，有什麼值得害怕的呢？即使在煙雨迷漫中穿著蓑衣度過平生，也無所謂。涼涼的春風把酒意吹醒了，有些寒意，山頭西斜的落日竟來迎接著我。回頭看看剛才走過的風狂雨驟、飄搖不定的地方，歸去吧！此時盡是寧靜，沒有所謂風雨，也沒有所謂晴天。

**作品賞析**

此詞作於宋神宗元豐五年，貶謫黃州後的第三年。《東坡志林》言曰：「黃州東南三十里為沙湖，亦曰螺師店，予買田其間，因往相田。」

上片「一蓑」，表現出蘇軾對待自然界的風風雨雨能夠處之泰然，也表現了他對政治上陰晴無定、升沉難測的情況，選擇了聽任自然的超脫氣度和不畏挫折的堅毅精神。讀來語意雙關，情味雋永，富有理趣。

下片結尾幾句則是蘇軾得意之筆，他晚年在海南島所作〈獨覺〉詩，也以「回首向來蕭瑟處，也無風雨也無晴」作結。天有雨、晴，人有順、逆，其實終究皆成過去，不必介意榮懷。他的「不覺」正是這種恬淡心境的極致。

全詞構思新巧，從遇雨之吟嘯昇華為人生之超曠，「風雨」意象成為人生災難與厄運的象徵，詞人對人生風雨表現出詼諧、幽默的達觀態度，頗見性格風彩。

**問題討論**

一、試分析這首詞的人生哲理。

二、蘇軾的詩詞曲多蘊涵禪機之作，試就本詞舉例說明之。

## 〈解連環[1]〉

### 內容導讀

　　本詞寫景抒懷，開頭便有怨懷之情，信音遼邈為這篇主旨所在。上片在感嘆人去樓空後的情義斷絕，其所怨為情人的斷絕令他感到非常絕望。首句挈領全文，是主題所在。下片寫對情人的懷念與希望，從紅藥到杜若漸生，遠在天角的情人去時已久，過去鍾情的言語現在看來，已成閒言閒語，應付一炬。全詞多用「縱」、「想」、「料」、「望」等領字[2]，表達無法解脫的複雜情懷，抒情逐層推進。

### 作者介紹

　　周邦彥（1056年～1121年），中國北宋末期著名的詞人，字美成，號清真居士，錢塘（今浙江杭州）人。宋神宗時，他寫了一篇〈汴都賦〉，讚揚新法，因此被提升為太學正，後歷任地方官十餘年。當上學正後，常有積極作為，但在仕途上並沒有得意的成果，長期在州縣間擔任小官職。周邦彥精通音律，能自創新曲，故聲名遠播，頗受世人喜愛。其詞作音律工整，辭藻秀麗，多用典故，是婉約派承先啟後的名家，他的詩文書法兼擅而以詞的成就最大，著有《片玉集》，也稱《清真集》。

---

1. 解連環：《戰國策・卷十三・齊六》：「秦始皇嘗使使者遺君王后玉連環，曰：『齊多知，而解此環不？』君王后以示群臣，群臣不知解。君王后引椎椎破之，謝秦使曰：『謹以解矣。』」此詞〈解連環〉的意思是連環不可解，相思不可斷，思念情人的情感充滿起伏與矛盾。
2. 「領字」是詞中的一個特別概念；所謂領字，即句中出現的某一個字或詞，單獨使用不能構成意義，必須帶動下文，才能形成一個完整的意思；而所謂的領格字，係以第一個字領本字後面的幾個字，所構成一個詞組或句子，或兼領以下一句或幾句；這一字的領格字一般稱「一字豆」，整句為句，半句為讀，「讀」音「豆」，故借用「豆」字，讀時稍作停頓；這些領字，多為虛字，也有動詞。

## 解連環

**課文說明**

【本詞】怨懷無託，嗟情人斷絕，信音遼邈[3]。

縱妙手、能解連環，似風散雨收，霧輕雲薄。

燕子樓空[4]，暗塵鎖、一床絃索。

想移根換葉，盡是舊時，手種紅藥[5]。

汀洲漸生杜若[6]，料舟依岸曲，人在天角。

漫記得、當日音書，把閒語閒言，待總燒卻。

水驛春回，望寄我、江南梅萼。

拚今生，對花對酒，為伊落淚。

【翻譯】幽鬱的情懷無所寄託，自從跟情人分手後，再沒有絲毫信息。縱然有巧妙的手，能把玉連環解開，卻像風停雨歇，仍有雲霧輕輕地凝掛天邊。關盼盼的燕子樓已成空舍，布滿灰塵的是絲絃樂器擺在床上，令我睹物思人。我希望能夠把根葉都變換過來，這些都是她以前親手栽培的紅色芍藥。水邊沙洲上的杜若日漸孳長，雖然船隻靠在岸邊，但她卻遠在天邊。還記得常存有舊日的音信，且把那些令人睹物愁苦的情話全部焚燒盡吧。春天又回到水邊驛舍，希望她能寄一朵江南的梅花給我。以後此生仍不惜一切，對著花和酒，為了她，我禁不住落下悲悽的眼淚來。

---

3. 遼邈：渺遠之意。
4. 燕子樓：在江蘇徐州。唐朝貞元年間，武寧節度使張愔（張建封之子），為其愛妾著名女詩人關盼盼所建的一座小樓。張逝世後，關矢志不改嫁，張仲素和白居易為之題詠，遂使此樓名垂千古。
5. 手種紅藥：紅藥，紅色芍藥。《詩經・溱洧》：「伊其相謔，贈之以芍藥。」「手種」是以親手栽種芍藥來象徵精心培植愛情。「移根換葉」與「舊時紅藥」相關合，形容往日的歡樂與離別後的悽楚。
6. 汀洲漸生杜若：杜若，香草名。《九歌・湘君》「采芳洲兮杜若，將以遺兮下女。」此句表示離別與懷念。汀洲，是水邊送別之地。人已乘舟而去，且遠在天角，如今伊人不見，離去久遠，汀洲之杜若漸次成叢，而欲寄無出，亦似愁緒之與日俱增，而欲訴無地。

## 中國詩詞卷

**作品賞析**

　　此詞為訪情人舊居，但伊人已遠去，故抒發懷人癡情之作。

　　上片嘆人去樓空，情義斷絕的怨恨；下片則寫對情人的懷念與希望，由怨恨之深始，到愛戀之極至，曲折迴盪，與一般相思怨別大異其趣。

　　「燕子樓」二句引用唐朝徐州張尚書愛妾關盼盼之典故。「想移根換葉」三句用倒裝筆法略點昔日共栽之花已面貌全非。「水驛春回」三句再轉回前情，既然無法為你寄杜若，然我的住址未變，你總該給我寄回一枝梅花吧，暗用南朝陸凱贈范曄詩之典故。

　　全詞以「怨情」始，以「落淚」終，怨中傳情，愛中含怨，深婉真切地表達出詞人對「情人斷絕」的怨愛交集的癡戀心理。而此痛苦矛盾的心理歷程之後，仍顯現矢志不移的堅貞情感，凝重深摯，實為壯烈。

**問題討論**

　　一、請分析本詞內容結構。

　　二、「漫記得、當日音書，把閒語閒言，待總燒卻。」可以燒毀的是實體物質，但事實上記憶是無法磨滅的，試說說你的看法。

　　三、讀完本詞後，試說說你的愛情觀。

## 〈醉花陰[1]〉

### 內容導讀

　　這是詞人對丈夫傾訴重陽佳節深切思念的名篇，新婚離別的李清照，重陽節時，又寫了一首扣緊秋意象的小詞寄給夫婿趙明誠，上片寫白晝、夜間的孤獨難熬，下片追憶從前夫妻共賞秋菊，結句則以西風拂面、黃花照眼，到後來的斯人憔悴，道盡了暮秋深閨無限的相思情，成為千古佳句。

### 作者介紹

　　李清照（1084年～1156年），北宋齊州（今山東省濟南市）人，中國南宋著名女詞人，自號易安居士[2]。在她18歲時，與長她三歲的趙明誠結婚，他是宰相趙挺之的兒子，金石學家。李清照是宋代詞壇上婉約派的最重要代表人物，其詞以宋室南渡為界，分為前、後期。前期生活安定優裕，詞作多寫閨閣之怨或是對出行丈夫的思念。靖康之變，宋室南遷，她和丈夫逃至江南，不久趙明誠病死，使她在精神上遭受強大的打擊，自此顛沛流離，晚年淒涼，不知所終。所以後期詞尤為工整，造詣更高，被譽為「詞中之后」，與「詞中之帝」李煜堪稱中國詞史上最優秀之二支巨擘。兩人的人生均遭重大擊，李清照是「喪夫之痛」，李煜則是「亡國之痛」。其後所作的詞，特別感人。

### 課文說明

　　【本詞】薄霧濃雲愁永晝[3]，瑞腦銷金獸[4]。

　　　　佳節又重陽，玉枕紗廚[5]，半夜涼初透。

　　　　東籬把酒黃昏後[6]，有暗香盈袖[7]。

---

1. 〈醉花陰〉：此詞調首見於北宋毛滂詞；此詞諸家版本分別題作〈九日〉、〈重陽〉、〈重九〉等。
2. 易安居士之「易安」，取自陶淵明之「審容膝之易安」之字詞。
3. 永晝：漫長的白天。
4. 瑞腦：即龍腦，一種名貴的香料；金獸：獸形的銅香爐。
5. 玉枕：光潔如玉的磁枕；紗廚：紗帳。

## 中國詩詞卷

莫道不銷魂[8]，簾捲西風[9]，人比黃花瘦。

**【翻譯】**一陣陣薄薄的霧，一層層厚厚的雲，這樣沉悶的天色，教人終日愁悶不樂。看著那瑞腦香氣從銅製獸形的香爐口升騰飄散。已經是重陽佳節，墊著玉飾的枕頭，躺在碧紗帳裡；到了半夜陣陣的涼氣，不時從紗帳中透入。黃昏時，在東邊籬下喝酒，幽微的香氣，侵滿了衣袖。別以為牽掛著人不會令人傷神落魄，當西風吹起簾子時，發覺原來我比屋外的黃色菊花還要消瘦呢！

**作品賞析**

此詞明寫女詞人深秋時節的悲寂孤獨之感，實則抒發對遠別丈夫趙明誠的相思之苦。但全篇無用一思字，卻處處皆能咀嚼出作者纏綿翻擾的愁緒。

全篇用句練字皆顯新穎輕巧，出人意表。尤其是「人比黃花瘦」一句，最為世人所稱頌。其實以花喻情並不少見，但其中卻鮮有如李清照一般，令人感到如此貼切透徹。

元伊世珍《瑯嬛記》云：「易安作此詞，明誠嘆絕，苦思求勝之，乃忘寢食三日夜，得十五闋，雜易安作以示友人陸德夫。德夫玩之再三曰，只有莫道不魂銷三句絕佳。」清陳廷焯《雲韶集》贊曰：「無一字不秀雅。深情苦調，元人詞曲往往宗之。」許寶善《自怡軒詞選》更是盛讚此詞：「幽細淒清，聲情雙絕。」

**問題討論**

一、請分析本詞的結構內容。

二、讀完本詞後，就情感層面，試說說你的心得感受。

---

6. 東籬：陶淵明〈飲酒〉詩有「採菊東籬下，悠然見南山」之句，後人便以「東籬」代指種菊的園地；把酒：持杯飲酒。
7. 暗香：幽香，此指菊花的香氣。
8. 銷魂：即銷魂，用以形容極度的愁苦。
9. 簾捲西風：即「西風捲簾」之倒裝句法；西風：秋風。

# 〈聲聲慢[1]〉

## 內容導讀

　　這是李清照的詞作名篇，膾炙人口。靖康之變南渡後，她飽嘗了人世淒涼的況味，其夫趙明誠病死了，復遭國破家亡，這就是她人生慘澹飄泊的開始。詞中透過對秋景的描繪，抒發了承受流離患難、暮年飄泊之苦。〈聲聲慢〉是她一生經歷憂患的總結，也反映了南渡以後的生活實況和精神面貌，描寫情境逼真，感情豐富，情緒迫切，從而表現了喪夫之悲與國破之痛。

## 作者介紹

李清照，見同前。

## 課文說明

　　【本詞】尋尋覓覓，冷冷清清，淒淒慘慘戚戚。

　　　　　乍暖還寒時候[2]，最難將息[3]。

　　　　　三杯兩盞淡酒，怎敵他晚來風急？

　　　　　雁過也，正傷心，卻是舊時相識。

　　　　　滿地黃花堆積，憔悴損，如今有誰堪摘？

　　　　　守著窗兒，獨自怎生得黑？

　　　　　梧桐更兼細雨，到黃昏、點點滴滴。

　　　　　這次第[4]，怎一個愁字了得！

　　【翻譯】心中不知道丟掉了什麼，我不斷地尋覓、再尋覓。只感

---

1. 聲聲慢：詞牌名；此調有平仄兩體。一題作「秋情」。
2. 乍暖還寒：指氣候常變換，忽暖忽冷。
3. 將息：休養。
4. 這次第：這許多情況。

到周圍一片冷清與寂寞，止不住悲戚、愁悶、淒涼。秋季忽冷忽熱的天氣，最難讓人調養、休息。飲進的幾杯薄酒，終究還是抵不住晚秋的寒氣。正在我傷心的時候，雁子從長空悠然飛過。那正是以前曾幫忙傳送信息，是我相識的雁子呀！滿地堆積著零落的菊花，也只能任其憔悴，我飽經憂患，人都已如菊花般地憔悴，現在哪有心思摘花呢？獨自守著孤窗，怎麼容易捱到天黑啊？到黃昏時，又下起了滴滴答答的細雨，一點點、一滴滴灑落在梧桐葉上。這一連串的光景，怎能用一個愁字說得完呢？

**作品賞析**

　　此詞應是作於李清照孀居之後，經歷國破、家亡、夫死、遇人不淑等不幸遭遇，以殘秋景象描述其中的血淚斑斑。內容展現出作者遭逢離亂的苦楚，以及憂患餘生的哀戚。

　　起首連下十四個疊字，是本詞最大的特色，足見作者之孤寂悽慘之深，也是最令人印象最深刻之句。上片抒寫秋晚雁過之際的傷心，下片則寫黃昏獨守之際的愁苦。全詞以賦為體，白描為骨，首尾呼應，間以六組意象加以層層轉進。全詞遣詞用字跌宕有致，雖以俗入詞，卻無失韻味，巧妙清新。

　　在語音上，這首詞是應〈聲聲慢〉調「拖陰裊娜，不欲輒盡」的聲腔。除了多用疊字外，如夏承燾《唐宋詞欣賞》指出：李清照還有意多用齒聲字、舌聲字。尤其是從「梧桐」句至結尾，「大多字裡，舌音、齒音交相重疊，是有意以這種聲調來表達她心中的憂鬱和悵惘。」

　　雖若如此，讀來卻毫無匠氣之味，通篇細膩婉麗，藝術價值極高。

**問題討論**

　　一、李清照的詞，前後期大有不同，試問其中有何轉變？

　　二、讀完本詞後，試以自己的方式描述作者所要表達的心境。

　　三、本詞引人步步深入咀嚼其幽苦之境，若你遭遇人生類似的苦況時，會以什麼態度去面對？

# 水龍吟

## 〈水龍吟[1]〉

### 內容導讀

　　這首詞是宋孝宗淳熙元年（一一七四年），辛棄疾再次到建康，任江東安撫使參議官，這是他年三十五歲時抒寫抑鬱情懷之名作，那落日、孤雁與寶刀，正像他的心境寫照。上片寫景抒情，描寫江南平蕪的秋色，喚起作者對身世寥落的慨嘆；下片直接言志，以抒發悲壯的情懷，寄託救國的悲慨。本詞除了有豐富的語言藝術感染力之外，作者強烈而深沉的愛國感情，也是他這首作品的成功之處。

### 作者介紹

　　辛棄疾（1140年～1207年），字幼安，號稼軒，歷城（今山東濟南歷城區遙牆鎮四鳳閘村）人，被譽為詞中之龍，為中國南宋詞人，現存詞六百二十六首，是兩宋現存詞最多的作家。他少年時曾參加北方的抗金起義，南歸後，做了幾任地方官。由於堅持抗金復國，因而遭到當政者的排斥，兩度被罷官後，便長期定居在上饒、船山，故詞中大多表現他主張抗金和南宋統一國家的愛國熱忱。

　　辛詞氣象宏偉，風格多樣，意境雄奇，常用比興寄託的手法，開拓了詞的疆域，提高了詞的表現力，成為南宋詞壇最傑出的代表作家之一。他與北宋的蘇軾有「蘇辛」之稱，被認為是豪放詞派的代表人物。

### 課文說明

　　【本詞】楚天千里清秋，水隨天去秋無際。

　　　　　遙岑遠目，獻愁供恨，玉簪螺髻[2]。

　　　　　落日樓頭，斷鴻聲裏，江南游子。

---

1. 〈水龍吟〉：詞牌名；詞調首見於北宋柳永的詠梅之作。
2. 玉簪螺髻：形容山峰高如簪髻。

把吳鉤看了³，欄干拍徧，無人會登臨意。

休說鱸魚堪膾，盡西風、季鷹歸未⁴？

求田問舍，怕應羞見，劉郎才氣⁵。

可惜流年，憂愁風雨，樹猶如此⁶。

倩何人⁷喚取，紅巾翠袖，搵英雄淚？

　　【翻譯】遼闊的南國秋空千里冷落淒涼，江水向天邊流去，秋天更無邊無際。極目遙望遠處的山嶺，只引起我對國土淪落的憂愁和憤恨，還有那群山像女人頭上的玉簪和螺髻。落日斜暉照著樓頭，失群孤雁的哀鳴中，一個寄居江南的遊子，把吳鉤的寶刀一看再看，拍遍樓頭的欄杆，又有誰能理解我登臨的這份意緒！即使秋風一起，便想起家鄉味美的鱸魚，但如今家鄉被占，盡管秋風又吹起，我又怎能夠像季鷹一樣棄官歸去。許汜只講求自己購置房舍田產，若見到像劉備這樣的英雄，恐怕要感到羞愧了吧！時光如流水，美好年華在國勢飄搖中逝去，正像樹木在在淒風苦雨中度過。誰能替我喚來披紅著綠的歌女，來擦乾英雄的眼淚！

---

3. 吳鉤：謂寶刀。
4. 「休說」兩句：據《晉書・張翰傳》載，張翰（字季鷹）在洛陽做官，見秋風起，因想到家鄉吳中的鱸魚等美味，遂棄官而歸。
5. 「求田」三句：《三國志．呂布傳》：「許汜言陳元龍豪氣不除。謂昔過下邳見之，元龍無主客禮，久不與語；自上大床，使客臥下床。劉備曰：「君有國士之名，今天下大亂，帝王失所，望君憂國忘家，有救世之意；而君求田問舍，言無可采，是元龍所諱也。何緣當與君語？如小人（劉備自稱），欲臥百尺樓上，臥君於地，何怛上下床之間邪！」此事亦載於《三國志・魏書・陳登傳》，許汜曾向劉備抱怨陳登看不起他，「久不相與語，自上大床臥，使客臥下床。」劉備批評許汜在國家危難之際只知置地買房，「如小人（劉備自稱）欲臥百尺樓上，臥君于地，何但上下床之間邪。」求田問舍，置地買房。劉郎，劉備。才氣，胸懷、氣魄。
6. 樹猶如此：《世說新語》：「桓公（溫）北征，經金城，見前為琅邪時種柳皆已十圍，慨然曰：「木猶如此，人何以堪！」攀枝折條，泫然流淚。」
7. 倩：請人代替幫忙的意思；音，ㄑㄧㄥˋ。

# 水龍吟

## 作品賞析

　　此抒寫登臨賞心亭時的家國之恨和身世之感，這是辛詞中愛國思想表現十分強烈的名作之一。

　　上片寫登遠眺望，觸景生情。詩人寓情於景，通過景物和動作描寫以表達自己的「愁」和「恨」。尤其是「落日」後的六句意境悲涼，形象地表現了英雄無用武之地的苦悶。陳廷焯《白雨齋詞話》評其：「落日數語，不減王粲《登樓賦》。」

　　下片則連用張翰、許汜、桓溫三個典故，迂迴曲折地訴說了他既不願歸隱江湖，更不屑求田問舍為個人經營，同時又為國勢飄搖，自己不能即時建功立業，白白地虛度大好光陰，而感到痛心疾首。

　　全詞風格沈鬱頓挫，意境悲壯而深曲，多用比興典故，含蓄地表達感情，實為典型稼軒風格。

## 問題討論

　　一、試分析這首詞的主旨。

　　二、本詞的章法結構是如何呈現的？試詳述之。

　　三、如果你身陷本詞中的情境，你會以什麼生命態度視之？

# 中國詩詞卷

## 〈虞美人〉

**內容導讀**

　　這首詞以聽雨的方式，從少、中、老三個時期聽雨的不同地點與心情，順序寫出少年、壯年、老年人生三部曲的各自特質，並感懷已逝的歲月，同時也反映了作者一生的歷程。從少年追逐歡樂的「紅燭昏羅帳」，到壯年在外忙碌的「江闊雲低，斷雁叫西風」，再到老年聽雨僧廬的「一任階前點滴到天明」，詞人已從「不知愁為何物」的年少輕狂，轉變為對世間悲歡了然於胸而處之淡然的老者了。

**作者介紹**

　　蔣捷（1245年～1301年），字勝欲，號竹山，學者稱竹山先生。他是宋末元初的詞人，出生陽羨（今江蘇宜興）。宋恭帝咸淳十年（1274年）進士，尚未一展長才，南宋便已覆亡，在元軍入侵江南的時期，尤其在南宋滅亡後，他被迫多次遷徙，生活非常不穩定，晚年則在太湖竹山定居，著有《竹山詞》。蔣捷的詞多承蘇、辛一路，風格多樣，格律形式運用自由，內容多為懷念故國之情，最著名的詞是本首〈虞美人〉。他與周密、王沂孫和張炎一起被稱為「宋末四大家」。

**課文說明**

　　【本詞】少年聽雨歌樓上，紅燭昏羅帳。
　　　　　壯年聽雨客舟中，江闊雲低，斷雁叫西風[1]。
　　　　　而今聽雨僧廬下，鬢已星星也[2]。
　　　　　悲歡離合總無情，一任階前點滴到天明。

　　【翻譯】少年時聽雨，是在歌樓上，伴著我的，是給燭光烘照得昏紅的羅帳。壯年時聽雨，是在勞苦奔走異鄉的船上，面對的是廣闊

---

1. 斷雁：失群的孤雁。
2. 星星：形容白鬢很多。

## 虞美人

的江面和低垂的雲，失群的孤雁在西風中哀鳴。而今的我，在僧廬下聽雨，兩鬢已花白。人世間種種悲歡離合，總是無情，再也不能鼓動我的情緒，只任憑點點滴滴的雨聲，在階前滴到天明。

**作品賞析**

　　此詞從「聽雨」這一獨特視角，表現了少年、壯年、晚年三個人生階段的不同境遇、況味與感受。作者通過時空的跳躍，依次推出了三幅「聽雨」的畫面，而將一生的悲歡歌哭滲透、融匯其中。

　　上片寫少年在歌樓上沉醉，十分綺麗風光。壯年奔波打拼，在漂泊不定的客船上聽雨聲，感受江闊雲低，西風零雁，不勝行役之苦。下片寫晚年在僧廬聽雨，白髮已蒼蒼。這是參透人生之後，對於悲歡離合能泰然淡定處之，唯有任由雨滴自然滴到天明。

　　這篇是作者以形象而又概括的手法描摹人生，寫少年時期的血氣方剛、耽於逸樂；中年階段，為了拼搏事業，往往吃盡離家奔波之苦；晚年則進入圓融安泰之境，平靜無波。全篇讀來形象清晰深刻，將每個時段的神情心境唯妙唯俏地完整描繪，充分表現了高妙卓絕的藝術。

**問題討論**

　　一、說明本詞作者蔣捷少年、中年、老年三個時期不同的心境。

　　二、說說你現在這個時期的感受與對生命的看法。

# 中國詩詞卷

## 〈揚州慢[1]〉

### 內容導讀

　　這首詞是姜夔二十二歲時所寫的自度曲，描寫目睹揚州城遭受金人掠奪後的淒涼景象，真切地反映了兵劫後揚州的殘破荒涼，引發哀時傷亂之情，抒寫深沈的故國之思，揭露了金統治者的侵略暴行。

　　詞的起筆由揚州勝景入手，以應題名，上片從自己的行蹤入題，然後描寫揚州劫後殘破、衰敗的景象。下片多化用杜牧詩句，寫出對揚州城戰亂後冷清景象的驚訝與悲涼，來抒寫詞人憶昔傷今的感慨。全詞關鍵全在時空的轉移，所勾起的感慨今昔，其在藝術表現上的一個顯著特點，是以景現情，所寫景物帶有濃厚色彩的景中含情，化景物為情思。

### 作者介紹

　　姜夔（1155年～1221年），中國南宋詞人。字堯章，號白石道人，饒州鄱陽（今江西省鄱陽）人。一生沒有做過官，常漫遊於蘇、杭、揚、淮等地，寄食於名公仕宦之間。姜夔工詩詞曲，詩風奇秀，詞承襲周邦彥的詞風；一方面重視音調的諧婉及意境清空峭拔，格調高遠，辭句精煉，風格不庸俗，他的詞對於南宋後期詞壇的格律化有巨大的影響，形成南宋格律為主的詞派，也是南宋格律派詞人的代表。《四庫全書》：「夔詩格高秀，為楊萬里等所推，詞亦精深華妙，尤善自度新腔，故音節文采，並冠一時。」

### 課文說明

　　【**本詞**】淳熙丙申至日，余過維揚。夜雪初霽，薺麥彌望。

　　　　入其城則四顧蕭條，寒水自碧，暮色漸起，戍角悲吟；余懷愴然，感慨今昔，因自度此曲。千岩老人以為有黍

---

1. 揚州慢：詞牌名；姜夔自製曲；又名《郎州慢》。

## 揚州慢

離之悲也。

【翻譯】淳熙丙申冬至這一天，我路過揚州。夜雪初停，蕎麥長得無邊無際。進城之後，到處一片蕭條景象，寒水綠綠的，暮色漸漸籠來，戍樓中傳來令人感傷的軍中號角。我的心情受到此時此景的影響，悲愴感傷，生出無限的感慨，於是自創這首詞曲。蕭德藻看了，認為有〈黍離〉的亡國之痛。

【本詞】淮左名都，竹西佳處[2]，解鞍少駐初程。

過春風十里[3]，盡薺麥青青。

自胡馬窺江去後[4]，廢池喬木，猶厭言兵。

漸黃昏，清角吹寒，都在空城。

【翻譯】揚州是淮河南面著名的都會，是竹西亭所在的風光優美的城市，我第一次路過這裡，下馬暫作歇息。走過在杜牧筆下曾經是「春風十里」的街道，看到的盡是青青的薺菜和麥苗。自從金兵南下侵擾之後，廢毀的池臺和殘存的古樹也厭惡談到戰爭。逐漸進入黃昏時刻，淒清的號角聲在空城中迴盪，打破原本的寒冷和寂靜。

【本詞】杜郎俊賞[5]，算而今、重到須驚。

縱豆蔻詞工，青樓夢好[6]，難賦深情。

二十四橋仍在[7]，波心蕩、冷月無聲。

---

2. 竹西：在此指揚州。竹西亭，在揚州城北五里，為揚州名勝之一。唐朝杜牧〈題揚州禪智寺〉詩：「誰知竹西路，歌吹是揚州。」宋人於此建竹西亭。
3. 春風十里：杜牧詩：「春風十里揚州路。」這裏用「春風十里」代指揚州路。
4. 胡馬窺江：高宗紹興三十一年（西元1161年），金主完顏亮南下侵宋，揚州復遭戰火。
5. 杜郎：指唐杜牧。
6. 青樓：妓院。杜詩：「十年一覺揚州夢，贏得青樓薄倖名。」

念橋邊紅藥[8]，年年知為誰生！

**【翻譯】** 杜牧雖然能賞識揚州的勝景，如果現在重遊此地，也會為揚州的變化而感到震驚。縱然他有才能寫出「荳蔻梢頭二月初」和「贏得青樓薄倖名」的詩句，但也難以表達此時的悲愴之情。杜牧筆下的二十四橋仍然存在，水波蕩漾，冷月淒清。想想橋邊的紅芍藥花年年開，但它又是為誰而生長的呢！

**作品賞析**

鄭文焯曰：「紹興三十年，完顏亮南寇，江淮軍敗，中外震駭，亮尋為其臣下殺於瓜州。此詞作於淳熙三年，寇平已十有六年，而景物蕭條，依然有廢池喬木之感，此與〈淒涼犯〉同屬江淮亂後之作。」

上片寫景，從實處入筆。「淮左」三句敘寫作者路經揚州時，於竹西亭駐馬流連。更以「名都」二字強調揚州在江淮地位之重要性，令人聯想到漢景帝時，吳王劉濞封國的廣陵故城之興盛和唐代「春風十里揚州路」的繁華景象。下片設想當年在揚州有過許多風流韻事的杜牧，面對著今日此斷崖殘壁，恐怕也寫不出豔麗絕倫的詩句傳世。全篇譬喻得當，生動切題。陳廷焯《白雨齋詞話》評曰：「每於抑鬱中饒蘊藉。」

**問題討論**

一、請分析這首詞的情境，試詳述之。

二、本詞「寓情於景，情景交融」，除了有豐富的情感之外，用文字描寫出來的景物，也具有畫面感，請你試著寫出這種風格的詩作來。

三、請說明這首詞使用哪些典故。

---

7. 二十四橋：《一統志》：「揚州二十四橋，在府城西，隋置。」清李斗《揚州畫舫錄》：「二十四橋，一名紅藥橋，即吳家磚橋，古有二十四美人吹簫於此，故名。」
8. 紅藥：芍藥花。

岳鄂王墓

## 第三節、元詩選

本單元列舉：趙孟頫〈岳鄂王墓〉與虞集〈院中獨坐〉二首賞析如下：

### 〈岳鄂王墓[1]〉

**內容導讀**

岳飛是南宋精忠報國的孤臣孽子，本詩追憶了當時南宋的執政者殺害岳飛的歷史悲劇，這裏透過岳飛墓來憑弔。歷史上的十二道金牌，以「莫須有」罪名斷送了大宋王朝可能北伐的希望，也毀滅了一個英雄的豪情壯志。

岳飛墓在杭州西湖棲霞嶺下。宋亡後，趙孟頫經過杭州西湖，拜謁岳飛墓，寫下了這首七言律詩。此詩作者對岳飛表達深深的悲悽之情，對南宋君臣的苟且偷安也感到憤恨，另一方面也透過岳飛的冤死，抒發自己面對國破家亡時又寄身他鄉的悲憤之情。

**作者介紹**

趙孟頫（1254年～1322年），字子昂，號松雪，別號鷗波、水精宮道人等。吳興（今浙江湖州）人，出身於宋朝宗室，是宋朝秦王趙德芳的後代。元代官宦，書畫家。宋亡後，程鉅關推薦他，出仕於元朝，官刑部主事，累官至翰林學士，榮祿大夫，死後晉封魏國公，諡文敏。其詩作有《松雪齋集》；書法獨創「趙體」，對後代書法藝術影響很大；篆刻以「圓朱文」著稱；畫法上也有獨創性，首次提出書畫用筆相同的理論。趙孟頫在詩、書、畫、印上都有很高造詣。

---

1. 鄂王：岳鄂王即岳飛；岳飛於宋高宗紹興十一年十二月被害。宋孝宗時，岳飛的孫子岳珂上書為其祖伸冤得到昭雪，寧宗時追封為鄂王。

中國詩詞卷

## 課文說明

【本詩】鄂王墳上草離離[2]，秋日荒涼石獸危[3]。

南渡君臣輕社稷[4]，中原父老望旌旗[5]。

英雄已死嗟何及，天下中分遂不支[6]。

莫向西湖歌此曲，水光山色不勝悲！

【翻譯】岳飛墓上野草繁茂，高聳的石獸在秋日下顯得肅穆悲涼。南渡君臣苟且偷生，輕忽社稷，中原父老卻還在盼望著王師的旌旗。英雄已被害死，嗟嘆後悔也來不及了，天下因此被金人中分，以至於最後南宋滅亡了。對岳飛的憑弔就此打住，不要再向西湖吟詠這首詩歌了，即便是山水也難以承受這樣的悲痛啊！

## 作品賞析

趙孟頫詩以七言最工，技巧純熟，流轉自如。這首七律《岳鄂王墓》是其代表作之一。

首二句「鄂王墳上草離離，秋日荒涼石獸危。」寫詩人來到西子湖畔岳飛墓前憑弔時，只見岳墳上長滿荒草，墓前石馬石獅在蕭瑟秋風中依然高踞屹立。面對著岳墳，詩人無限感嘆。遙想當年，英雄征戰沙場，奮勇浴血，卻毀於昏庸皇帝與奸臣秦檜。讓「莫須有」之罪名，扼殺了一位足以改變社會歷史的英雄。

這首詩從岳墳生發，抒發感慨。從景起，以情節，對仗工整，起

---

2. 離離：繁茂的樣子。
3. 石獸危：石獸，指岳飛墳前所置的石馬、石羊、石象等；危，高的意思。
4. 社稷：古代帝王、諸侯所祭的土神和穀神，後人用以指國家。
5. 旌旗：這裏是指南宋北伐軍。
6. 「天下」句：指說岳飛一死，南北對峙的局面無法支撐多久，南宋最後還是滅亡了。

## 岳鄂王墓

承轉合極有規則。

　　末二句「莫向西湖歌此曲，水光山色不勝悲」，寫下詩人將無限哀愁埋進心底的想法，使人在面對西湖的無限風光時，卻內心悲慨。陶宗儀《輟耕錄》云：「題岳王墓詩不下數百篇，以趙孟頫此首最膾炙人口。」

## 問題討論

　　一、本詩作者在詩中表達了什麼樣的情感，試分析之。

　　二、本詩的前兩句道出了岳飛墓前什麼樣的景象？

　　三、這首詩寫出之後，對西湖可能產生怎樣的影響？

# 中國詩詞卷

## 〈院中獨坐〉

**內容導讀**

　　江南是虞集從小生長之地，但仕宦生涯又使虞集不得不留在北方的大都（今北京）。他在晚年曾屢次請求調回南方，但終不獲允許，鄉關之思由此而愈加濃烈。此詩正反映他的這種鄉愁和苦楚的心理。對於身不由己的無奈，而想歸於寧靜平淡的心情，完全呈現在這首詩裡，語句簡要平暢，但其中又飽含深深的感嘆，題中稱「獨坐」即可看出作者心情的落寞。

**作者介紹**

　　虞集（1272年～1348年），字伯生，號邵庵。祖籍仁壽（今屬四川省眉山市仁壽縣）。宋末，為避戰亂，隨父遷至臨川崇仁（今屬江西），元代文學家。虞集自小聰敏，戰亂流離之際，其母楊氏口授《論語》、《孟子》、《左傳》。元成宗大德元年（1297年）至大都，任大都路儒學教授，累遷秘書少監。仁宗時，擔任集賢院修撰。文宗時，任奎章閣侍書學士。卒諡文靖。虞集為元代著名理學家之一，與揭傒斯、范梈、楊載齊名，被譽為元詩四大家，人稱邵庵先生。

**課文說明**

　　【本詩】何處它年寄此生，山中江上總關情。

　　　　　　無端繞屋長松樹，盡把風聲作雨聲。

　　【翻譯】我這個身子將來要寄寓在哪裏呢？哪怕是隱居山中或是浪跡江湖，都不能忘卻江南鄉關之情。繞屋而生長的松樹已經高大，可見我居住京師夠久了。松樹迎風發聲，讓我錯以為聽到江南的雨聲。

# 院中獨坐

## 作品賞析

　　本首詩題為「獨坐」，傳達出濃厚的鄉愁，是虞集長期在京師，請求歸去江南卻不成，不僅對江南的江山景物關情，即使是北方的草木入眼入耳作聲都會使他聯想到江南的江濤雨聲，「盡把風聲作雨聲」，可見詩人的鄉關之思已使他進入癡迷的狀態。

　　詩題為〈院中獨坐〉，含有深刻的孤獨和寂寞的意思，從松風中找到寄託的對象，並從風聲的傾聽中聽出江南春雨的消息，其內心的痛楚也超越他個人內心的疆域，成為世人可以共鳴的故土家園意識，從而傳達出「獨坐」的神髓。全篇讀來言簡意深，於平淡的字句中，嗅出強烈的無奈與落寞。

## 問題討論

　　一、這首詩的主旨為何？試分析之。

　　二、作者在此詩中表達了濃厚的懷鄉之情，你是否也會有類似的際遇感受？

中國詩詞卷

# 第四節、元詞選

本單元列舉：元好問〈摸魚兒〉與元好問〈鷓鴣天〉二首賞析如下：

## 〈摸魚兒〉

**內容導讀**

此篇是由作者寫過的〈雁丘詞〉改定而來。作者在本詞中的小序中提說：「當他去太原赴試時，看見一隻雁被人射殺了，另一隻雁自己撞地殉情而死」，全篇都圍繞著「情」來發展，一層一層的深入，雖然名為悼雁，實是悼人。而通過雁的「生死相許」，來對殉情者加以讚許，這首詞歌頌了忠貞的愛情，其情至死不渝，感人至深。句首二句「問世間，情是何物，直教生死相許？」更是千古名言，也為人誦不絕口。

**作者介紹**

元好問（1190年～1257年），字裕之，號遺山，山西秀容（今山西忻州）人，世稱遺山先生，為金、元之際著名文學家。元好問之文繼承唐宋大家傳統，其作品風格剛健、清雋、弘肆，缺點是「往往自蹈窠臼」。他是金代唯一傑出詩人及詞人，有《遺山集》、《遺山樂府》傳世，也有一些詩篇生動反映了當時的社會動亂和百姓苦難，如〈岐陽〉、〈壬辰十二月車駕東狩後即事〉，沉鬱悲涼，追蹤老杜，堪稱一代「詩史」。其寫景詩，表現山川之美，意境清新，膾炙人口。

**課文說明**

【本詞】問世間，情是何物，直教生死相許？

　　　　天南地北雙飛客[1]，老翅幾回寒暑[2]。

---

1. 雙飛客：雙飛的大雁。

## 摸魚兒

歡樂趣，離別苦，是中更有癡兒女[3]。

君應有語：渺萬里層雲，千山暮雪，隻影為誰去？

【翻譯】請問人世間的情究竟是什麼東西？簡直是令人以死相許諾。南來北往的大雁總是雙雙飛翔。牠們在一起不知度過了多少個寒暑春秋。在一起時是多麼歡樂，而離別是多麼痛苦。其中更有特別深愛而殉情的孤雁。殉情的雁啊，你應有話要說：渺茫萬里層層的雲層中，千重萬座的山峰的暮雪中，教我一身孤影，飛向何方呢？

【本詩】橫汾路[4]，寂寞當年簫鼓[5]。荒煙依舊平楚[6]。

招魂楚些何嗟及[7]，山鬼暗啼風雨。

天也妒。未信與、鶯兒燕子俱黃土。

千秋萬古，為留待騷人[8]，狂歌痛飲，來訪雁丘處[9]。

【翻譯】在這汾水一帶，當年本是帝王遊幸歡樂的地方，現在已是一片荒涼，只餘煙樹平林。即使是招魂嗟嘆哭泣也已經來不及，只能像山鬼一樣於風雨之中呼喊。大雁的殉情故事將會引起上天的嫉妒。我不相信這一對大雁會像一般的鶯兒燕子一樣，化為一堆不為人知的黃土。在千古歲月裡，詩人墨客還會用詩篇歌頌牠們，為牠們狂歌痛飲，到雁丘這個地方來憑弔悼念。

---

2. 老翅：飛行資歷較多的大雁。
3. 「是中」句：指雁中有特別深情的；癡兒女：指殉情而死的孤雁。
4. 橫汾路：汾水邊上；汾水在山西省。
5. 簫鼓：漢武帝〈秋風辭〉中有「簫鼓鳴兮發棹歌」。
6. 平楚：平林。楚，是樹木叢生的意思。
7. 「招魂」句：〈招魂〉為《楚辭》篇名，屈原所作；楚些：楚地舊俗句尾均用「些」字，故用以代《楚辭》；些，語助詞。何嗟及，語出《詩經·國風·王風》：「啜其泣矣，何嗟及矣。」表示現在哭泣已經來不及了。
8. 騷人：詩人。
9. 雁丘：埋葬雙雁的地方。

## 作品賞析

　　此篇由作者寫過的〈雁丘詞〉改定而來。全篇都圍繞著情來發展，一層層的深入，雖名為悼雁，實際上也是悼人。而通過雁的生死相許，來對殉情者加以讚許，為人世間的癡情兒女一灑同情及敬佩之淚。

　　上片劈頭凸發奇問，欲喚起世人對至情的關注，凸如其來，先聲奪人，為下文描寫雁的殉情蓄積能量，也使大雁殉情的內在意義得以昇華。下片借助於對歷史勝跡的追憶與對眼前自然景物的描繪，渲染大雁殉情的悲悽。片尾作者展開想像，以對殉情大雁的禮讚作結。

　　作者馳騁豐富的想像，運用比喻、擬人等藝術手法，對大雁殉情而死的故事，展開了深入細緻的描繪，再用充滿悲劇氣氛的環境描寫加以烘托，塑造了忠於愛情、生死相許的大雁藝術形象，譜寫了一曲淒婉纏綿、感人至深的愛情悲歌。

　　明代・湯顯祖《牡丹亭・題詞》：「情之所至，生可以死，死可以復生。生不可以死，死不可以生者，皆非情之至也。」這首詞名為詠物，實為抒情。

## 問題討論

　　一、請談談本詞作品的創作歷程。

　　二、讀完本詞後，請問你對於男女愛情有怎樣的看法？

# 鷓鴣天

## 〈鷓鴣天〉

### 內容導讀

這是作者於金朝滅亡之後的作品,全詞充滿了憤恨不平,因無法解愁,只好借酒澆愁,醒了又醉,醉了又醒。詞中以屈原的憔悴,阮籍的佯狂自喻,形容自己就像屈原一樣憔悴可憐,就算把〈離騷〉都讀遍了,還是無法解悶,描述其心情極為無奈,最後作者認為,與其那樣憔悴,倒不如像阮籍一樣放浪於山水之中。

### 作者介紹

元好問,見同前。

### 課文說明

【本詞】只近浮名不近情,且看不飲更何成。

三杯漸覺紛華遠[1],一斗都澆塊磊平[2]。

醒復醉,醉還醒。靈均憔悴可憐生[3]。

〈離騷〉讀殺渾無味[4],好個詩家阮步兵[5]。

【翻譯】自己雖略有虛名,實際上不熱中於此。然而,有好酒當前卻不飲用,還等到何時。喝下三杯後,便覺得榮華富貴漸漸離我遠去,喝完一斗後,胸中不平之氣都澆平息了。醒了又醉,醉了又醒。覺得自己就和屈原一樣憔悴可憐。讀盡〈離騷〉後覺得全然無味,並不能解悶。倒不如像詩人阮籍,肆狂飲酒,放浪山水之中。

---

1. 紛華:指榮華富貴。
2. 塊磊:胸中不平之氣。
3. 靈均:屈原字。
4. 殺:同「煞」。
5. 阮步兵:指阮籍,魏末晉初人,竹林七賢之一。

## 中國詩詞卷

**作品賞析**

　　這是一首借酒消愁、感慨激憤的小詞，蓋作於金朝滅亡後。當時，元好問作為金朝孤臣孽子，鼎鑊餘生，滿腹悲憤，不得不借酒澆愁，排遣煩悶。

　　詞的上片四句，表述了兩層意思。前兩句為一層，是說只近功名榮祿等浮名而不飲酒，也未必有其成就。這種想法來自元朝吞滅金朝的事實擺在眼前，他卻無法力挽狂瀾於既倒。此詞上片後兩句第二層意思，便是對酒的功效加以讚頌：「三杯漸覺紛華遠，一斗都澆塊磊平。」「紛華」，指世俗紅塵。詞人說，三杯之後，便覺遠離塵世。然後再用「一斗」句遞進一層，強烈表現酒的作用和自己對酒的需要。

　　下片「靈均」三句，將屈原對比，就醉與醒，飲與不飲立意，從而將滿腹悲憤，更轉深一層。其實詞人並非真正責斥屈原，而是對這種「眾人皆醉我獨醒」的無奈感到悲憤無比，心情鬱悶難以排遣，因此才寫出不如像阮籍般狂肆飲酒、縱情山水這樣的詞句來。

　　此詞韻味無窮，以血淚鑽鑿出深刻的詞句，讀來令人同感憤慨。

**問題討論**

　　一、本詞內容在說明什麼，試說明之。

　　二、曹操〈短歌行〉中說：「何以解憂，唯有杜康。」請問你對於此主張有何看法？

　　三、若你遇上人生不平處，會用何種方式抒解？

# 雙調・夜行船・秋思

## 第五節、元曲選

本單元列舉：馬致遠〈雙調・夜行船秋思〉、關漢卿〈四塊玉〉、張養浩〈山坡羊・潼關懷古〉，以及白樸〈沉醉東風・漁父〉等四首賞析如下：

### 〈雙調[1]・夜行船[2]秋思[3]〉

**內容導讀**

本詩選自《東籬樂府》。這是一套嘆世組曲，是曲聖馬致遠的代表作，全套共由七首曲組成。這套曲題為「秋思」，主旨在說明人生如夢，富貴無常，人的生命都是有限的，人生百年就如春夢一場，令人引起無限的傷感情懷，不妨斷絕名利、是非，享受山水田園，逍遙自適，欣賞秋景，享受隱居自娛的生活。在這套散曲裡，作者流露了不少出世的思想，他也寫過不少以「神仙道化」為題材的雜劇，這些都和他的身世有關。

這首曲對偶工整，用字雅正，風格豪放，借景抒情。元人周德清曰：「此方是樂府，不重韻，無襯字，韻險，語俊」，評為一代之冠，並許為「萬中無一」難得之作，其後明、清作家不乏和韻之作。

**作者介紹**

馬致遠（1250年～1321年），字千里，號東籬。自幼飽讀詩書，青年時期仕途坎坷，中年中進士，曾任江浙行省官吏，後在大都（今北京）任工部主事。他曾參與「元貞書會」，才華出眾，人稱「曲狀元」

---

1. 雙調：宮調名，常用於套曲，小令不單獨使用。
2. 〈夜行船〉：曲牌名，又名「停舟」；此曲慨嘆人生多變，宜及時行樂。
3. 秋思：秋意的冷清蕭索，最容易引人傷懷；作者以此說明生命無常，宜及時隱退。

或「曲聖」。馬致遠與關漢卿、鄭光祖、白樸並稱「元曲四大家」，著雜劇十五種，今存《漢宮秋》等七種，其藝術成就非常傑出，是中國元代著名大戲劇家、散曲家。作品以反映退隱山林的田園題材為多，風格兼有豪放、清逸的特點，其散曲多抒發懷才不遇之感，為曲壇豪放派的代表作家。

**課文說明**

### 〈夜行船〉

【本曲】百歲光陰一夢蝶[4]，重回首往事堪嗟。今日春來，明朝花謝，急罰盞夜闌燈滅[5]。

【翻譯】人生百年，但卻短暫得有如莊周夢蝶，重新回首往事，只能嗟嘆而已。今日春意來到，明早花兒卻又凋謝了，趕緊喝杯酒，否則夜深時燈就要滅了。

### 〈喬木查〉[6]

【本曲】想秦宮漢闕[7]，都做了衰草牛羊野。不恁麼漁樵沒話說[8]。縱荒墳橫斷碑，不辨龍蛇[9]。

【翻譯】想那秦漢時代的宮殿和陵闕，如今變成荒草滿地，牛羊遍野，若不這樣，樵夫漁父就沒有歷代興亡的閒話可說。縱使荒墳上橫躺斷殘的墓碑，但是字跡模糊，已經難以辨認，也無法得知墓裡埋

---

4. 夢蝶：語出《莊子・齊物論》：「昔者莊周夢為胡蝶，栩栩然胡蝶也。自喻適志與？不知周也。俄然覺，則蘧蘧然周也。不知周之夢為胡蝶與？胡蝶之夢為周與？」此則指人生百年，猶如夢境一場。
5. 罰盞：指喝酒；古人常有罰人喝酒的遊戲規則。
6. 〈喬木查〉：曲牌名；又名銀漢浮槎。此曲言帝王功業終歸成空。
7. 秦宮漢闕：秦、漢時代的宮殿和陵闕。
8. 恁麼：如此。
9. 龍蛇：比喻賢愚；古人以龍蛇形容秦漢古文字，此言碑上的字跡。

## 雙調・夜行船・秋思

葬的是聖賢或是庸人。

### 〈慶宣和〉[10]

【本曲】投至狐蹤與兔穴[11]，多少豪傑！鼎足雖堅半腰裡折[12]，魏耶？晉耶？[13]

【翻譯】昔年的英雄豪傑，如今他們的墳墓都成了狐狸和兔子的巢穴。三國鼎立的時代，雖有如銅鼎的腳那麼堅固，但是遭遇魏國所滅，魏又被晉奪取天下。

### 〈落梅風〉[14]

【本曲】天教富，莫太奢，無多時好天良夜[15]。看錢奴應將心似鐵[16]，辜負了錦堂風月[17]？

【翻譯】上天讓你富有，別太奢華無度，因為沒有永恆不變的好日與好夜。守財奴硬是把心腸冷酷似鐵，辜負了溫馨的華堂與自然的風月美景。

### 〈風入松〉[18]

【本曲】眼前紅日又西斜，疾似下坡車。不爭鏡裏添白雪[19]，上床

---

10. 〈慶宣和〉：曲牌名；此曲言英豪功業亦隨時光而變。
11. 投至：等到之意，為元人俗語。
12. 鼎足雖堅半腰裡折：指魏、蜀、吳三國鼎立，看似堅固，都逃脫不了半途失敗的命運。
13. 魏耶？晉耶？：魏，曹丕所建（220～265）。晉，司馬炎篡魏所建（265～420）。
14. 〈落梅風〉：此曲言富者往往過於奢華，守財奴往往過於冷酷。
15. 沒多時好天良夜：好景不會常在。
16. 心似鐵：冷酷而且吝嗇。
17. 錦堂：溫馨華貴的廳堂；風月，自然的風月美景。
18. 〈風入松〉：曲牌名；此曲寫人生之感想。
19. 不爭：不料之意。

與鞋履相別。休笑鳩巢計拙[20]，葫蘆提一向裝呆[21]。

【翻譯】眼前炙紅的太陽又將西落，快得有如下坡行駛的車子。想不到鏡裡的自己，鬢邊又增添了白髮，上了床跟鞋子告別，明日是否還能夠再穿上它呢。不要笑鳩鳥不會築巢，牠是馬馬虎虎一段時間裝得笨傻罷了。

### 〈撥不斷〉[22]

【本曲】名利竭，是非絕。紅塵不向門前惹，綠樹偏宜屋角遮。青山正補牆頭缺[23]，更哪堪竹籬茅舍[24]。

【翻譯】功名利益竭盡了，是是非非也斷絕了。人世的紅塵俗世不招惹向自家門來，綠樹偏偏適宜遮蔽屋角，青翠蒼山正好補足了牆頭缺損的部分，更何況我住的是詩情畫意的竹籬茅舍？

### 〈離亭宴煞〉[25]

【本曲】蛩吟罷一覺才寧貼[26]，雞鳴時萬事無休歇。爭名利何年是徹[27]。看密匝匝蟻排兵[28]，亂紛紛蜂釀蜜，急攘攘蠅爭血。裴公綠野堂[29]，陶令白蓮社[30]。愛秋來時那些[31]：和露摘

---

20. 鳩巢計拙：斑鳩不善築巢，常佔據喜鵲之巢居住；比喻即使不善營生，卻能隨遇而安。
21. 葫蘆提：糊糊塗塗之意。
22. 〈撥不斷〉：曲牌名，又名〈續斷弦〉；此曲言看破世情，能以隱居為生。
23. 「青山」一句：牆頭缺空之處正可見到青山之美。
24. 更那堪：更何況。
25. 〈離亭宴煞〉：即〈離亭宴帶歇指煞〉；〈離亭宴〉，曲牌名；煞：尾聲，為套曲的最後一曲；此曲慨嘆人生勞苦，宜珍惜晚年，不必再為世俗之應酬而浪費時光。
26. 蛩吟：蟋蟀鳴聲；寧貼：安心、安寧之意。
27. 徹：完結、完盡之意。
28. 密匝匝：緊密圍繞；急攘攘：急忙紛亂的樣子。
29. 裴公綠野堂：唐裴度，德宗貞元進士，憲宗時，因平淮西、蔡州有功，

## 雙調・夜行船・秋思

黃花，帶霜烹紫蟹，煮酒燒紅葉。想人生有限杯，渾幾個重陽節[32]。囑咐俺頑童記著[33]：便北海探吾來[34]，道東籬醉了也[35]。

【翻譯】蟋蟀鳴叫停了，睡覺才得安寧，雞鳴人醒之後，萬事又無休止地襲來。何年才能通徹世間爭名奪利之事呢？看螞蟻密集排列，蜜蜂雜亂無序地採花釀蜜，蒼蠅急忙紛亂地相爭食血。裴度的綠野堂、陶淵明的白蓮社，他們看破俗事而能自得其樂。喜歡秋天來時的那些事：摘採沾著露水的菊花，烹煮帶有霜氣的紫蟹，燃燒紅葉來煮酒。思索人生在世，能喝幾杯酒是有限的，一生又有幾次重陽可度呢？吩咐我那頑皮的童子幫我記著，即使有人從北海來探望我，也轉告他馬東籬（即馬致遠自稱）已經喝醉了。

## 作品賞析

馬致遠有套曲十七套，以〈雙調・夜行船・秋思〉此套最著名。此一套數由七支曲牌組成，首曲為〈夜行船〉，尾聲為〈離亭宴帶歇指煞〉，中間夾有五支正曲。

此套曲的主旨為人生如夢，短暫易逝，奉勸世人及早醒悟，勿爭名奪利，應尋找真正的生命意義，把握時光，及時行樂。作者既揭露

---

封晉國公。文宗朝致仕，於東部洛陽午橋建綠野堂別墅，與白居易、劉禹錫等名士交往甚樂，不過問世事。
30. 陶令白蓮社：東晉陶淵明，曾為彭澤令。時高僧慧遠，集僧徒慧永、慧持等十八人，結社於廬山東林寺，禮佛誦經，同修淨土。因寺中多植白蓮，故稱白蓮社。陶潛既與慧遠為友，常往返廬山，此處是說陶潛甘心退隱，結識方外之交而自得其樂。
31. 那些：指菊花、紫蟹與酒。
32. 渾：總共。
33. 記著：記住。
34. 北海：漢郡名，在山東東部；孔融曾為北海相，性好客，常說：「座上客常滿，樽中酒不空」。
35. 東籬：馬致遠自號。

了昏暗、汙濁的現實，也表現了自己不願同流合污的高傲性格。

第一支〈夜行船〉總括全篇要旨，感嘆人生如夢，應及時行樂。「百歲光陰一夢蝶」一句即明確點出了人生虛幻，回首前塵，不禁長嗟短嘆的心情。以「急罰盞」借喻人到晚年，便會隨時步向死亡，有如燈火熄滅，故用了「急」字。第二支〈喬木查〉意在借古諷今，借秦漢王朝曾有豪華的宮殿陵闕，如今化為荒煙蔓草，說明古來盛衰的無常，凸顯帝王事業的虛幻。第三支〈慶宣和〉接著前一支寫，加深了古今興亡的感慨。第四支〈落梅風〉諷刺當時富戶、守財奴。第五支〈風入松〉撇開守錢奴，說到自己處世的態度。第六支〈撥不斷〉寫自己所住的竹籬茅舍的風光，以及處世淡薄的志趣。第七支〈離亭宴煞〉總結全套，仍用對比的手法寫出自己和爭名奪利者迥然不同的生活。

此套曲結構嚴謹，首尾呼應，層次分明，情景交融，運用白描手法寫景，以比喻、典故、對偶等將詞句豐富化，且音韻鏗鏘、用律精審，不愧被譽為元曲最偉大的作品。

**問題討論**

一、元曲的多數作家都隱居自娛，有著濃厚的道家情懷。請問你對此有什麼看法？

二、試說明曲跟詞的風格有何不同？

三、散曲依體裁分為小令和散套兩種，試分析其不同？

# 〈四塊玉〉

## 內容導讀

　　本篇小令選自元散曲。小令均為單調，大多在六十字以內。南北曲牌皆有〈四塊玉〉，關漢卿之作屬北曲、南呂宮。在這首曲裡，表達了他想過著退隱山林的生活。陶淵明身處亂世，雖然曾為衣食生計而出仕彭澤縣令，但不久便「不為五斗米折腰」而斷然退隱，過著耕種的生活；謝安在出仕以前曾在東山和王羲之等友人共同遊山玩水，後雖然官至宰輔，仍不時有歸返東山之志。本詩開頭的「南畝耕，東山臥」，就是想學陶淵明和謝安悠然自在之生活。

## 作者介紹

　　關漢卿（約1246年前後～？），號一齋，晚年又號「己齋叟」，解州（今山西運城）人，「元曲四大家」之一。生平事跡不詳，根據《錄鬼簿》、《青樓集》、《南村輟耕錄》一些零碎的資料來看，他是金末元初人，約活躍於1210年至1300年（元成宗大德）間。與白樸、馬致遠、鄭光祖並稱「元曲四大家」。所著雜劇達六十餘種，今人吳曉鈴等編校關漢卿劇曲集尚存錄十八種，對元代雜劇的形成和發展有傑出的貢獻。

## 課文說明

　　【本曲】南畝耕[1]，東山臥[2]。世態人情經歷多[3]。閒將往事思量過[4]，賢的是他[5]，愚的是我[6]，爭什麼？

---

1. 南畝：泛指南邊的農田；耕：翻土播種。
2. 東山：山名；晉謝安早年隱居於此；又臨安、金陵均有東山，亦為謝安遊憩之地，因以東山指隱居之地。
3. 世態：人世間的情態；人情：人心、世情；經歷：閱歷。
4. 閒：安閒的時候；往事：過去的事；思量：考慮。
5. 賢：德才兼備。

**【翻譯】**在南邊的農田翻土播種，在東山的遊憩之地躺著休息。經歷過多少世態人情，仔細將往事思量一遍，賢明的總是他們，愚笨的是我，這樣還有什麼好爭的呢？

**作品賞析**

關漢卿可以說是本色派的代表。他的身世，傳說很多，只知道他是金末元初的人，天份很高，性格豪邁，作品以自然為主，絕不故意雕琢，更不抄襲。他所寫的戲劇，相當出色，是元雜劇最偉大的作家，他自己還常常粉墨登場，從舞臺上吸取實際的經驗，散曲只是他以餘力所為，卻也燦爛奪目。

本篇是關漢卿小令組曲《四塊玉・閒適》中的第四首，寫山村閒適生活的情趣。著重描寫自己自得的生活態度，直抒感慨。中國古代士人的處世態度，總而言之，就是入世、出世兩種。但大凡有正義感的知識分子，不論入世也好，出世也罷，總是要和現實產生矛盾，和世俗發生齟齬，因此他們要保持自己的人格，常常須要一反流俗，孤標獨立。

文辭簡易明白卻不低俗，可以媲美詩中的白居易；鋪敘的委婉，體會的深刻，則不輸詞中的柳永。有人說他的作品，好像「瓊筵醉客」，所強調的在於韻味的深長雋永。若在關漢卿所有的小令中，要挑出一首意態瀟灑、文辭天成、言淺意深的代表作，則非本詩莫屬。

**問題討論**

一、本曲主要在描寫什麼，試分析之。

二、古代有些文人在身處亂世時，便過著隱居的生活，請舉實例說明。

三、承上題，如果是你，你會用什麼生活方式去面對？

---

6. 愚：愚笨、無知之意。

# 山坡羊‧潼關懷古

## 〈山坡羊‧潼關懷古〉

**內容導讀**

　　選自《雲莊休居自適小樂府》。〈山坡羊〉又名〈山坡里羊〉、〈蘇武持節〉，是中呂宮常用之曲調。張養浩《雲莊樂府》中，〈山坡羊‧懷古〉共有九首，其中三首都是作者赴陝西行臺中丞途中所作，此為其一。

　　據《元史‧張養浩傳》：「天歷二年，關中大旱，飢民相食，特拜（張養浩）為陝西行臺中丞。登車就道，遇飢者則賑之，死者則葬之。」此曲為作者前往陝西，為賑濟災民，途經潼關，懷古傷今之作。末四句分兩組，採對比手法，是本調的特點。

　　「興，百姓苦；亡，百姓苦。」充分表現其仁民愛物、民胞物與之仁者襟懷，本詩因憑弔古蹟，感慨朝代興替的戰火摧殘，而起悲天憫人的心懷。

**作者介紹**

　　張養浩（1270年～1329年），字希孟，號雲莊，山東濟南人，與元朝散曲作家張可久合為「二張」。歷任東平學正、監察御史、禮部尚書、翰林待制等職，以直言敢諫著稱。一度罷官，隱姓埋名後，因關中大旱，復出治旱救災，終日勞碌，最後一病不起，勞瘁而死。他勤於著述，詩文風格沈穩練達，關切民生；散曲深刻有力。所作詩、詞、曲分別編入元詩選、全金元詞、全元散曲等書。

**課文說明**

　　【本曲】峰巒如聚[1]，波濤如怒[2]，山河表裡潼關路[3]。

---

1. 峰巒：迂迴連綿的山峰；聚：會合，集合。
2. 怒：形容氣勢強盛、猛烈。

## 中國詩詞卷

望西都[4]，意踟躕[5]。

傷心秦漢經行處[6]，宮闕萬間都做了土。

興，百姓苦；亡，百姓苦。

【翻譯】華山的山峰好像從四面八方奔集起來，黃河的波濤洶湧澎湃好像在發怒，潼關外有黃河，內有華山，山河雄偉，地勢險要。我遙望古都長安一帶，內心想得很多。令人傷心的是，經過秦漢宮殿的遺址，看到了無數間的宮殿都變成了泥土。封建王朝建立，百姓受苦；封建王朝滅亡，百姓還是受苦。

**作品賞析**

此曲是張養浩的代表作之一，思想價值與藝術性均高，是元代散曲中的佼佼者。題目雖是懷古，實際上卻是藉古傷今，感慨歷代興亡給百姓帶來災難，批判的鋒芒直指歷代統治者，更指向當時的元代統治者。

題中的「潼關」，位於陝西、山西、河南三省的要處，關外民族一旦進入潼關，便可長驅直入長安，自古即為兵家必爭之地，因此戰禍兵災頻繁不斷。所以當張養浩在路經潼關時，想起歷來王朝的更換興衰與民間百姓在這些戰役中所受到的連累和痛苦，沈重之筆寫下「峰巒如聚，波濤如怒，山河表裏潼關路」之名句。

結尾作者慨嘆：「興，百姓苦；亡，百姓苦。」這是作者最具洞察力的深刻見解，作者為萬民百姓的苦難大聲疾呼，即難能可貴。「你方

---

3. 山河表裏：即「表裏山河」；《左傳‧僖公二十八年》：「若其不捷，表裏山河，必無害也。」注：「晉國外河而內山。」後世常用「表裏山河」來形容地理形勢的險要；潼關路：潼關一帶。
4. 西都：即西京，今陝西長安。
5. 意踟躕：思想猶疑不決；踟躕，思緒紛繁而徘徊不前，音ㄔㄨˊㄔㄨˊ。
6. 經行處：旋回往返的地方。

## 山坡羊・潼關懷古

唱罷我登場」，在走馬燈似的改朝換代中，唯一不變的是人民所遭受的痛苦。無論興與亡，筆墨皆寫不盡百姓們的苦難。這個獨到而深刻的見解，為歷來曲評家所折服與讚賞。

**問題討論**

　　一、本曲的主旨為何？

　　二、此曲中的「波濤如怒」，用了譬喻和擬人化的修辭技巧，請你也用這樣的方式去形容一個景物。

　　三、「興，百姓苦；亡，百姓苦。」這句話在說明什麼？你同意這句話嗎？

# 中國詩詞卷

## 〈沉醉東風[1]・漁父〉

### 內容導讀

本曲選自《天籟集》，歌頌漁父在大自然裡的逍遙自在、無憂無慮的生活，表達作者蔑視功名、嚮往隱退的思想。通常在官場失意的文人，不是放浪江湖，就是隱居山林，而漁父在整個中國文學裡，正是扮演這樣追求清高自持的角色。曲中的「煙波釣叟」就是白樸自己的寫照，他終身不肯出仕，借著湖山之景，洗盡心頭煩緒，透過寄情山水帶來心靈上的快樂。其清麗優美的語言，點染寧靜淡遠的環境，襯托作者灑脫淡泊的情懷，讀之令人一新耳目，為元代散曲中的名篇，作品在現代已受人傳誦與模仿。

### 作者介紹

白樸（1226年～1306年），字太素，號蘭谷，初名恆，字仁甫。隩州（今山西河曲縣附近）人，為元代雜劇作家。出身金朝的官宦家庭，父親白華任金朝樞密院判官，是著名文士。作者處於動盪的年代，金哀宗開興元年（1232年），蒙古軍攻南京（今開封），白華隨哀宗奔歸德，白樸則與母留南京，次年崔立叛降，南京失陷，史稱「壬辰之難」。此時白樸七歲，母在兵亂中被虜，父執元好問帶他北渡避難，金亡後，便放浪形骸，辭謝元相史天澤的推薦，不願出仕。他自幼聰慧，精於度曲，與關漢卿、馬致遠、鄭光祖等人並稱「元曲四大家」。白樸的詞流傳至今一百餘首，大多以詠物與應酬為主；其作品文詞典雅，屬於文采派，風格以清麗見長，疏放俊爽兩者兼而有之。

### 課文說明

【本曲】黃蘆岸白蘋渡口[2]，綠楊堤紅蓼灘頭[3]。

---

1. 沉醉東風：北曲牌名，屬雙調。
2. 白蘋：水上的浮萍，指生長在淺水中的隱花植物。

## 雙調・沉醉東風・漁父

雖無刎頸交[4],卻有忘機友[5],

點秋江白鷺沙鷗。傲殺人間萬戶侯[6],

不識字煙波釣叟[7]。

【翻譯】水邊渡口,淡黃的蘆葦和白色的蘋花在秋風下擺動著,堤畔灘頭,綠色楊柳和粉紅蓼花相互輝映。雖然沒有捨命的至交,但卻不乏毫無心機的白鷺、沙鷗長相為伴。在水天一色、秋色無邊的江面上,看斑斑點點白鷺與沙鷗輕掠而過,倒也富有趣味。煙波江上目不識丁的釣魚老翁,傲氣十足地蔑視人間的達官顯貴。

**作品賞析**

此曲讚頌漁父,是作者以漁夫自況,抒寫自己的人生理想,追求淡泊超脫的境界。

開篇由描寫江野美景起興,順口讀來,雖是平凡的江邊景物,卻勾勒出一幅亮麗和諧的風景畫。透過相映成趣的黃蘆花、白蘋草、綠楊柳、紅蓼花,江南水鄉的大好秋色,優美的避世淨土,正生動地呈現在讀者眼前,視覺意象極佳。

最後,作者盛讚不識字的漁夫活得豪邁驕傲,勝過人間達官富豪。作者所寫這位漁夫,顯然是作者自己的化身,充分反映作者傲岸不馴,蔑視權貴的態度,表現了作者高潔的思想境界。

---

3. 紅蓼:水草名,多生於水濱,花呈淡紅色;蓼,音ㄌㄧㄠˇ。
4. 刎頸交:共患難的生死之交;《史記・廉頗藺相如傳》:「卒相與驩,為刎頸之交。」
5. 忘機友:彼此真誠相待,泯除心機的朋友;這裏指白鷺、沙鷗而言。
6. 傲殺:看不起;萬戶侯:指官高祿厚的達官貴人。《史記・李廣傳》:「如令子當高帝時,萬戶侯豈足道哉。」
7. 煙波釣叟:這裏指漁夫;唐張志和去官後,居江湖間,垂釣不設餌,志不在得魚,自稱煙波釣徒。

此首小令風格放逸，造語明快爽朗，對仗工整，寫景如畫。王世貞評為「意中爽語」，劉大杰稱之「蕭疏放逸之至」，均屬恰當。歷來傳唱不絕，成為謳歌隱逸生活的代表作。

**問題討論**

一、為什麼作者只願當個江上的釣叟，也不欣羨官高祿厚的達官貴人？試分析之。

二、這首曲用了哪些植物來點染情境。

# 第五章、明清時期之詩詞曲選

本單元將分成：明詩選、明詞選、明曲選，以及清詩選、清詞選、清曲選等說明如下：

## 第一節、明詩選

本單元列舉：唐寅〈題畫〉二首、何景明〈竹枝詞〉，以及楊慎〈三岔驛〉等三首賞析如下：

### 〈題畫〉二首

**內容導讀**

詩題〈題畫〉，一開始便形象地刻畫出畫中構圖的內容。第一首作品呈現一個白髮已星的老者傲然獨立，就像百尺松杉一樣，在人聲絕響的山林中參悟。第二首描寫的山光景色，畫面中有動靜兩態、遠近參差，有湖水倒映與小船搖曳，也有遠方的夕陽青山，就像一幅水墨畫，在此呈現出一種「詩中有畫，畫中有詩」的特色。

**作者介紹**

唐寅（1470年～1524年），初字伯虎，更字子畏，號六如居士、桃花庵主、逃禪仙吏等，吳縣（今江蘇蘇州）人。孝宗弘治十一年（1498年）舉人。中國明代著名的畫家，在畫史上又與沈周、文徵明、仇英合稱「明四家」或「吳門四家」。以科場舞弊案被牽連下獄，放歸後，便縱情於詩酒畫之中，自署「江南第一風流才子」。其性狂誕，工書法，好學尚古，亦能為詞曲，著有《懷星堂集》，有唐伯虎「點秋香」般的風流韻事流傳至今。

**課文說明**

【本詩】百尺松杉貼地骨，布衣衲衲髮星星[1]。

---

1. 衲衲：衣服多處補綴的樣子。

## 中國詩詞卷

空山寂寞人聲絕，狼虎中間讀道經。

【翻譯】其根深入地底的百尺高山松，如同一位穿著布衣、頭髮皆白的老翁遺世獨立著。

廣闊的山林裡沒有任何人在此，顯得格外清寂，而老翁就像是在隨時可能出沒狼、虎的山林裡，安然寧靜地讀著道經參悟。

【本詩】秋水接天三萬頃，晚山連樹一千重。

呼他小艇過湖去，臥看斜陽江上峰。

【翻譯】浩渺的湖水，連接遼闊的天空，放眼看去，波波綠水一望無際，像有三萬多頃，從高山邊上看去，那樹重重疊疊有千層之多。叫一隻小船度過湖去，(讓我可以)靜臥船裡，看那斜陽和江上的山峰。

## 作品賞析

唐寅「任逸不羈，頗嗜聲色」，自署印「江南第一風流才子」。他博學多能，吟詩作曲，能書善畫，是我國繪畫史上傑出的大畫家，擅人物、山水、花鳥。

第一首題畫詩，呈現出一位白髮蒼蒼的老翁像百尺松杉般傲然獨立，在「但無人語響」的清寂山林裡讀經參悟。

而第二首題畫詩，展現的畫面較之前首，顯得更為活潑，非常生動美妙。秋天的傍晚，浩渺的湖水和遼闊的遠天連接在一起，重疊的山巒上是莽莽蒼蒼的樹木，小艇在湖上輕輕地蕩漾，人躺臥在艇上凝視著遠方，在夕陽映照下的遠山或明或暗，絢麗多彩。這一切構成了優美的境界，詩情畫意巧妙地融匯在一起。

## 問題討論

一、請試著賞析這兩首詩的內容，並詳述之。

二、這兩首詩有何同異之處？

三、請你也試著寫出「詩中有畫，畫中有詩」風格的詩作。

# 竹枝詞

## 〈竹枝詞〉

### 內容導讀

何景明的這首竹枝詞是他在舟過瞿塘峽時，抒寫旅思之作。這本來是一首流行於四川一帶的民歌，後來經過唐朝詩人劉禹錫根據巴渝一帶流傳的曲調加以剪裁後，竹枝詞這種民歌便廣傳於世。其形式為七言絕句，用語通俗輕快，內容多為描寫兒女柔情、離人旅思，或者當地的風俗民情，是一篇情景交融的作品。

### 作者介紹

何景明（1483 年～1521 年），字仲默，號白坡，又號大復山人。信陽（今屬河南）人，終年僅三十九歲。孝宗弘治十五年（1502 年）進士，官至陝西提學副使。為明朝文學家前七子之一。善攻於詩及古文，與李夢陽同為前七子首領，皆提倡復古之學。

### 課文說明

【本詩】十二峰頭秋草荒[1]，冷煙寒月過瞿塘[2]。

　　　　青楓江上孤舟客[3]，不聽猿啼亦斷腸[4]。

【翻譯】巫山十二峰上頭的秋草顯得荒涼，在冷煙中、寒月下穿過瞿塘峽。青楓江上孤舟中的遊客，即使沒聽到猿猴聲聲啼叫，也會感到傷心斷腸。

### 作品賞析

竹枝詞本為民歌，大抵唐人所寫多為兒女柔情，或離人旅思，後

---

1. 十二峰：指巫山十二峰，在四川巫山縣東巫峽兩岸。
2. 瞿塘：即瞿塘峽，為長江三峽之首；峽道兩岸危崖峻壁，奇險壯偉。
3. 青楓江：阮籍〈詠懷〉其十一：「湛湛長江水，上有楓樹林。」
4. 猿啼：《水經注》：「巴東三峽巫峽長，猿鳴三聲淚沾裳。」

世所作則多歌詠風俗人情。

　　此首竹枝詞為詩人舟過瞿塘峽的旅思之作。孤舟過峽，眼見秋草荒蕪，寒月當空，冷煙縈繞，峽深流急，令人膽寒心悸。作者不以雕琢筆觸鋪述風景人情，而是採用了真實描寫的方法，反倒跳出了前人的框架和窠臼。如此寫出的瞿塘峽，不啻一段危險而美麗的斷腸之地。

　　本詩為七言絕句，用語通俗輕快，為一篇情景交融的佳作。

**問題討論**

　　一、讀完本詩，請說明這首詩的特色為何？

　　二、本詩中的「十二峰頭秋草荒」是指什麼？

## 〈三岔驛〉

### 內容導讀

　　詩題所說的「三岔驛」固然真有其地，而驛站所指的是古代官員來往休息，信差飼馬換乘的地方，但楊慎在此僅是泛指而已，並非實際到了當地而作此詩。在三岔驛中，始終是楊柳亭閣，不曾改變，以景物之不變襯托了人事的多變，短短的詩句裡隱隱寄寓了千古不易的人生至理。這首詩的前幾句平平寫入，不露鋒芒；可是接下去一句比一句更為精警，最後一句更是餘韻無窮。

### 作者介紹

　　楊慎（1488年～1559年），字用修，號升庵，別號博南山人、博南戍史，四川新都（今成都市新都區）人。祖籍江西盧陵，為內閣首輔楊廷和之子，武宗正德六年（1511年）進士第一，官至翰林修撰，「大禮議」事件後遭貶雲南，終老於戍地，諡文憲。現成都市新都區仍存有其私家園林「升庵桂湖」。楊慎主要著作有《滇程記》、《丹鉛總錄》、《古音獵要》、《全蜀藝文志》、《春秋地名考》等。沈德潛、周準編選的《明詩別裁》評之為：「升庵以高明伉爽之才，宏博絕麗之學，隨題賦形，一空依傍，于李、何諸子外，拔戟自成一隊。」

### 課文說明

【本詩】三岔驛，十字路，北去南來幾朝暮。
　　　　朝見揚揚擁蓋來，暮看寂寂回車去。
　　　　今古銷沈名利中，短亭流水長亭樹。

【翻譯】位於三岔口、十字路的驛站，南來北往的人，朝暮不斷。早上看到顯達者風光地擁蓋而來，傍晚看到有人落寞坐車回去。古往今來，一切人事都在競逐名利中起伏、銷沈，只有短亭、長亭、流水和樹木，冷眼旁觀這些變化。

## 作品賞析

　　楊慎投荒多暇，書無所不覽。「奮志誦讀，不出戶外」，《明史》稱其：「明世記誦之博，著作之富，推慎為第一。詩文外，雜著至一百餘種，並行於世。」他的一生學高而運舛，對人生有著清醒的認識與深刻的體驗。

　　此首〈三岔驛〉，上片以客觀的角度敘寫，描繪三岔驛前盡是人來人往、絡繹不絕的情景。得意之徒與失意落魄之人顯現出鮮明對比，深透了詩人對世事的態度。結尾處在長亭、短亭目睹古今名韁利鎖之人，奔波於途的畫面，直抒感慨。主旨在於利用景物的不變，襯托了世事的多變。短短的幾句，蘊含豐富喻意的人生至理。

## 問題討論

　　一、本詩中的「北去」、「南來」與「朝見」、「暮看」各指什麼？

　　二、此詩中的「揚揚」、「寂寂」兩組疊字的運用，帶來什麼效果？

　　三、最後兩句道盡了古往今來無數爭名逐利之徒的榮辱變化，也是全詩最精彩的地方，請試賞析之。

# 臨江仙

## 第二節、明詞選

本單元列舉：楊慎〈臨江仙〉與劉基〈菩薩蠻〉二首賞析如下：

### 〈臨江仙〉

**內容導讀**

此詞清初經毛宗崗父子改編《三國演義》時置於卷首，而廣為流傳，至今已成為名詞。此詞是作者對人生世事的變化了然於胸，並以精練之筆寫出，認為只有把握當下，不汲汲追求成功，面對失敗亦能有所徹悟，如此才能自由自在而逍遙灑脫，呈現澄澈明朗的心境。此詞表現其看盡歷史紅塵多少事的智慧與豁達。

**作者介紹**

楊慎，見同前。

**課文說明**

【本詞】滾滾長江東逝水，浪花淘盡英雄。
　　　　是非成敗轉頭空。
　　　　青山依舊在，幾度夕陽紅。
　　　　白髮漁樵江渚上[1]，慣看秋月春風。
　　　　一杯濁酒喜相逢。古今多少事，都付笑談中。

【翻譯】滾滾長江波濤洶湧的向東流，一去不再回頭，多少英雄豪傑都像翻滾的浪花一樣，消逝在歷史長河中。無論是與非，成或敗，都是轉眼成空就不存在。只有青山依然存在，永恆不變的夕陽，今日又是紅了幾度。白髮老翁在江上捕魚、小島上砍柴，早已習慣春夏秋

---

1. 漁樵：打魚、砍柴；這裏是名詞當動詞用；渚：江上的小島，音ㄓㄨˇ。

冬四季的變化。難得和老朋友高興地相逢，痛快地喝幾杯濃酒，古往今來發生的多少大事，全部都是付諸我們喝酒時的閒談話題罷了。

**作品賞析**

〈臨江仙〉「滾滾長江東逝水」一詞格調高遠，境界雄渾，是難得的佳作。這首詞原是明代文人楊慎所作，清初經毛宗崗父子改編《三國演義》時置於卷首，而廣為流傳。

本詩給人的感覺極為深沉、悲壯，空靈、幽遠。「滾滾長江東逝水，浪花淘盡英雄。是非成敗轉頭空。」此句讀來甚為豪邁、悲壯，有著大英雄功成名就後的失落與孤獨感，又隱含著高山隱士對名利的澹泊、輕視，詞高意遠就在這寧靜的氣氛中反映出來。

歷史給人的感受是濃烈、厚重的，不似單刀直入的快意，而似歷盡榮辱後的滄桑。「青山依舊在」既像是對英雄偉業的映照，又像對其否定，但這些都不必深究，「幾度夕陽紅」，面對血紅的殘陽，歷史彷彿也凝固了。

作者透過江渚的老翁坦然說出：「古今多少事，都付笑談中。」這句話蘊含著高士坎坷起伏的人生經歷，雖未明講，實際上卻是世間永恆之理，也正是作者楊慎一生命運失意的寫照。

英雄再怎麼叱吒風雲，其個人的榮耀不過是江上的一朵小浪花，轉眼消逝。此詞一讀曠達，二讀淡泊，三讀則覺其之意遠悲沉。

**問題討論**

一、「古今多少事，都付笑談中」，其中蘊藏了什麼樣的人生哲理？

二、「是非成敗轉頭空」，人生如戲，戲如人生，請問你有什麼獨特見解？如果是你，會用怎樣的態度來面對成敗？

# 菩薩蠻

〈菩薩蠻〉

## 內容導讀

　　這首詞描寫黃昏時遠眺，從西風吹散雲端的雨、夕陽照著山上的樹、樹在水波上的倒影像絲綢在晃動，一直到月亮升上了海處的山邊，其筆鋒細膩流轉，刻畫動人，意境清新淡遠，彷彿一幅山水彩畫呈現眼前，讓人有身歷其境之感。

## 作者介紹

　　劉基（1311 年～1375 年），字伯溫，浙江青田(今文成縣)人，自幼聰穎，神智過人，由父親啟蒙識字，十分好學，據說閱讀速度極快，可以「七行俱下」。元順帝元統元年（1333 年），劉基到京城大都參加會試，高中明經科進士。劉基是元末明初軍事家、政治家及詩人，通經史、曉天文、精兵法。他以輔佐明太祖朱元璋完成帝業、開創明朝並保持國家安定，因而馳名天下，被後人比作為諸葛武侯。官至御史中丞，封誠意伯，正德時追贈太師，諡文成，有《誠意伯劉文成公集》二十卷。

## 課文說明

【本詞】西風吹散雲頭雨，斜陽卻照天邊樹[1]。

　　　　樹色蕩湖波，波光豔綺羅[2]。

　　　　征鴻何處走[3]，點點殘霞裏。

　　　　月上海門山[4]，山河莽蒼間。

---

1. 卻：正。
2. 綺羅：素色有花紋的絲織品。
3. 征鴻：遠去的大雁。
4. 海門：河流入海處。

**中國詩詞卷**

【翻譯】西風吹散了雲端的雨，夕陽正照著山上的樹，樹的倒影在湖面水波上蕩漾，而水波亦如鮮豔的絲綢在晃動。遠去的大雁是要飛往何方？零星幾隻點綴在晚霞中。此時月亮已經升上了入海處的山邊，山河顯得又更隱約蒼茫。

## 作品賞析

劉基此首〈菩薩蠻〉，內容是描寫詩人於黃昏遠眺風景之詞。首二句「西風吹散」將讀者的視線拉往天空，再以細膩的筆觸點滴描繪從詩人眼裡所看得的景色。意境清新幽遠，有如一幅優雅的山水畫呈現在讀者眼前，給人神清氣爽、身臨其境之感。

## 問題討論

一、此詞在描寫什麼樣景色？讀此詞後，你能想像出什麼樣的畫面？

二、請你也練習寫出宛如一幅山水畫的詞文來。

# 朝天子·詠喇叭

## 第三節、明曲選

本單元列舉：王磐〈朝天子·詠喇叭〉、王九思〈駐雲飛·偶書〉，以及馮惟敏〈朝天子·相〉等三首賞析如下：

### 〈朝天子·詠喇叭〉

**內容導讀**

這是王磐揭露社會黑暗的一支小令。明朝正德年間，宦官當政，常常往來河下，每到一處，則吹號聚集民伕以供差遣，騷擾民間，不顧人民感受，所以作者便藉著詠喇叭來寄託憤懣之情。開頭便說「喇叭，嗩吶，曲兒小，腔兒大」，喇叭的聲音雖然很大，但能吹的曲子卻很簡單，以此來諷刺喜歡裝腔作勢的官員，比喻宦官的囂張跋扈。

**作者介紹**

王磐（約 1470～1530）明散曲家。字鴻漸，號西樓，明高郵（今江蘇省高郵縣）人，約生於明英宗天順年間，卒於明世宗嘉靖中葉。精通音律，弘治、正德年間被推舉為「詞人之冠」。著有《野菜譜》、散曲集為《王西樓樂府》。

**課文說明**

【本詞】喇叭，嗩吶[1]，曲兒小，腔兒大[2]。官船來往亂如麻，全仗你抬身價。軍聽了軍愁，民聽了民怕，那裏去辨甚麼真共假？眼見的吹翻了這家，吹傷了那家，只吹的水盡鵝飛罷[3]。

---

1. 嗩吶：本名蘇爾奈，本為回族所用樂器，管身有九孔，為木管銅的吹奏樂器，其聲高亢，現國樂中仍使用之。
2. 曲兒小，腔兒大：曲子雖然短小簡單，但聲音卻很大。
3. 水盡鵝飛：本指紈褲子弟錢財散盡，圍在他們身旁的妓女們便四散飛去。

## 中國詩詞卷

【翻譯】喇叭和嗩吶，吹的曲子雖短，聲音卻很響亮。官船來往頻繁如亂糟糟的麻，全憑藉你抬高名譽地位。軍隊聽了軍隊發愁，百姓聽了百姓害怕。哪裡會去辨別什麼真和假？眼看著使有的人家傾家蕩產，使有的人家元氣大傷，直吹得水流乾鵝飛跑，家破人亡啊！喇叭鎖吶嗚嗚哇哇，曲兒小來腔兒大。官船來往亂如麻，全憑你來抬聲價。軍人聽了軍人愁，百姓聽了百姓怕。能到哪裡去分真和假？眼睜睜吹翻了這家，吹傷了那家，只吹得江水枯竭鵝飛罷！

## 作品賞析

　　王磐出身富家，雅好詞曲，精通音律，〈朝天子·詠喇叭〉是他的代表作品，以辛辣的諷刺手筆寫成。

　　首句「喇叭」即點出所詠之物，又樹起了批評的靶子。曲中表面上寫的是喇叭和嗩吶，實則處處寫的都是宦官。「曲兒」比喻宦官的地位低下；「腔大」比喻他們仗勢欺人；「軍愁」、「民怕」則說明了這些宦官不論走到哪兒都帶來了災難；「水盡鵝飛」則形容他們把百姓欺壓得傾家蕩產、不得安寧。通篇強烈諷刺了不論官大官小者，所有的官船今去明來皆如穿梭一般，靠喇叭、嗩吶的高嗓門來抬高身價、作威作福。

　　此曲取材精當，比擬恰當，富有諷刺性卻又不失風趣，是一篇反映當時黑暗的社會現實、閹黨禍亂，有力抨擊明代黑暗腐朽統治的優秀作品。

## 問題討論

　　一、本曲的主旨在談論什麼？試說明之。

　　二、本曲中有哪些雙關的筆法，請你試著找出來，並加以說明。

---

此指宦官們將民財搜括一空。

# 〈駐雲飛・偶書〉

## 內容導讀

作者王九思曾作官,而後被貶,此曲即是在他仕途失意時所作。不滿官場的爾虞我詐現象,在「富貴由人,貧賤也咱歡樂」中,透露了自己想要放棄富貴功名的想法。本曲中用具體的實例說明自己的心志,內容描繪生動,由於對現狀的感受深刻,故期望能創造安詳寧靜的生活。

## 作者介紹

王九思(1468 年～1551 年),字敬夫,號渼陂,一號碧山,又號紫閣山人,明鄠縣(今陝西戶縣)人,為明孝宗弘治九年(1496 年)進士,由於被冤指為與劉瑾同黨亂政,不久便被勒令辭官。擅長彈詞,工於詞曲,與李夢陽、何景明、徐禎卿等並稱「前七子」。著有雜劇《沽酒游春》、《中山狼》及散曲《碧山樂府》,詩文集《渼陂集》等。

## 課文說明

【本曲】點檢英豪[1],無奈秋霜灑鬢毛。才說你文章妙,又說你胸襟傲。嗟[2],眾口怎能調[3]?仔細評駁[4],富貴由人,貧賤也咱歡樂[5],不飲從他酒價高[6]。

【翻譯】想要檢查自己是否有傑出的作為,無奈兩鬢已經長了白髮。一有人讚美你文章寫得好,就有人說你心高氣傲。唉!眾人的口

---

1. 點檢:檢點,檢查。
2. 嗟:「唉」!感歎詞。音,ㄔㄚ。
3. 調:協調、一致。
4. 評駁:評論,思考。
5. 也咱:也的意思;咱,助詞,無意義。
6. 從他:隨他。

怎能協調一至呢？仔細思量，富與貴都操控在別人手裡，若日子清苦也只能自得其樂，只要我不飲酒，管它酒價有多昂貴。

## 作品賞析

　　此首〈駐雲飛・偶書〉是作者抒發有志難伸的苦悶，與無處施展抱負、才華之抑鬱的小令。

　　句裡行間透露出對昨是今非、嫉賢妒能、冷熱無常的人際關係表示憤慨。「富貴由人，貧賤也咱歡樂，不飲從他酒價高。」以昂貴苦酒比作榮華富貴，用語新穎獨特，並富有表現張力。運用具體實例講述、說明，將抽象的心情感受描繪得具體動人，讀來令人深刻體會到詩人的鬱悶以及對現狀的無奈感受。

## 問題討論

　　一、開頭的「點檢英豪，無奈秋霜灑鬢毛」是在說明什麼？請試加分析。

　　二、「仔細評駁，富貴由人，貧賤也咱歡樂」，這是一種什麼樣的心境？

　　三、「不飲從他酒價高」，是怎樣的狀況和決定？

# 朝天子‧相

〈朝天子‧相〉

## 內容導讀

　　這支曲子主要是描述替人看相的江湖術士,表面上看似煞有其事、有模有樣,事實上卻是胡言亂語。作者用了諷刺滑稽的筆法,點出江湖術士看相總有模稜兩可的說法,除了不真實外,亦有欺騙之嫌。此曲對相士的神情描述栩栩如生,頗具戲劇效果。

## 作者介紹

　　馮惟敏(約 1511 年～1580 年)左右,字汝行,號海浮山人,山東臨朐人。為明代散曲、戲曲作家,與兄馮惟健、弟馮惟訥以詩文名齊、魯間(惟訥字汝言,編有《古詩紀》)。嘉靖十六年(1537 年)中舉人,但屢舉進士不第,穆宗隆慶三年任保定通判,改官數次皆沉抑下僚,後辭官歸隱,居於七里溪別墅終老。著有散曲集《石門集》,《海浮山堂詞稿》(收套數四十九套,小令一百六十七首,其中包括〈農家苦〉、〈憂復雨〉、〈刈麥有感〉等)和雜劇《不伏老》、《僧尼共犯》。)他的散曲將北方爽朗豪邁的風格發揮無遺,故有「曲中辛棄疾」之稱。

## 課文說明

　　【本曲】對著臉朗言[1],扯著手軟纏[2],論富貴貧賤。今年不濟有來年[3],看氣色實難辨。蔭子封妻[4],成家蕩產,細端相胡指點[5]。憑著你臉涎[6],看得俺靦顏[7]。正眼兒不待見。

---

1. 朗言:高聲談論。
2. 軟纏:輕聲閒聊。
3. 濟:好運濟助。
4. 蔭子封妻:蔭子,庇蔭子孫。封妻,替妻子掙得封誥。
5. 端相:詳細看。
6. 臉涎:厚著臉皮。
7. 靦顏:慚愧靦腆。

中國詩詞卷

【翻譯】正對著臉高談闊論，牽著手輕聲細語，談論的是有關富貴和貧賤。今年如果運氣不好，還有明年可等待，憑氣色實在很難說清楚。說人家可庇蔭子孫，妻子能接受封誥；或可成家，或將蕩產，仔細看，亂指點。你厚著臉皮談得認真，讓我覺得害臊又心虛，不好意思正看你一眼。

**作品賞析**

這支曲子主要是指斥江湖術士謀財胡扯、坑騙害人的情況。「對著臉朗言，扯著手軟纏，論富貴貧賤」敘述常有替人看相的江湖術士，看起來似乎道法高深、講解有道，但真相卻是滿嘴胡言亂語、危言聳聽之詞。

作者運用諷刺的筆法，以滑稽的口吻描繪江湖術士慣用的誆騙之詞，讀來令人會心同感。

**問題討論**

一、本曲主要在談論什麼，請試著說明之。

二、本曲中所說的「今年不濟有來年，看氣色實難分辨」，從這段話中，你看出什麼？

三、請問你有沒有讓相士算過命，如果有這樣的經驗，你的看法又是如何？

# 竹石

## 第四節、清詩選

本單元列舉：鄭燮〈竹石〉、龔自珍〈己亥雜詩〉，以及丘逢甲〈春愁〉等三首賞析如下：

### 〈竹石〉

**內容導讀**

這是一首題詠竹子的詩歌，內容在歌頌竹子的堅勁之態，同時也反映了作者的堅強性格。前二句寫其處境，後二句寫其精神，末句的「任爾東西南北風」即刻畫出一位不屈不撓的偉人形象。在這首詩裡還有極度誇張的修辭，如「咬定」「千磨萬擊」「東西南北風」，使得它在嚴肅中另有一種幽默的喜感。

**作者介紹**

鄭燮（1693 年～1765 年），字克柔，號板橋、板橋道人，江蘇興化人，祖籍蘇州。康熙秀才、雍正壬子年（1732 年）到南京鄉試中舉人。乾隆元年丙辰（1736 年）赴北京禮部試，中進士。乾隆七年（1742 年）出任山東范縣令。鄭燮詩詞曲書畫皆擅長，其為人正直、愛民如子的作風，完全體現在詩中，不僅反映了百姓的疾苦，也展現了作者的性格。

**課文說明**

【本詩】咬定青山不放鬆，立根原在破岩中。
　　　　千磨萬擊還堅勁[1]，任爾東西南北風[2]。

---

1. 磨：磨折。
2. 任爾句：板橋另一首〈題畫竹〉詩與此首意近，可參看：「秋風昨夜渡瀟湘，觸石穿林慣作狂；唯有竹枝渾不怕，挺然相鬥一千場。」

## 中國詩詞卷

【翻譯】竹子牢牢地咬定青山不放，還把它的根深深紮在破裂的岩縫之中。僅管遭受千萬種磨難與打擊，它還是堅韌挺拔；不管東西南北風，都不能使它有絲毫的動搖。

**作品賞析**

這首詩著力表現了竹子那頑強而又執著的品質，既是讚美岩竹、寓意深刻的題畫詩，也是一首詠物詩。

此詩說竹子紮根破岩中，基礎牢固，任憑各方來的風猛刮與磨折擊打，它們仍然堅定強勁。此中「咬」字十分傳神，描繪了竹子立根青山的韌勁形象，比喻根紮得結實，像咬著不鬆口一樣。

其實這首詩表面上寫竹，實際卻是寫人，敘寫作者自身那股正直且倔強的性格，與不向惡勢力低頭的傲骨。同時，也帶給我們以生命的感動，明曉在曲折惡劣的環境中，也要像岩竹一樣剛強勇敢，面對現實，戰勝困難。

本詩通過歌詠岩竹，塑造出一個百折不撓，頂天立地的強者光輝樣貌，讀來清新流暢，感情真摯，語言雖然通俗，但意義深刻而意味深長。

**問題討論**

一、這首詩在形容竹子有怎樣的特性？

二、為了充分顯出竹子的堅強穩固，此詩中哪些句子使用了擬人化的修辭？

三、請你試著想想，我們在完成什麼事的過程中，你會展現出像竹子般的性格來？

# 己亥雜詩

## 《己亥雜詩[1]》

### 內容導讀

　　第一首詩的開頭便以江水的浩蕩來比喻離愁別恨,在詩的末兩句,作者又以落花自喻,寄託了自己棄官成為平民的身世之感。第二首是作者被迫辭官路過鎮江看到賽神會時的即興之作,藉祭神祝禱之詞向雷神、天公祈求的機會,表達了希望打破沉寂的政治局面,渴望人才輩出與對朝廷期盼的強烈願望。

### 作者介紹

　　龔自珍(1792 年～1841 年),一名鞏祚,字璱人,號定庵。浙江仁和(今杭州)人。嘉慶舉人,道光九年(1829 年)進士,官禮部主事。龔自珍學問淵博,涉及經學、小學與史地學。其為文縱橫,自成一格,有「龔派」之稱。晚年辭官南歸,卒於江蘇丹陽。

### 課文說明

**【本詩】其一**

　　　　浩蕩離愁白日斜,吟鞭東指即天涯。[2]

　　　　落紅不是無情物[3],化作春泥更護花。

**【翻譯】**在夕陽即將西下的時候,馬鞭向東一揮,前面即是遠離京城的海角天涯。落花不是無情的東西,它將轉化成春泥,對於花叢更起到愛護的作用。

---

[1]. 己亥:道光十九年(一八三九),時自珍四十八歲。因不滿官場渾濁,遂辭官返鄉。他獨自先回杭州布署家居後,才再到京城接回家眷。在這一年往返京、杭途中,共寫了三百十五首七絕,總題《己亥雜詩》,是一組自道身世志業的自敘詩。

[2]. 吟鞭:詩人的馬鞭。

[3]. 落紅:落花。

## 中國詩詞卷

【本詩】其二

九州生氣恃風雷，萬馬齊喑究可哀[4]。

我勸天公重抖擻，不拘一格降人才。

（過鎮江，見賽玉皇及風神雷神者，禱祠萬數，道士乞撰青詞[5]。）

【翻譯】中國蓬勃的朝氣有賴風雷的幫助，萬馬一齊患了瘖啞症實在可悲。我奉勸天公再振作一次，不拘形式降下救世的人才。

（我經過鎮江，看見迎玉皇和風神、雷神的大會，有上萬間大小廟宇的代表參與，作法的道士向我乞求撰寫獻給天公、風雷神的禱告詞。）

### 作品賞析

第一首詩是《己亥雜詩》的第五首，寫詩人離京的感受。全詩抒發了作者辭官離京時的複雜心情，展示了詩人不畏挫折，終要為國家效力的堅強性格和奉獻精神。全詩移情於物，形象貼切，構思巧妙，寓意深刻。龔自珍《書湯海秋詩集後》評其「詩與人為一，人外無詩，詩外無人」。

第二首詩是《己亥雜詩》的第 125 首，為著名的政治詩。作者提出了對當時中國形勢的看法，表現詩人於變革社會現實的願望和獨特的人才觀。全詩層次清晰，講述了在萬馬齊喑，朝野噤聲的陰鬱現實社會，隱指必須經歷大刀闊斧的社會改革才能使中國再現生機。而方法與力量來自於選用新人才，建議朝廷應該破格薦用人材。全詩不僅具有壯偉特徵的主觀意象，更是寓意深刻、氣勢磅礡。

---

[4]. 喑：啞的意思，音一ㄣ；此處喑即瘖啞之意。
[5]. 青詞：供道教徒在齋醮儀式上獻給天神的奏章表文；用朱筆寫在青藤紙上，故稱青詞，又叫綠章；本詩借獻給天公、風雷神的禱詞，召喚、期待風雷般的人才與變革的到來，以解開死氣沉沉的社會政局。

## 己亥雜詩

**問題討論**

一、「落紅不是無情物，化作春泥更護花。」的概念，還出現在清朝哪一部小說之中？

二、第一首詩開頭以江水來形容離愁別恨，中國文學史上還有什麼人也用長江的水來比喻「愁緒」？

三、第二首詩中，作者對政治充滿什麼樣的期待？

# 中國詩詞卷

## 〈春愁〉

### 內容導讀

　　1985 年甲午戰敗之後，喪權辱國的「馬關條約」決定了臺灣被割讓的命運。丘逢甲堅決反對政府的割臺決定，曾起兵抵抗侵臺的日軍，但是卻在兵敗後內渡廣東。此後並創作了大量以懷念臺灣為主題的「臺灣詩」，這首詩便是馬關條約簽訂一週年後的代表作。本詩語言明白易懂，卻有著沉鬱頓挫的情感。

### 作者介紹

　　丘逢甲（1864 年～1912 年），本名丘秉淵，又名倉海，字仙根，號蟄仙，臺灣苗栗銅鑼灣客家人，祖籍嘉應鎮平（今廣東蕉嶺），是一位臺灣詩人和教育家。「馬關條約」的簽訂將臺灣割讓給日本，他和臺灣仕紳倡議抵抗日本侵略者，事敗內渡，在廣東興辦學校。擅長詩文，著有《嶺雲海日樓詩鈔》（本書約收錄一千六百多首古今體詩）。

### 課文說明

　　【本詩】春愁難遣強看山，往事驚心淚欲潸[1]。

　　　　　四百萬人同一哭[2]，去年今日割臺灣[3]。

　　【翻譯】春愁難以排遣，勉強自己看著青山解憂，憶起往日驚心動魄的割臺、抗日事件，直想流眼淚。全臺四百萬人同聲一哭，為的是去年的今天，清朝政府把臺灣割讓給日本。

### 作品賞析

---

[1]. 潸：流淚的樣子。
[2]. 四百萬人：作者自注：「臺灣人口合閩、粵籍，約四百萬人也。」指臺灣當時的人口。
[3]. 去年今日：指光緒二十一年（1895 年）三月二十三日，李鴻章與伊藤博文在日本馬關簽訂中日合約，將臺灣割讓給日本。

# 春愁

　　〈春愁〉這首七絕，可謂是一篇臺灣淪陷的週年祭文。此詩作於1896年「馬關條約」簽訂一年後。於痛定思痛後，作者抒發了強烈的愛國深情。

　　春愁難遣、看山落淚，正表現了詩人對祖國和故鄉山水的熱愛。末兩句詩中，詩人又用逆挽句式描述了去年今日臺灣被割讓時，四百萬臺灣人民同聲痛哭，俯地悲泣的情景。

　　「感人心者，莫先乎情」，或許這首詩的最大的動人之處，就在於真實而強烈地表達了人民的情感和心聲。

## 問題討論

　　一、這首詩有怎樣的歷史背景？

　　二、此詩中哪一句最能表達出臺灣人民的共同悲憤？

　　三、本詩為抒情詩，寫作有其章法，請試著分析之。

中國詩詞卷

## 第五節、清詞選

本單元列舉：納蘭性德〈蝶戀花〉與王國維〈浣溪沙〉二首賞析如下：

### 〈蝶戀花〉

**內容導讀**

這是一首悼亡詞，作者寫下此篇表示對亡妻的懷念。作者用了許多比興的技巧，藉由「明月」、「燕子」、「雙蝶」的描寫，表現對亡妻思念的痛苦與哀愁的情緒，自比會像梁祝及韓憑夫婦一樣化為雙蝶，其真誠的情感完全流露，寫作風格深刻感人。

**作者介紹**

納蘭性德（1655年～1685年），清初詞人，納蘭明珠長子，順治十一年出生於滿州正黃旗，本名成德，因避皇太子何成之諱，而改名為性德，字容若，號楞伽山人。夏承燾《詞人納蘭容若手簡・前言》稱：「他是滿族中一位最早讀好漢文學而卓有成績的文人。」納蘭性德自幼天性聰穎，讀書過目不忘，善騎射，好讀書，經史百家無所不窺，擅詩賦，尤工詞，其詞境淒清哀婉，多幽怨之情。

**課文說明**

【本詞】辛苦最憐天上月，一昔如環[1]，昔昔長如玦[2]。

若似月輪終皎潔，不辭冰雪為卿熱。

無那塵緣容易絕[3]，燕子依然，軟踏簾鉤說。

---

[1]. 昔：通「夕」；環：圓形玉環。

[2]. 玦：有缺口的玉環。

## 蝶戀花

唱罷秋墳愁未歇[4]，春叢認取雙棲蝶[5]。

**【翻譯】**天上明月最讓人憐惜它的辛苦，一月中只有一夜如圓形的玉環，其餘的夜晚都像缺了口的玉環。如果我們的生活能像皎潔的月輪那樣永遠圓滿美好，我會不惜一切將早已化為冰雪的心再給你溫暖。無奈我們姻緣這麼短暫，獨守空房，雙雙歸燕仍舊像過去一樣，輕輕踏著簾鉤上呢喃對語。在你的墳前吟唱我的悼亡之作，仍不能終止我的愁思，還是到春天的花叢中去認取那共飛雙棲的蝴蝶，那將會成為我們的化身。

### 作品賞析

此詞上片借月起興，以天上月象徵人間情。〈沁園春〉（瞬息浮生）序言：「丁巳重陽前三日，夢亡婦淡妝素服，執手哽咽，語多不能復記，但臨別有云：『銜恨願為天上月，年年猶得向郎圓。』」所以詞人對亡妻說：你若真能永遠像一輪圓月用皎潔的柔光伴偎著我，那我一定不辭使我早已化作冰雪的心重新燃起熾熱的愛情之火。下片一句「春叢認取雙棲蝶」引用「化蝶」意象，傳達出傷逝者的綿綿哀思。風格哀婉，真切感人。

### 問題討論

一、這首詞所要傳達的對象是誰？

二、此詞中，哪些詩句用了比興手法？

三、從這首詞中，你有什麼樣的感悟，試說明之。

---

[3]. 無那：無奈；塵緣：姻緣。

[4]. 唱罷秋墳：意謂哀悼亡靈；引用李賀《秋來》：「秋文鬼唱鮑家詩」。

[5]. 春叢：花叢；引用梁祝死後化蝶的故事。

# 中國詩詞卷

## 〈浣溪沙〉

### 內容導讀

　　這首詞的主旨說明了，凡所有人群與景象都不過是眼中幻影的道理。「山寺微茫背夕曛，鳥飛不到半山昏」，閃爍著夕陽的餘暉，漸漸的連那一點寺院的影子也快看不到了，「試上高峰窺皓月，偶開天眼覷紅塵」，希望登高之後望遠，但是慧眼一開卻看到紅塵的真相。作者喜用象徵手法呈現人生的境界，故詞中往往有物我合一的禪境與體悟。

### 作者介紹

　　王國維（1877年～1927年），字靜安，又字伯隅，晚號觀堂（甲骨四堂之一），浙江嘉興海寧人，文藝理論家兼詩人，與梁啟超、陳寅恪和趙元任被稱為清華國學研究院的「四大導師」。王國維之詞多半為憂愁、傷感，但又不失婉轉與纏綿，在詞壇上有其獨特地位。其著述甚豐，有《海寧王靜安先生遺書》、《紅樓夢評論》、《宋元戲曲考》、《人間詞話》、《觀堂集林》、《古史新證》、《曲錄》、《殷周制度論》、《流沙墜簡》等62種。

### 課文說明

　　【本詞】山寺微茫背夕曛[1]，鳥飛不到半山昏，上方孤磬定行雲[2]。

　　　　　試上高峰窺皓月，偶開天眼覷紅塵[3]，可憐身是眼中人。

　　【翻譯】高山上的寺廟渺茫隱約可見，在寺廟背面，一片夕照餘暉；鳥還沒飛到山頂，在大約半山高處，天色便已經昏暗了。山寺裏傳出了幽磬聲，行雲彷彿被磬聲定住不動。嘗試要登上高峰去窺探明

---

[1]. 曛：落日餘暉。
[2]. 「上方」句：上方，道家用以稱天上仙界；磬，樂器，音ㄑㄧㄥˋ。定行雲，謂其聲響能遏住行雲。
[3]. 天眼：修道者修成具有神通的「慧眼」、「通天眼」；覷：看，音ㄑㄩˋ。

# 浣溪沙

月，我偶然睜開「通天眼」，想看看俗世紅塵，可悲呀！我卻是看到俗世紅塵中的自己。

## 作品賞析

　　王國維是中國近代史上的著名學者，其詩詞曲常帶著悲天憫人之意，此首〈浣溪沙〉便是其代表作之一。

　　「試上高峰窺皓月，偶開天眼覷紅塵」，深怕浮雲遮月難看分明，因而攀山登頂，卻在居高臨下，看清遠近巨細之物，了然眾生生死之狀。才明白，原來人間萬物無非是滾滾紅塵，自己也是個跳脫不出這芸芸眾生的俗人，在無止盡欲望中掙扎，紛紛擾擾，憂患勞苦，不能自拔。

　　葉嘉瑩在《王國維及其文學批評》中這樣評介：「其天性中自有一片靈光，其思深，其感銳，故其所得均極真切深微，而其詞作中即時時現此哲理之靈光也。」

## 問題討論

　　一、此詩主旨為何，試說明之。

　　二、本詩蘊涵了什麼哲理，與你生命經驗有何連結之處？

　　三、本詩中用了哪些象徵手法？試舉例。

## 第六節、清曲選

本單元所指的曲，不包含戲曲。由於清代戲曲的興起，導致純「曲」的衰落，清曲相對於元曲、明曲的作品少了很多。故僅列舉：朱彝尊〈山坡羊‧飲池上〉一首賞析如下：

### 〈山坡羊‧飲池上〉

**內容導讀**

這首小令是描寫池上飲酒的情趣。由蟬鳴點出了季節，黃昏時，烏鴉與原本聒噪的蟬鳴也因為天涼而安靜，顯出此時的寧靜；「絲絲魚尾殘霞剩」說明了太陽快要下山，充滿涼意的夏天，最適合讓人淺斟低唱。全曲洋溢著歡樂氣氛，描繪其享受飲酒的樂趣。

**作者介紹**

朱彝尊（1629年～1709年），字錫鬯，號竹垞，又號鷗舫，晚號小長蘆釣師、金風亭長，清秀水（今浙江省嘉興縣）人。朱彝尊讀書過目成誦，博通經史，擅長詩詞曲，為浙西詞派的創始者，又精於金石考證之學。作品為《曝書亭集》，內有《葉兒樂府》一卷，有任訥《散曲叢刊》本，共收其小令五十九首。

**課文說明**

【本曲】昏鴉初定[1]，涼蟬都靜[2]，絲絲魚尾殘霞剩。渚煙冷[3]，露華凝。香箑笑卷青荷柄[4]，我醉欲眠君又醒。箏，簾內聲。燈，花外影。

---

[1]. 昏鴉：黃昏的烏鴉。
[2]. 涼蟬：感到涼意的蟬。
[3]. 渚：水中沙洲。
[4]. 箑：本為竹筒意思，此指捲著的、尚未展開的細長荷葉。音ㄊㄨㄥˇ。

# 山坡羊‧飲池上

【翻譯】黃昏的烏鴉以及感受到涼意的蟬兒都安靜下來，天空剩下有如絲絲魚尾一般的紅霞。水中沙洲逐漸變冷，露水也晶瑩剔透地凝結起來。捲著的、尚未展開的細長荷葉，有如高舉的酒杯，我已喝醉欲眠，你卻又清醒過來。箏，是簾子內傳出的聲音。燈，是外邊的花影。

## 作品賞析

這首小令為描繪傍晚池上之景，對池上的景觀作了細緻全面的觀察，把個人聽覺、視覺與觸覺全都調動了起來，烘托出高雅而幽靜的氣氛。結尾回到兩人對飲的畫面，似乎如一支悠遠的歌，若有若無，卻又有聲有色，「箏，簾內聲；燈，花外影」表現醉後的朦朧。

以「昏鴉初定」五句通過對景物的描寫，渲染了初秋晚間特有的沉寂、安靜的環境氣氛，既點明了季節和時間，同時也對飲者的歡樂心情作了反面的襯托。環境的冷和靜，正好和熱烈歡飲的心情形成鮮明的對照。

讀者輕易的就讓詩人所營造的清幽、淡雅的氣氛所感染，領悟到其中的生活情趣。

## 問題討論

一、本曲主要在描述什麼，試說明之。

二、從本曲中哪一段可看出季節與時間，請舉出。

三、本曲中運用幾種知覺摹寫？

中國詩詞卷

# 第六章、民國時期之詩選

民國成立後，傳統詩歌便逐漸沒落，取而代之便是現代詩。故本單元僅列舉現代詩，並分成：五四詩選、三十年代詩選，以及抗日詩選等說明如下：

## 第一節、五四詩選

本單元列舉：徐志摩〈偶然〉、徐志摩〈半夜深巷琵琶〉、林徽因〈人間四月天〉，以及聞一多〈死水〉等四首賞析如下：

### 〈偶然〉

**內容導讀**

本詩寫於 1926 年 5 月，最初刊載於同年 5 月 27 日《晨報副刊・詩鐫》第九期；這是徐志摩和陸小曼合寫劇本《卞昆岡》第五幕裏老瞎子的唱詞。作者將「偶然」這樣一個抽象的時間副詞形象化，別有意趣。此詩收錄入《翡冷翠的一夜》詩集中。

**作者介紹**

徐志摩（1897 年～1931 年），本名章垿，字槱森，後改字志摩，生於清光緒二十二年十二月十三酉時，浙江海寧人，中國著名新月派現代詩人，散文家，亦是著名武俠小說作家金庸的表兄。他出生於富裕家庭，並曾留學英國，深受英國羅素、印度泰戈爾的思想的影響，一生追求「愛」、「自由」與「美」（胡適語）。其將詩歌融合西方詩歌形式與中國詩歌的神韻，創作靈感豐富，詩句清新。徐志摩倡導新詩格律，對中國新詩的發展做出了重要的貢獻，其詩頗受年輕人歡迎。可惜他正值英年，卻因搭乘飛機而墜亡，年僅三十四歲。

# 第六章、民國時期之詩選～～偶然

## 課文說明

【本詩】我是天空裡的一片雲，
　　　　偶爾投影在你的波心——
　　　　你不必訝異，
　　　　更無須歡喜——
　　　　在轉瞬間消滅了蹤影。
　　　　你我相逢在黑夜的海上，
　　　　你有你的，我有我的，方向；
　　　　你記得也好，
　　　　最好你忘掉，
　　　　在這交會時互放的光亮！

## 作品賞析

〈偶然〉共分為兩節，每一節的第一、二、五句皆以三個韻部組成，而每節的第三、四句則由兩個韻部結合而成。處理手法嚴謹中帶有瀟灑氣息，長與短音間錯落有致。令人讀來朗朗上口，從容不迫。

徐志摩可謂是一個浪漫主義者，於詩中即可清晰瞧見。簡明的旋律、淡然的情感，卻巧妙勾勒出一幅無限追懷的回憶詩歌。文中沒有沉重的文字、沒有華而不實的離琢，僅有詩人真切的感想。

## 問題討論

一、徐志摩的浪漫性格影響了他的詩文創作，你是否了解徐志摩的生平軼事？試舉一、二說明之。

二、此詩中，詩人以「天空裏的一片雲」來比擬自己，請你舉出詩人其他作品中也有「雲」的詩句？

三、承上題，詩人以「雲」來作比擬，對詩歌來說，有何作用？

# 中國詩詞卷

## 〈半夜深巷琵琶〉

**內容導讀**

　　本詩寫於 1926 年 5 月，最初刊載於同年 5 月 20 日《晨報副刊‧詩鐫》第八期，後被收錄入《翡冷翠的一夜》詩集中。作者不但將「偶然」這樣一個抽象的時間副詞形象化，極富音樂美也是本詩凸出的藝術特色，各詩行根據情感的變化精心調配音韻節奏，如「是誰的悲思，／是誰的手指」的急切詢問和「像一陣淒風，／像一陣慘雨，／像一陣落花」的比喻排比，句型短小，音調急促清脆。

**作者介紹**

徐志摩，見同前。

**課文說明**

　　【本詩】又被它從睡夢中驚醒，深夜裏的琵琶！

　　　　是誰的悲思，

　　　　是誰的手指，

　　　　像一陣淒風，像一陣慘雨，像一陣落花，

　　　　在這夜深深時，

　　　　在這睡昏昏時，

　　　　挑動著緊促的絃索[1]，亂彈著宮商角徵[2]，

　　　　和著這深夜，荒街，

　　　　柳梢頭有殘月掛，

　　　　啊，半輪的殘月，像是破碎的希望他，他

---

[1]. 緊促：急迫。
[2]. 宮商角徵：此處指中國聲樂，即宮、商、角、徵、羽五個音階。

## 半夜深巷琵琶

　　頭戴一頂開花帽，

　　身上帶著鐵鏈條，

　　在光陰的道上瘋了似的跳，瘋了似的笑，

　　完了，他說，吹糊你的燈，

　　她在墳墓的那一邊等，

　　等你去親吻，等你去親吻，等你去親吻。

## 作品賞析

　　〈半夜深巷琵琶〉一詩於開頭即精彩可期。首句「又被它從睡夢中驚醒」，以驚嚇的場面凸顯出琵琶聲與主角，並將作者內心的翻騰煎熬表露無遺。綜觀全詩，前幾句皆是鋪墊，後幾句才轉而由聲入情，把對琵琶聲的描寫轉而抒發內心的悲傷情懷，為全詩重點所在。

　　此詩除文字處理細膩外，於音律的結構更是一絕。詩人根據情感變化，配之以或短或緩之音節，建構出一首藝術價值極高的詩歌。全詩節奏鮮明，音調和諧，讀來悅耳動人美感十足尤其是詩末三句，重複三個「等你去親吻」，更令人怵目驚心。

## 問題討論

　　一、〈半夜深巷琵琶〉中，是誰在演奏琵琶？

　　二、為什麼詩中所描述的琵琶聲如此激切？

　　三、此詩中，作者的感受如何？你是否也體會得到詩中的情緒？

# 中國詩詞卷

## 〈人間四月天〉

**內容導讀**

　　這首詩發表於 1934 年的《學文》上，具體的寫作時間不詳。關於這首詩，有兩種說法：一說是為悼念徐志摩而作，藉以表示對摯友的懷念；一說是為兒子梁從誡的出生而作，是作者在兒子梁從誡出生後的喜悅中為他所作的一首詩，但無論如何，這篇優秀之作有著優美的意境與純淨的內容，語言清新，情感真摯，讀之宛如四月的春風舒爽宜人，亦是一篇名作。

**作者介紹**

　　林徽因（1904 年～1955 年），本名林徽音，中國著名建築師、詩人。她是建築師梁思成的妻子，出生於中國浙江杭州，祖籍福建福州。1916 年於培華女子中學就讀，1918 年認識梁啟超之子梁思成。徐志摩對林徽音十分愛慕，因此加速了他與張幼儀的婚姻，催生了中國近代史上一段最引人注目的浪漫愛情故事。但事實上，年幼的林徽因並未對徐志摩愛慕，只是一直保持著緊密的友誼。徐志摩的名詩〈偶然〉便是寫給林徽因，而林徽因也有一首〈那一晚〉是寫給徐志摩。

**課文說明**

【本詩】我說你是人間的四月天；

　　　　笑響點亮了四面風；輕靈

　　　　在春的光豔中交舞著變。

　　　　你是四月早天裡的雲煙，

　　　　黃昏吹著風的軟，星子在

　　　　無意中閃，細雨點灑在花前。

## 人間四月天

那輕，那娉婷[1]你是，鮮妍[2]

百花的冠冕[3]你戴著，你是

天真，莊嚴，你是夜夜的月圓。

雪化後那片鵝黃，你像；新鮮

初放芽的綠，你是；柔嫩喜悅

水光浮動著你夢期待中白蓮。

你是一樹一樹的花開，是燕

在樑間呢喃[4]，～你是愛，是暖，

是希望，你是人間的四月天。

**作品賞析**

　　陽光明媚，綠草如茵，人間洋溢著無限夢想與快樂在這四月天裡。詩中採用重重疊疊的比喻，以白描的筆觸襯寫出清新純淨的意境。形式上，採用新月詩派講求格律與音律和諧的詩美原則，完美捕捉了四月意象。

　　全詩讀來情感細膩，清雅靈秀，詞句華美卻又無雕琢之感。大陸學者楊春評說：林徽因用她的五彩筆為我們描繪了一幅四月天的春景圖，有雲煙星子細雨圖、百花娉婷鮮妍圖、水光浮動白蓮圖、燕子樑間呢喃圖等，整首詩無瑕而又透明，既充滿了古典主義的典雅、和諧與適度美，也洋溢了浪漫主義的熱情和明朗，超越了時空，超越了個人的生命體驗，具有很強的藝術魅力。

　　大陸學者俞曉紅說：全詩藉助多重象喻，來書寫孩子的天真爛漫

---

[1] 娉婷：女子容貌姿態嬌好的樣子。
[2] 鮮妍：光彩美艷的樣子。
[3] 冠冕：古代皇冠或官員的帽子，比喻第一、體面，光彩。
[4] 呢喃：象聲詞，形容燕子的叫聲。

## 中國詩詞卷

活潑開朗及其所表現出來的愛和希望，表達了女詩人對孩子的深沉的愛內容純淨意象優美，筆調有如詩作所描寫的畫面一樣輕靈美麗、溫暖喜悅。詩人注重韻律的和諧和形式的美感，詞語雖有跳躍，語意卻自然連貫，五節句式大致整齊，各節比喻也形成了排比群，各種喻像色彩繽紛，動靜交融，表現出形式的新穎與完美，在清新柔麗的意境中讓讀者感受到心靈愉悅的震顫。

大陸現代作家白落梅說：林徽因遺留下的詩作有五十餘首，唯獨這首《你是人間的四月天》，讓人一見傾心，刻骨難忘。於是每個春暖時節，人間四月，必然會想起這個叫林徽因的女子。捧讀這首詩，無論處何季，置何地，總有一種如沐春風之感。從此，林徽因永遠活在人間四月天，永遠那般清麗脫俗。她如同春天一樣有著不會老去的華年。

**問題討論**

一、林徽因這首詩中的對象是誰？

二、此詩在表達什麼樣的喜悅？

# 死水

〈死水〉

## 內容導讀

　　本詩選自聞一多詩集《死水》，是新月派代表作家聞一多最重要的作品。作者藉這篇來象徵中國的落伍、黑暗和腐敗，也是本詩的寫作背景及動機。

　　本詩作於作者回國後，眼見當時國家、社會慘狀，心中充滿感時憂國的悲憤，遂給予揭露與諷刺。據饒孟侃〈詩詞曲二題〉一文表示：「〈死水〉一詩，即君偶見西單二龍坑南端一臭水溝有感而作。」

## 作者介紹

　　聞一多（1899年～1946年），本名聞家驊，號友三，著名詩人、學者、愛國民主戰士。生於湖北黃岡浠水，1922年7月赴美國芝加哥藝術學院學習。年底出版與梁實秋合著的《冬夜草兒評論》，代表了聞一多早期對新詩的看法。1923年出版第一部詩集《紅燭》，把反帝愛國的主題和唯美主義的形式典範地結合在一起。1899年10月22日生，1946年7月15日被刺身亡。自幼愛好古典詩詞曲和美術，淵源於家傳。1925年與徐志摩等人在《晨報》主辦《詩鐫》，1929年後曾任武漢大學、青島大學文學院長、清華大學中文系主任，抗日戰事爆發，在西南聯大任教，從事古典文學研究，著有詩集《紅燭》、《死水》及《聞一多全集》、《神話與詩》等多種。

## 課文說明

　　【本詩】這是一溝絕望的死水，

　　　　　清風吹不起半點漪淪[1]。

　　　　　不如多扔些破銅爛鐵，

---

[1]. 漪淪：水上的波紋。

### 中國詩詞卷

爽性潑你的賸菜殘羹。

也許銅的要綠成翡翠，

鐵罐上銹出幾瓣桃花，

再讓油膩織一層羅綺[2]，

黴菌給他蒸出些雲霞。

讓死水酵成一溝綠酒，

飄滿了珍珠似的白沫；

小珠們笑聲變成大珠，

又被偷酒的花蚊咬破。

那麼一溝絕望的死水，

也就誇得上幾分鮮明。

如果青蛙耐不住寂寞，

又算死水叫出了歌聲。

這是一溝絕望的死水，

這裏斷不是美的所在，

不如讓給醜惡來開墾，

看他造出個什麼世界。

---

[2]. 羅綺：有紋彩的絲織品。

# 死水

## 作品賞析

　　此詩為作者目睹當時國內軍閥混戰，百姓民不聊生之狀，通過〈死水〉寫出對現實醜陋社會的絕望，與自我憤怒且深沉的愛國情感。

　　聞一多借鑒波德賴爾「以醜為美」的主張和技巧，營造一種反諷的氛圍。以「翡翠」、「桃花」、「羅綺」、「雲霞」、「珍珠」等華美名詞，來描繪「這是一溝絕望的死水」。這種美醜對比的反差效果，加強了否定現實的刻劃。

　　作者先寫死寂，次寫色彩，再寫泡沫，凸出了死水的汙臭、腐敗，將絕望的情緒展露無遺。通篇讀來深沉幽玄，字句形式整齊、音律協美，加以令人顫慄的鮮明畫面感，呈現出一藝術價值頗高的詩篇。

## 問題討論

　　一、本詩在外形與格律上有何特色？

　　二、請說明〈死水〉一詩的筆法、內涵及其時代意義。

# 中國詩詞卷

## 第二節、三十年代詩選

本單元列舉：戴望舒〈雨巷〉與戴望舒〈寂寞〉二首賞析如下：

### 〈雨巷〉

**內容導讀**

本詩選自戴望舒詩集《我的記憶》，是作者早期的成名作，寫於一九二七年。全詩以「一個丁香一樣的結著愁怨的姑娘」及狹窄陰暗的小巷為中心意象，營造出不可捉摸又飄渺朦朧之感，也有人說詩中的「她」是美好事物和心緒的象徵，因此蒙上一層濃厚的哀愁與感傷的色彩，流露出淒美的氛圍，就像獨自徬徨在悠長又寂寥的「雨巷」裏的惆悵。

**作者介紹**

戴望舒（1905年～1950年），浙江杭州人，筆名有戴夢鷗、江恩、艾昂甫等，是中國現代著名的詩人，文學翻譯家。1929年4月，出版了第一本詩集《我的記憶》，這本詩集也是戴望舒早期象徵主義詩歌的代表作，其中最為著名的詩篇就是〈雨巷〉，成為傳誦一時的名作，因此被稱為「雨巷詩人」。詩集有《我底記憶》、《望舒草》、《望舒詩稿》和《災難的歲月》。

**課文說明**

【本詩】撐著油紙傘，獨自

彷徨在悠長，悠長

又寂寥的雨巷，

我希望逢著

## 雨巷

一個丁香一樣地[1]

結著愁怨的姑娘。

她是有

丁香一樣的顏色，

丁香一樣的芬芳，

丁香一樣的憂愁，

在雨中哀怨，

哀怨又彷徨；

她彷徨在這寂寥的雨巷，

撐著油紙傘

像我一樣，

像我一樣地

默默彳亍著[2]，

冷漠，淒清，又惆悵。

她靜默地走近

走近，又投出

太息一般的眼光[3]，

她飄過

像夢一般地，

---

[1]. 丁香：植物名，一名雞舌香，屬桃金娘科，常綠木本，產於熱帶，花淡紅色，多花蕤，生於莖頂，花蕾為芳香性的調味藥，又可蒸餾之，製丁香油。
[2]. 彳亍：徘徊的意思；彳，左步，音彳；亍，右步，音ㄔㄨˋ。
[3]. 太息：嘆息。

**中國詩詞卷**

像夢一般地淒婉迷茫，

像夢中飄過

一枝丁香地，

我身旁飄過這女郎；

她靜默地遠了，遠了，

到了頹圮的籬牆[4]，

走盡這雨巷。

在雨的哀曲裏，

消了她的顏色。

散了她的芬芳，

消散了，甚至她的

太息般的眼光，

她丁香般的惆悵。

撐著油紙傘，獨自

彷徨在悠長，悠長

又寂寥的雨巷，

我希望飄過

一個丁香一樣地

結著愁怨的姑娘。

---

[4]. 頹圮：頹毀敗壞；圮，音ㄆㄧˇ。

## 雨巷

**作品賞析**

　　此詩的音樂感強烈，深刻表達出哀悽、惆悵的思緒。一開始，詩人即為我們描繪出一幅梅雨季節下的江南小巷。綿綿細雨中，獨自撐著油紙傘，走在悠長寂寥的雨巷裡，帶著一顆徬徨的心。當畫面中的孤獨湧至最高點時，詩人帶出了一位像丁香般卻結著愁怨的姑娘，為這片孤寂染上了些許美麗與不安。

　　全詩無一直白情語，只用象徵的寫作技巧寫景點情，卻點出了一片愁緒，為戴望舒慣用的寫作技巧。凡尼〈戴望舒詩作試論〉評曰：「〈雨巷〉是詩人用美好的想像來掩蓋醜惡的真實的自我解脫，是用一些皂泡般的華美的幻象來欺騙自己和讀者，除了藝術上的和諧音律美外，在內容上並無可取之處。」但姑且不論此詩在歷史上的成就高低，至少它明白的為詩人道出許多未盡之言。

**問題討論**

　　一、作者在此篇所要表達的意義為何？試詳述之。

　　二、本詩中用了哪些象徵手法？試說明之。

　　三、本詩中用了多少形容詞？

中國詩詞卷

〈寂寞〉

**內容導讀**

　　本詩以「寂寞」為題，形容寂寞就像「那些可憐的靈魂，長得如我一般高」。作者將抽象的寂寞具體化，比喻極為生動，日子一天一天地過去，而寂寞就像是個不斷滋長的生物，也跟著一天天巨大，然後在內心盤纏著。

**作者介紹**

戴望舒，見同前。

**課文說明**

　　【本詩】園中野草漸離離，

　　　　　托根於我舊時的腳印。

　　　　　給他們披青春的彩衣；

　　　　　星下的盤桓[1]從茲消隱。

　　　　　日子過去，寂寞永存，

　　　　　寄魂於離離的野草。

　　　　　像那些可憐的靈魂，

　　　　　長得如我一般高。

　　　　　我今不復到園中去，

　　　　　寂寞已如我一般高；

---

[1] 盤桓：徘徊、留連不前；觀望；逗留；廣大的樣子；這裡指廣大的樣子。

## 寂寞

　　我夜坐聽風，晝眠聽雨，

　　悟得月如何缺，天如何老。

**作品賞析**

　　每個人對寂寞的敘述與見解都有不同，當然用以排遣的方法也不同，此首〈寂寞〉即是詩人對寂寞的述說與刻劃。作者以主觀的意識描寫，勾勒出一顆在自然底下發酵的寂寥之心。寂寞就像一顆種子，它日以繼夜地茁壯、成長，當你發現時，它卻已經在心底紮了根，怎樣也無法抽離。此篇將抽象的情緒以象徵的手法具體化，讓人讀來輕易地通透感受其中孤寂的滋味。

**問題討論**

　　一、作者戴望舒對「寂寞」一詞有何看法？試說明之。

　　二、你都是用什麼方式和「寂寞」相處的？

# 中國詩詞卷

## 第三節、抗日詩選

本單元列舉：徐訏〈奠歌〉、艾青〈雪落在中國的土地上〉，以及陳紀瀅〈烏魯木齊的原野〉等三首賞析如下：

### 〈奠歌〉

**內容導讀**

這首抗戰詩中，富有沉重與悲壯的色彩，是抗日戰爭期間作者在上海所作。此詩的表現風格簡潔而明朗，作者對於在文字上玩謎語遊戲極感厭惡，因此表現手法直接而顯豁，從這首詩中便令人想起《楚辭‧九歌》之〈國殤〉中壯烈犧牲的戰士。

**作者介紹**

徐訏（1908年～1980年），浙江省慈谿縣人，以寫作小說聞名。民國前三年（1909年）生。北大哲學系畢業，獲學士學位後，轉至北京大學心理學系攻讀碩士。其幼年跟家庭教師讀古文，十一歲在上海開始讀小說，開始創作是在就讀北大學生時代，抗戰軍興，他正留學法國，為響應救國運動，遂輟學返國。林語堂給他很高的評價：「五四以來的新文學……在詩方面可以舉出最少……徐訏是一個例外。他的詩鏗鏘成章，非常自然。」其著作有《彼岸》、《江湖行》、《時與光》、《悲慘的世紀》。

**課文說明**

【本詩】不敢用可憐的憫歌，
　　　　更不敢用柔弱的哀惋，
　　　　紅鐵般的悲憤捧著我心，
　　　　對戰士們英雄的魂靈祭奠。

## 奠歌

你這樣的死，悲壯、偉大、激越、

在中華幾千年史中只有過一頁，

那是悠遠的祖先們為洪水汎濫捨身，

為那野獸的殘暴流血。

如今是你，為整個民族的生命，

世界的和平，正義與愛，

在抵禦強暴的侵略，

無畏的勇敢，視生命如草芥。

這樣你慷慨地流血，

救人類無邊的浩劫，

又壯烈的把你的骨肉，

填平了地球的殘缺。

而死後英烈的魂靈，

又成了我們的導師，

這裡是四萬萬五千萬的生命，

將追隨你前進的指示。

我們深信不遠的將來或者最近，

你上染的地方都將開花，

花開處將有自由的生命，

為你的愛，你的名字而生存。

於是有萬年文化史要為你們開卷，

史裡每一個字都將刻著你的名字。

而每首詩都將向你們的愛歌頌。

不敢用懦弱的哭泣，

更不敢用無聊的歎息，

是火山石漿般的血養著我們的心，

心裡都存有你們英烈的魂靈。

一九三九年十月廿六日上海

**作品賞析**

　　徐訏是位想像力豐富，善於描寫的作家，為海派文學的典型代表。此首〈奠歌〉是作者在上海抗戰期間所寫。

　　首句「不敢用可憐的憫歌」即以直抒的口吻表達自己對戰亡者的敬意，如此的悲壯、偉大，並且激越的死，怎能以憐憫、柔弱的態度等閒對之呢？充分顯現出作者不矯揉造作的豁達性格。末段以「心裡都存有你們英烈的魂靈」作結，將所有英勇戰士們的壯烈事蹟，一一感懷於心。

　　此詩讀來清新自然，毫無矯飾之詞，僅有詩人真摯的情感，與無限的悲壯流轉其中。

**問題討論**

　　一、此詩主要在表達什麼？試說明之。

　　二、讀完此詩，你有何感受，試分析之。

　　三、此詩的寫作手法有何特色？

# 雪落在中國的土地上

## 〈雪落在中國的土地上〉

**內容導讀**

　　這首詩中洋溢著對祖國大地的熱愛與濃厚的泥土氣息，其中雖帶有感傷、憂鬱之情，但仍看得出溫暖之處。此詩最大的寫作特色，是用散文形式寫的自由體，不拘限在文字的排列和押韻的形式主義。

**作者介紹**

　　艾青（1910年～1996年），本名蔣正涵，號海澄，曾用筆名莪加、克阿、林壁等，浙江省金華人，為中國現代詩人，被認為是中國現代詩的代表詩人之一。因反對國民黨統治而入獄，在獄中填寫姓名的時候，剛寫完蔣上面的草字頭，出於對蔣介石的仇恨，在下面打了個叉子，成為艾字，又將海澄化為青字，自此改用「艾青」。出版的詩集有《艾青敘事詩選》、《彩色的詩》、《艾青短詩選》、《落葉集》、《艾青全集》。1996年5月5日在北京病逝。

**課文說明**

　　【本詩】雪落在中國的土地上，

　　　　　寒冷早已封鎖著中國呀……

　　　　　風，

　　　　　像一個太悲哀了的老婦。

　　　　　緊緊地跟隨著，

　　　　　伸出寒冷的指爪，

　　　　　拉扯著行人的衣襟。

　　　　　用著像土地一樣古老的，

## 中國詩詞卷

一刻也不停地絮聒[1]著……

那從林間出現的,

趕著馬車的,

你中國的農夫,

戴著皮帽,

冒著大雪

要到哪兒去呢?

告訴你,

我也是農人的後裔~

由於你們的,

刻滿了痛苦的皺紋的臉,

我能如此深深地,

知道了,

生活在草原上的人們的,

歲月的艱辛。

而我,

也並不比你們快樂啊,

~躺在時間的河流上,

---

[1] 絮聒:說話喋喋不休,使人厭煩;音ㄒㄩˋ,ㄍㄨㄚ。

## 雪落在中國的土地上

苦難的浪濤，

曾經幾次把我吞沒而又卷起～

流浪與監禁，

已失去了我的青春的最可貴的日子，

我的生命，

也像你們的生命，

一樣的憔悴呀！

雪落在中國的土地上，

寒冷在封鎖著中國呀……

沿著雪夜的河流，

一盞小油燈在徐緩地移行，

那破爛的烏篷船裡，

映著燈光，垂著頭，

坐著的是誰呀？

～啊，你，

蓬頭垢面的小婦，

是不是？

你的家，

～那幸福與溫暖的巢穴～

## 中國詩詞卷

已被暴戾的敵人，

燒毀了麼？

是不是？

也像這樣的夜間，

失去了男人的保護，

在死亡的恐怖裡，

你已經受盡敵人刺刀的戲弄？

咳，就在如此寒冷的今夜，

無數的，

我們的年老的母親，

就像異邦人，

不知明天的車輪，

要滾上怎樣的路程？

～而且，

中國的路，

是如此的崎嶇，

是如此的泥濘呀！

雪落在中國的土地上，

寒冷在封鎖著中國呀……

## 雪落在中國的土地上

透過雪夜的草原，

那些被烽火所嚙啃著的地域，

無數的，土地的墾植者，

失去了他們所飼養的家畜，

失去了他們肥沃的田地，

擁擠在，

生活的絕望的污巷裡；

飢饉[2]的大地，

伸向陰暗的天，

伸出乞援的，

顫抖著的兩臂。

中國的痛苦與災難，

像這雪夜一樣廣闊而又漫長呀！

雪落在中國的土地上，

寒冷在封鎖著中國呀……

中國，

我的在沒有燈光的晚上，

所寫的無力的詩句，

---

[2]飢饉：荒年；饉：音ㄐㄧㄣˇ。

# 中國詩詞卷

能給你些許的溫暖麼？

**作品賞析**

　　《雪落在中國的土地上》是艾青於１９３７年在武昌一間陰冷的屋子裡寫下，是一首感情真摯、意境沉鬱而廣漠的長詩，以簡練的字句鏗鏘有力的道出作者對於當時那一片窮困與飢餓，民族存亡的關頭下，高官達貴們卻仍作威作福的失望與憤怒。

　　此詩散文性格濃厚，文字淺白易懂，無深藏在雕琢之後的隱意，只有淺顯易懂的情感真實流露。艾青《詩論》云：「把憂鬱與悲哀，看成一種力！把彌漫在廣大的土地上的渴望、不平、憤懣……集合攏來，濃密如烏雲，沉重地移行在地面上……佇望暴風雨來捲帶了這一切，掃蕩這整個古老的世界吧！」

**問題討論**

　　一、請你試著賞析這首詩。

　　二、這首詩在寫作手法上最大的特色是什麼？

# 烏魯木齊的原野

## 〈烏魯木齊的原野〉

**內容導讀**

　　這首抗戰詩。因為原詩篇幅長，這裏僅從第八節的抗戰階段開始錄起，以至最後。此詩全長有二百六十行，共分十六節，風格真實又新穎，富有邊塞風格之色彩，表現手法圓熟生動，令人陶醉其中。

**作者介紹**

　　陳紀瀅（1908 年～1997 年），河北安國人。北平民國大學暨哈爾濱法政大學畢業。抗戰初期曾以大公報記者身分，三度至天山考察訪問，歸來後寫了一本「新疆鳥瞰」，在這本書中，有一首很著名的長詩，題名為「烏魯木齊的原野」，發表於民國二十八年十二月二十五日大公報「文藝」欄。

**課文說明**

【本詩】盧溝橋一把烽火，

　　　　燃著了華北，華中，華南，

　　　　他們惦念他們的祖墳，

　　　　他們惦念他們的故鄉。

　　　　他們常在報上讀到故鄉的消息，

　　　　日本鬼子的姦淫、兇殺、掠擄，

　　　　他們簡直覺著身受一樣。

　　　　越慘酷，

　　　　越難忘：

聽得越多，

意志越強！

他們明白了，明白了：

什麼是正義？

什麼是暴強？

他們覺悟了，覺悟了：

國家至上！

民族至上！

又是一片原野啊！

看哪，

漫天漫地的牛，馬，山羊，

駱駝的背脊和天山起伏的，

山峰一模樣，

羊身上的白毛，

像一領氈子，

比雪還亮。

牛「哞哞」的叫，

羊「咩咩」的號，

馬嘶吼起來，

## 烏魯木齊的原野

真像身臨戰場。

小馬官騎著一匹雪花馬,

歪著嘴吹那牛角哨子,

教牠們吃,教牠們唱,

讓牠們撒歡兒,

讓牠們打仗。

猛然一聲號角起了,牠們停止了鬥爭,

列成一排一行,

駱駝大哥在前頭,

馬牛老二緊跟著,

最後才是矮羊。

整齊極啦,

牠們一步一步地向前進,

唱著「暮歸之曲」,

跟著小馬官回到圍場。

牠們相親相愛,

沒有仇殺,

沒有嫉妒,

真像兄弟一樣!

## 中國詩詞卷

今天喫草，

明天跑出圍場，

駱駝運輸重儀，

肥馬上戰場，

羊毛出口換軍火，

牛皮做鞋也做皮囊。

誰說牠們沒有用？

牠們有的是力量！

牠可以換外匯，也是幣制的保障！

前邊一片漆黑的田，

一片茫茫的地，

是鹽池，

是煤礦，

因為百里之內沒有地方沒有鹽，

到處都是煤，

誰還統計它的產量？！

沒有錢的人肯出力，

拿一把鏟，背一只筐，

走到野外，

## 烏魯木齊的原野

可以隨意挖，隨意裝，

管保沒有人「拿私鹽」

更不會叫你把稅上。

它的富豐，

它的寶藏，

是中華民族的血，

是中華兒女的光，

是祖先留給我們的～

這羣不成器的兒郎！

我們能因為它路遠，

不放在心上？！

水磨溝的水明澈得像鏡子，

小石子伏在河底，

又光又亮。

一叢叢的水草，

一條條的小無鱗魚，

在水中隨風搖動，

信著意兒游盪。

岸上禿了頭的老柳樹，

### 中國詩詞卷

披著雪衣,

浴著晚霞,

吞噬著沒在山坳的太陽。

梧桐樹圍著一個亭子,

走不遠有一個溫塘。

火焰從地縫呼呼地冒,

可以煮水燒飯,

天然的一個灶房。

把河水隔上幾個木閘,

上面搭起木樁,

擺一盤石磨,

通上水斗,

利用水的急流,

碾碎老百姓們的食糧。

一斗,一擔,

一袋,一筐,

輸送到南疆和北疆。

這樣的水磨,

一共有七八個,

## 烏魯木齊的原野

像一座座的堡壘,

像一個個乳房,

它餵飽了老百姓,

也保障了他們的健康。

這種機器雖然又粗又笨,

可是天天動轉,

靠這股長流水,

縱然抵不住「洋磨」,

比「土磨」則強。

它們天天歌,夜夜唱:

「烏魯木齊河呀!

十四個民族匯合成的鐵流,

一支抵抗強暴的力量!

願你的水,

流到黃河,長江,

流到更遠的海洋。」

附近有一個高高的煙囪

門首寫著「新疆兵工廠」。

裏面可以造礟,

## 中國詩詞卷

造子彈造步槍，

三百個小伙子，

都受過訓練，手藝也精強，

多做工，

多儲藏，

準備全疆子弟上戰場，

不殺退敵人，

焉能保全後方？

沒有中國，

哪有新疆？

做一個不成仁則成義的英雄，

那才是中華兒女的好榜樣！

挽救國家的危亡，

爭取最後的勝利，

抗戰建國，

歷史上的榮光，也寄在我們的新新疆的份上！

二十八年十二月廿五日大公報文藝副刊。

## 作品賞析

　　此詩發表於民國二十八年，為作者在天山考察所感，內容充分體現了詩人憂國憂民之情。

## 烏魯木齊的原野

　　面對日軍的強烈砲火與無情的侵襲，有人選擇逃避，有人選擇保身，但也有人選擇以筆寫下撻伐字句，一如作者他以無聲的力量對抗惡勢力的入侵，寫出濃厚的愛國意識：

沒有中國，

哪有新疆？

做一個不成仁則成義的英雄，

那才是中華兒女的好榜樣！

　　在戰火的猛烈摧殘下，唯一不敗的是人的堅強心志。作者以慷慨激昂的字句，以及簡潔有力的音節排序，創造出一首壯麗悲歌。

### 問題討論

　　一、這首詩中有什麼樣的歷史背景？

　　二、此詩投入了何種深刻的情感思想？試分析之。

# 肆 練習篇

**練習篇**

　　本單元之用意,則在於讓讀者檢視習修本課程的成果,並藉由授課教師之批閱而產生雙方互動討論的效果,以提高人生的境界。

**題目**:請以自由發揮方式,試撰寫一首詩或詞或曲。

國家圖書館出版品預行編目資料

中國詩詞卷／蔡輝振　編撰～二版～
臺中市：天空數位圖書　2025.08
面：17×23 公分
ISBN：978-626-7576-21-2（平裝）
1.CST：國文科　2.CST：讀本
836　　　　　　　　　　　　　　　　　　114011031

書　　　名：中國詩詞卷
發　行　人：蔡輝振
出　版　者：天空數位圖書有限公司
作　　　者：蔡輝振
版面編輯：採編組
美工設計：設計組
出版日期：2025 年 8 月（二版）
銀行名稱：合作金庫銀行南臺中分行
銀行帳戶：天空數位圖書有限公司
銀行帳號：006～1070717811498
郵政帳戶：天空數位圖書有限公司
劃撥帳號：22670142
定　　　價：新臺幣 560 元整
電子書發明專利第　I　306564　號
※如有缺頁、破損等請寄回更換

版權所有請勿仿製

服務項目：個人著作、學位論文、學報期刊等出版印刷及DVD製作
影片拍攝、網站建置與代管、系統資料庫設計、個人企業形象包裝與行銷
影音教學與技能檢定系統建置、多媒體設計、電子書製作及客製化等
TEL　　：(04)22623893　　　　　MOB：0900602919
FAX　　：(04)22623863
E-mail　：familysky@familysky.com.tw
Https　：//www.familysky.com.tw/
地　　址：台中市南區忠明南路 787 號 30 樓國王大樓
No.787-30, Zhongming S. Rd., South District, Taichung City 402, Taiwan (R.O.C.)